ENTRE LAS SOMBRAS DE LA NOCHE

ENTRE LAS SOMBRAS DE LA NOCHE

—

LEILA MOTTLEY

Traducción de Daniel Casado

Ọ Plata

Argentina – Chile – Colombia – España
Estados Unidos – México – Perú – Uruguay

Título original: *Nightcrawling*
Editor original: Alfred A. Knopf, una división de Penguin Random House LLC,
New York.
Traducción: Daniel Casado

1.ª edición: octubre 2023

ISBN: 978-84-92919-41-3
E-ISBN: 978-84-19699-83-1
Depósito legal: B-14.540-2023

Fotocomposición: Ediciones Urano, S.A.U.
Impreso por: Rodesa, S.A. – Polígono Industrial San Miguel
Parcelas E7-E8 – 31132 Villatuerta (Navarra)

Impreso en España – *Printed in Spain*

Para Oakland y sus chicas.

CAPÍTULO UNO

L a piscina está llena de mierda de perro, y las risotadas de Dee se burlan de nosotros al amanecer. Llevo toda la semana diciéndole que parece la drogata que es de verdad, al reírse del mismo chiste como si fuera a cambiar. A Dee no parecía importarle que la hubiera dejado el novio, ni siquiera que se hubiera presentado en la piscina el martes, después de haber rebuscado por todos los contenedores del vecindario hasta dar con excrementos envueltos en bolsas de plástico. Oímos los chapoteos a las 03 a.m., seguidos de sus gritos sobre lo zorra e infiel que era ella. Aun así, lo que más oímos fueron las carcajadas de Dee, que nos recordaron lo difícil que es conciliar el sueño cuando una no puede distinguir sus pasos de los de sus vecinos.

Ninguno de nosotros ha metido un solo pie en la piscina desde que vine a vivir aquí; tal vez porque Vernon, el casero, no la ha limpiado en su vida, aunque principalmente porque nadie nos ha enseñado a pasárnoslo bien en el agua, a nadar sin quedarnos sin aliento, a disfrutar de nuestro pelo cuando se apelmaza y se llena de cloro. Aun con todo, la idea de ahogarme no me perturba, ya que estamos hechos de agua más que nada. Es como que el cuerpo se rebalse consigo mismo. Creo que preferiría morir así antes que confusa en el suelo de un piso cochambroso, con el corazón que parece que se me va a salir del pecho hasta que se detiene.

Esta mañana es distinta: el modo en que las carcajadas de Dee se alzan hasta acabar siendo una especie de grito agudo antes de que se vuelvan más roncas. Cuando abro la puerta, la veo ahí, junto a la baranda, como siempre. Solo que hoy está mirando hacia la puerta del piso, y la piscina la ilumina por detrás, de modo que no le veo la cara sino tan solo sus mejillas, que suben y bajan como las manzanas de Halloween en su piel demacrada. Cierro la puerta antes de que me vea.

Algunas mañanas me asomo por la puerta que Dee no cierra con llave solo para asegurarme de que continúe respirando, retorciéndose en sueños. En cierto modo, no me molestan sus ataques de risa neuróticos, porque me dicen que sigue viva, que sus pulmones todavía no se han dado por vencidos. Si Dee sigue riéndose, no todo se ha ido a la mierda.

Alguien llama a nuestra puerta con dos puños, con cuatro golpes, y debería haber sabido que iba a pasar, pero me hace apartarme de la puerta de un salto de todos modos. No es como si no hubiera visto a Vernon de ronda ni el panfleto que se mecía con el viento en la puerta de Dee mientras ella se lo miraba y seguía riéndose. Me doy media vuelta y miro a mi hermano, Marcus, quien ronca en el sofá, con la nariz retorciéndose camino a sus cejas.

Duerme como un recién nacido, siempre poniendo caras graciosas, y tiene la cabeza ladeada de modo que lo veo de perfil, donde el tatuaje sigue estando tenso y suave. Marcus tiene un tatuaje de mi huella dactilar justo debajo de su oreja izquierda y, cuando sonríe, siempre me capta la mirada, como si fuera otro ojo. No es que hayamos tenido muchos motivos para sonreír últimamente, pero recordar la imagen de la tinta fresca que se arrugaba bajo su sonrisa me hace volver a mirarlo. Me hace conservar la esperanza. Aunque Marcus tiene los brazos repletos de tatuajes, el de mi huella es el único que tiene en el cuello. Me dijo que era el que más le había dolido.

Se lo hizo cuando cumplí los diecisiete, y fue el primer día que pensé que podría quererme más que a nada en el mundo, más que a sí mismo. Sin embargo, ahora, a tres meses de mi decimoctavo cumpleaños, cuando miro mi huella temblorosa en el borde de su mandíbula me siento desnuda, conocida. Si

Marcus acaba ensangrentado en medio de la calle, no costaría mucho identificarlo gracias a los rastros de mí que lleva en el cuerpo.

—Ya voy yo —murmuro mientras llevo una mano al pomo de la puerta, como si Marcus fuera a levantarse tan temprano. Al otro lado de la pared, las carcajadas de Dee se me meten en las encías como el agua salada, absorbidas por la parte carnosa de mi boca. Meneo la cabeza y me vuelvo hacia la puerta, hacia mi propio panfleto enganchado en la pintura naranja.

No tenemos que leer estos panfletos para saber lo que dicen. Le han llegado a todo el mundo, y todos los han lanzado a la calle como si pudieran decir «bah, paso» para no hacerle caso a lo duros que eran. La tipografía es implacable, unos números plasmados en el panfleto, todavía con el aroma a tinta de impresora industrial, de donde seguro que lo sacaron de una pila de papeles tan tóxicos y sesgados como este para colocarlo en la puerta del estudio que ha sido de mi familia desde hace décadas. Todos sabíamos que Vernon era un traidor, que no iba a quedarse con el lugar más tiempo del necesario cuando todos los ricachones han venido a Oakland en busca del siguiente grupo de negros al que sacar a rastras de las entrañas de la ciudad.

El número en sí no daría tanto miedo si Dee no se estuviera riendo de él en un ataque más para fijar cada cero en el fondo de mi estómago. La miro y le grito por encima del viento y los camiones matutinos.

—Deja de reírte o vuelve dentro, Dee, coño.

Gira la cabeza un par de centímetros para mirarme, esboza una gran sonrisa, abre la boca en un óvalo completo y sigue con sus carcajadas. Arranco el aviso de la subida del alquiler de la puerta y vuelvo dentro, donde Marcus está tranquilísimo, roncando en el sofá.

Está ahí dormido como si nada mientras a mí el piso se me cae encima. Casi no podemos mantenernos tal como está la situación, vamos un par de meses por detrás en el alquiler y Marcus no tiene ningún ingreso. Por mi parte, yo no dejo de

11

suplicar que me den más turnos en la licorería y cuento hasta las galletitas que quedan en la alacena. Ni siquiera tenemos carteras, y, al mirarlo, con la confusión en su rostro, sé que no podremos salir de esta como hicimos la última vez que nuestro mundo se hizo trizas, con un marco de fotos vacío en el que solía estar mamá.

Meneo la cabeza al verlo, tan alto que ocupa toda la sala, y le coloco el aviso del alquiler en el pecho, para que respire con él. Arriba y abajo.

Ya no oigo a Dee, así que me pongo la chaqueta y salgo, con lo cual dejo a Marcus solo para que se acabe despertando ante un papel arrugado y más preocupaciones de las que intentará solucionar. Camino junto a la baranda frente a los pisos en fila y abro la puerta de Dee. Está ahí, dormida y retorciéndose en el colchón, cuando hace tan solo unos minutos que estaba rugiendo delante de casa. Su hijo, Trevor, está sentado en un taburete de su pequeña cocina y come cereales de marca blanca directamente de la caja. Tiene nueve años y lo conozco desde que nació, de modo que lo he visto convertirse en el chico larguirucho que es ahora. Mastica los cereales y espera a que se levante su madre, por mucho que lo más seguro sea que queden horas hasta que abra los ojos y lo vea como algo más que una mancha borrosa.

Me dirijo al interior, me acerco a él en silencio, recojo su mochila del suelo y se la doy. Me sonríe, y los huecos de sus dientes están llenos de trozos de cereales masticados.

—Venga, Trevor, que tienes que ir al cole ya. No te preocupes por tu madre, ya te llevo yo.

Trevor y yo salimos del piso de la mano. La palma de su mano me parece como hecha de mantequilla, suave y lista para derretirse con mi calor corporal. Caminamos juntos hacia la escalera metálica, con su pintura color verde lima descascarada, hasta la planta baja, más allá de la piscina de mierda y a través de la puerta de metal que nos arroja a la calle High.

La calle High es una ilusión de colillas y licorerías, un sendero serpenteante por el que ir y venir, lleno de farmacias y parques para adultos que sirven de tapadera para el lugar en que las chicas hacen la calle. Tiene un aire infantil, como si fuera el paisaje perfecto para una búsqueda del tesoro. Nadie sabe cuándo cambian los barrios, hasta el puente, pero nunca he estado allí arriba así que no puedo decir si también te hace querer caminar dando saltitos como pasa en nuestro lado. Es todo y nada de lo que cabría esperar al mismo tiempo, con las funerarias y las gasolineras y sus calles moteadas de casas cuyo color amarillo brilla por las ventanas.

—Mamá dice que Ricky ya no vendrá, así que tengo todos los cereales para mí solo.

Trevor me suelta la mano, resbaladiza, y camina por delante de mí con pasos alegres. Al verlo, no creo que nadie más que Trevor y yo sepamos lo que es notar que nos movemos, y me refiero a notarlo de verdad. A veces pienso que este niño me va a salvar de que nuestro cielo gris me termine tragando, pero entonces recuerdo que Marcus también solía ser así de pequeño y que todos estamos creciendo demasiado.

Giramos a la izquierda al salir de los Apartamentos Regal-Hi y seguimos andando. Sigo a Trevor y cruzo por detrás de él cuando no hace ni caso del semáforo ni de los coches porque sabe que cualquiera pararía por él, por esos ojazos brillantes y su carrerita. Su parada de bus está en la acera en la que ya estábamos, solo que le gusta caminar en el lado en el que está nuestro parque, en el que los adolescentes se echan unas canastas cada mañana, por mucho que estas no tengan redes, chocan en la pista y les entran ataques de tos. Trevor ralentiza el paso, con la mirada fija en el partido de esta mañana. Parece que es chicos contra chicas y que nadie está ganando.

Le vuelvo a dar la mano y tiro de él hacia delante.

—Se te va a escapar el bus si no mueves el culo.

Trevor arrastra los pies y gira el cuello para seguir el movimiento de la pelota que sube, baja y rechina entre manos y canastas.

—¿Crees que me dejarán jugar? —Contorsiona el rostro cuando se muerde el interior de las mejillas, asombrado.

—Hoy no. Ellos no tienen ningún bus que los espere, y tu madre seguro que no quiere que te quedes aquí pasando frío y que no vayas al cole, ¿sabes?

El frío de enero en Oakland es un tanto extraño. Hace un poco más de fresco, sí, pero, a decir verdad, no es tan diferente de cualquier otro mes. Las nubes cubren todo el azul del cielo, y no hace el frío suficiente como para llevar una chaqueta más gruesa, aunque sí lo bastante como para no poder enseñar mucha piel. Trevor lleva los brazos desnudos, así que me quito la chaqueta y se la coloco por encima de los hombros. Le doy la otra mano y seguimos caminando, esta vez uno al lado del otro.

Oímos el bus antes de verlo doblar la esquina, y giro la cabeza deprisa para ver el número y el coloso verde que traquetea en nuestra dirección.

—Crucemos, va, mueve el culo.

Sin hacer ni caso a la carretera ni a los coches en marcha, cruzamos la calle, y el bus se dirige hacia nosotros hasta detenerse en la parada. Le doy un empujoncito a Trevor, hacia la cola que avanza poco a poco por la acera para entrar en el bus.

—Léete un libro hoy, ¿eh? —le digo a lo lejos mientras sube al vehículo.

Me devuelve la mirada, y me alza la manita lo suficiente como para que se pueda considerar un ademán para despedirse, un saludo militar o un niño pequeño que se prepara para limpiarse la nariz. Lo veo desaparecer en el bus que se inclina hasta retomar su posición original, cruje y se aleja.

Un par de minutos más tarde, mi bus rechina al detenerse frente a mí. Un hombre de pie cerca de mí lleva gafas de sol que no necesita en esta penumbra, y lo dejo subir primero, antes de seguirlo y mirar en derredor en busca de algún asiento libre, solo que no hay ninguno, porque es jueves por la mañana y todos tenemos sitios a los que ir. Me apretujo entre varios cuerpos y encuentro un poco de espacio hacia el final del bus, donde me quedo de pie y me aferro a la barra metálica mientras espero que el vehículo me eche hacia delante.

En los diez minutos que transcurren hasta llegar al otro lado de East Oakland, me quedo sumida en el arrullo del bus, en su vaivén que me mece de un lado a otro del modo en que me imagino que una madre mece a su hijo cuando todavía tiene la paciencia suficiente como para no ponerse a sacudirlo. Me pregunto cuántas de estas personas, con su cabello metido en un gorro, con líneas que se mueven en todas las direcciones para trazarles el rostro como el mapa de una estación de trenes, se han despertado esta misma mañana ante un mundo que daba una sacudida y un trozo de papel que no debería significar nada más que un árbol que se taló en algún lugar demasiado lejano como para que nos importe. Casi me paso el momento de tirar del cordel para indicar mi parada y abrir las puertas ante el aire fresco de Oakland y el ligero aroma a petróleo y maquinaria de la zona en obras que hay al otro lado de la calle, delante de La Casa Taquería.

Bajo del bus y me acerco al edificio cuyas ventanas negras ocultan el interior, con ese toldo azul que tanto me suena. Me aferro al picaporte de la puerta del restaurante, la abro y huelo de inmediato algo intenso y atronador en la oscuridad. Pese a que las sillas están colocadas encima de las mesas, el lugar está más que vivo.

—¿Es que ya ni me enciendes las luces? —pregunto en voz alta, por mucho que sepa que Alé no está muy lejos, pues me parece más lejana en medio de la negrura. Sale por una puerta, su silueta busca el interruptor, y las dos quedamos iluminadas.

El cabello de Alejandra es sedoso y oscuro y se escapa de un moño alto. Tiene la piel aceitosa y resbaladiza por el sudor de la cocina en la que ya lleva veinte minutos. Su camiseta blanca compite con las de Marcus en términos de dimensiones y discreción, lo cual la hace parecer más guay y masculina de un modo que yo nunca podría conseguir. Sus tatuajes se asoman por toda su piel, y de vez en cuando pienso que es una obra de arte, solo que entonces empieza a moverse y me acuerdo de lo corpulenta y torpe que es con sus fuertes pisotones.

—Ya sabes que puedo echarte de aquí en un pispás. —Alé se me acerca a grandes zancadas y parece que me va a saludar con un apretón de manos como hacen los negros, hasta que se da cuenta de que no soy mi hermano y, en su lugar, abre los brazos. Me hipnotiza la manera en que llena el espacio en una sala del mismo modo que llena su camiseta extragrande. Me acomodo en el lugar que me resulta más familiar de entre todos en los que he vivido, con su pecho contra mi oreja, cálido y con los latidos de su corazón.

—Más te vale haber preparado algo de comer —le digo, antes de apartarme y dirigirme hacia la cocina como Pedro por su casa. Me gusta menear las caderas cuando me muevo cerca de Alé; hace que me llame su *chava*.

Alé me ve moverme y aparta la mirada a la cocina a toda prisa. Corre hacia la puerta justo cuando yo hago lo mismo y nos damos empujones para apretujarnos para entrar, riéndonos hasta que se nos saltan las lágrimas y nos caemos al suelo mientras nos pisamos la una a la otra sin que nos importen los moretones que nos dejarán marcas azules mañana. Alé gana y se coloca frente a los fogones mientras sirve comida en cuencos y yo me quedo de rodillas, jadeando. Suelta una carcajada traviesa cuando me levanto y me da un cuenco y una cuchara.

—Huevos rancheros —dice, y el sudor le gotea por la nariz.

La comida está caliente y echa humo; es de un color rojo profundo con huevos encima.

Alé me prepara algo de comer al menos una vez a la semana, y, cuando Marcus me acompaña, siempre pregunta lo que es, sea algo nuevo o no. Le gusta gastarle bromas tanto como le gusta rapear con mal ritmo y coquetear por doquier.

Me subo a la encimera, noto que algo me moja los tejanos y no le hago caso. Me meto una cucharada a la boca y dejo que el calor se apodere de mi lengua mientras observo cómo Alé se reclina contra la cocina frente a mí. El vapor de nuestros cuencos flota hacia el techo, donde forma una nube.

—¿Has encontrado curro ya? —me pregunta, con la boca manchada de salsa, como si se hubiera salido de la raya al pintar.

Niego con la cabeza, meto un dedo en el cuenco y me lo llevo a la boca.

—He pasado por toda la puta ciudad, pero todos se obsesionan con que dejé el instituto y no quieren ni mirarme.

Alé traga y asiente.

—Lo peor es que Marcus se pasa el día sin hacer absolutamente nada y ni lo intenta.

Pone los ojos en blanco, aunque no dice nada, como si no fuera a verlo.

—¿Qué? —pregunto.

—Ya sabes que hace todo lo que puede; solo han pasado unos meses desde que dejó el trabajo. Él también es joven, no lo culpo por no querer pasarse el día currando. Y estáis bien por el momento, con tus turnos en la licorería un par de veces por semana. No tienes por qué ahogarte en toda esta mierda. —Habla con la boca llena, y la salsa roja le gotea por una comisura.

Me bajo de la encimera, muy consciente de lo mojados que se me han quedado los tejanos por detrás. Apoyo el cuenco sobre la mesa con fuerza, lo oigo tintinear y me dan ganas de haberlo roto. Alé ha dejado de comer y me mira mientras retuerce su colgante con un dedo.

Suelta un sonidito, como un gorjeo que se convierte en una tos.

—Que te jodan —le espeto.

—Venga ya, Kiara. No te pongas así. Es día de funeral, tendríamos que estar bailando por la calle, ¿y vas y te presentas por aquí a punto de romper un dichoso cuenco porque estás cabreada por no encontrar trabajo? Si es como estamos todos. Ni que fueses especial.

Echo un vistazo entre ella y el suelo y veo su camiseta pegada a su piel por el sudor. En momentos como este me acuerdo de que Alé tenía su propio mundo sin mí, que había un antes de mí y que tal vez también habrá un después de mí. Sea como fuere, no pienso quedarme en esta cocina abrasadora mientras la única persona que tiene derecho a llamarme por mi nombre se niega a ver lo cerca que estoy del abismo, de volverme loca como Dee.

Alé da un paso adelante, me toma de la muñeca y me mira como diciendo «no lo hagas». Yo ya estoy saliendo por la puerta, pues mis piernas me traicionan el aliento y se mueven deprisa. La tengo detrás, intenta agarrarme otra vez y no logra aferrarme de la manga, lo vuelve a intentar y lo consigue por fin. Me da la vuelta, con el rostro demasiado cerca del mío, y me mira con toda la lástima con la que alguien libre mira a alguien enjaulado. La he dejado salvarme más veces de las que yo he perdonado a Marcus y casi la veo temblar un poco bajo su camiseta.

Apenas mueve los labios cuando repite:

—Es día de funeral.

Me lo dice como si significara algo cuando tiene las uñas cortas y huelen a cilantro y las mías son afiladas y peligrosas. Pero entonces hunde la barbilla y lo es todo para mí.

—No lo entiendes —le digo, pensando en el papel que nos han dejado en la puerta esta mañana. Ella recompone la expresión.

Meneo la cabeza y trato de quitarme la cara que sea que he puesto.

—Qué más da. —Suspiro y Alé frunce el ceño, pero, antes de que pueda seguir discutiéndomelo, llevo una mano a su punto débil en un costado y le hago cosquillas. Lanza un gritito, además de esa risita como de niña que tiene cuando cree que le voy a hacer cosquillas otra vez, y la suelto—. Bueno, ¿nos vamos o qué?

Alé me rodea los hombros con el brazo y me saca con ella por la puerta, en dirección a la parada del bus. Pasamos por la zona en obras y empezamos a marchar a más velocidad antes de correr a toda prisa por la calle, sin pararnos para ver si vienen coches antes de cruzar, y el canturreo de los cláxones nos sigue.

CAPÍTULO DOS

La funeraria Regocijo es uno de los muchos hoteles para muertos de East Oakland. Se encuentra en la esquina entre la avenida Seminary y otra calle de cuyo nombre nadie quiere acordarse y da la bienvenida a un cadáver tras otro. Alé y yo solemos pasar por ahí cada uno o dos meses, cuando los empleados se dan media vuelta porque no soportan rozarse con otro cadáver junto a un plato de queso Safeway. Hemos estado en los suficientes funerales como para saber que a ningún familiar doliente le apetece un puto plato de queso.

Alé y yo nos dirigimos al bulevar MacArthur, donde nos subimos a la línea NL con billetes que robamos de los objetos perdidos de una escuela de primaria. El bus está casi vacío porque somos jóvenes insensatas mientras que todos los demás están sentados a un escritorio en algún edificio tecnológico, delante de una pantalla y muriéndose de ganas de probar el aire fresco y tranquilo del exterior. No tenemos ningún sitio al que ir, tal como nos gusta.

Alé es una de las suertudas. El restaurante de su familia es famoso en el barrio, y, aunque no pueden permitirse nada mejor que un piso de una habitación encima del restaurante, no ha pasado hambre ni un solo día de su vida. Aquí todo se mide en grados de seguir con vida, y cada vez que le doy un abrazo o la veo pasar por la acera con su *skate* noto lo fuerte que es su corazón. Aun así, da igual la suerte que tenga una, porque hay que trabajar un día sí y otro también para seguir con vida mientras los demás desaparecen como cenizas desperdigadas por la bahía.

Los jueves y los domingos son los únicos días que Alé sale a deambular por la ciudad conmigo. Normalmente se queda a ayudar a su madre en el restaurante, donde vigila los fuegos o hace de camarera. Cuando me siento sola, voy a verla y me entretengo viendo cómo es capaz de sudar sin parar durante horas sin moverse siquiera.

Me la quedo mirando mientras ella observa a través de la ventana y el bus nos sacude para acercarnos y alejarnos la una de la otra. Estamos paradas en un semáforo en rojo cuando me da un golpecito con el codo.

—No me creo que quieran cambiar a Obama por la mujer esa. —Señala con la barbilla al cartel pegado en el escaparate de una ferretería, el cual muestra el rostro de Hillary Clinton, arrugado y sonriente. A pesar de que todavía falta un año para las elecciones, ya han empezado, con todos los rumores e historias que coinciden con marchas y protestas y hombres negros abatidos a tiros. Meneo la cabeza conforme el bus arranca antes de volver a mirar a Alé.

—Mujer, pero si ni siquiera vas de negro, ¿qué haces? —le pregunto.

Todavía lleva su camiseta blanca y sus pantalones cortos.

—Tú tampoco.

Cuando me lo dice, echo un vistazo a mi camiseta gris y a mis tejanos negros.

—Voy de negro a medias.

Alé suelta una pequeña carcajada.

—Da igual, es un funeral del barrio. Nadie nos va a preguntar por qué vamos vestidas así.

Y entonces nos echamos a reír las dos, porque tiene razón y ya deberíamos haberlo sabido, dado que nunca hemos ido a un funeral vestidas con algo que no fuera unos tejanos y camisetas manchadas, salvo cuando murió el abuelo de Alé hace dos años y nos pusimos sus camisas, unas que se habían quedado amarillentas por el paso del tiempo y que solo olían a tabaco y a la arcilla de la parte más profunda y fértil de la tierra. Ningún gerente de funeraria se atrevería a cuestionar la vestimenta de un familiar doliente, igual que saben que no deben pararse a preguntar por heridas de arma blanca. Yo misma me presenté en el funeral de mi padre con una camiseta de tirantes color rosa neón y nadie dijo ni «mu».

Mamá culpó a la cárcel por la muerte de papá, lo cual quiere decir que culpaba a las personas que habían hecho posible que papá acabara en la trena en primer lugar, lo cual quería decir que culpaba a la calle. Papá no era un estafador ni un camello, y yo solo lo vi colocado una vez, mientras se fumaba un cuenco de maría junto a la piscina de mierda con el tío Ty. Aun así, no importaba, porque mamá solo recordaba el día en que arrestaron a papá, con sus amigos de boca temblorosa a los que los policías habían estampado contra las paredes de yeso. Daba igual lo que hubieran hecho o no porque mamá necesitaba culpar a alguien o a algo y era demasiado suave y tierna como para soportar culpar al mundo en sí, al chasquido de las esposas, a la facilidad con la que los polis se las pusieron en las muñecas.

Papá se enfermó mientras estaba en San Quintín; empezó a mear sangre y se pasó semanas suplicando que el médico fuera a verlo, pues cada vez le escocía más y más seguido, hasta que se lo concedieron. El médico le dijo que seguramente era la comida, que a veces pasaba. Le dio unos analgésicos y unas pastillas llamadas «alfabloqueantes» para ayudarlo a mear mejor. Aunque se llevó la peor parte de la enfermedad, creo que papá siguió encontrando sangre en el retrete durante años después de que volviera a casa y no dijo nada. Tres años después de que lo soltaran, le empezó a doler tanto la espalda que casi no podía caminar para ir y venir del supermercado 7-Eleven en el que trabajaba.

Lo llevamos al médico cuando se le comenzaron a hinchar las piernas, y nos dijeron que era cosa de la próstata. El cáncer había avanzado tanto que no tenía ninguna posibilidad de mejorar, así que papá se negó cuando mamá le suplicó que se sometiera a la quimioterapia y la radioterapia. Dijo que no pensaba dejarla con deudas por sus gastos médicos.

Fue una muerte rápida que pareció lenta. Marcus desapareció durante la mayor parte de la enfermedad, junto al tío Ty. No lo culpo por no querer quedarse a verlo. Mamá y yo presenciamos todo el proceso y pasábamos horas enteras cada noche lavándole el cuerpo con un paño frío y cantándole. Fue un alivio cuando terminó al fin, cuatro años después de que lo soltaran de San Quintín, y pudimos dejar de despertarnos en plena noche con la idea de que acababa de morir. Para cuando organizamos el funeral, estaba demasiado agotada como para que me importara si iba de negro o no, y parte de mí querría haberse quedado al margen como Marcus. La muerte es más fácil de sobrevivir si no se ve.

El bus se para en la avenida Seminary y nos escupe como la bahía escupe la sal a la orilla. Saltamos a la acera y esperamos unos instantes para verlo incorporarse y proseguir con su camino. Las ruedas de la parte izquierda se meten en unos baches y vuelven a salir con un traqueteo.

Alé me rodea con el brazo y me acerca a ella, y recuerdo el frío que he tenido sin mi chaqueta ni su pecho. Me duelen los labios, y creo que deben estar morados, casi azules, pero paso por delante del escaparate de una licorería y mi reflejo me dice que siguen siendo rosados, del mismo color que la boca de Marcus esta mañana, mientras absorbía aire y roncaba. Alé y yo caminamos desincronizadas. Se mueve más o menos como Hulk, con unos pasos agigantados que le zarandean medio cuerpo y dejan la otra mitad atrás, mientras que yo doy mis pasitos a su lado. Me apoyo en ella y da igual lo desemparejadas que seamos, porque seguimos en movimiento.

Nos detenemos delante de la funeraria Regocijo y vemos a quienes han acudido allí, en distintos tonos de negro, gris y azul, con tejanos, vestidos y chándales. Se mueven con paso acompasado y la cabeza gacha. Las puertas de la funeraria son dobles y oscuras, seguramente hechas de cristal a prueba de balas. Cuando Alé me mira, veo algo parecido a la culpabilidad en sus ojos.

—¿Bufé o armario? —me pregunta, con la boca todavía lo bastante cerca de mí como para que pueda ver cómo la lengua se le mueve de un lado a otro de la boca mientras habla.

—Armario.

Las dos asentimos e imitamos a los demás, con la cabeza agachada.

Alé me da un apretoncito en la mano y entra antes que yo, de modo que desaparece detrás del cristal. Espero unos segundos y abro la puerta.

En cuanto entro en el edificio, me encuentro con dos pares de ojos. Algo básico en todos los funerales: la foto ampliada del cadáver que yace en un ataúd a pocos metros de mí se me queda mirando. En este caso hay dos de ellos, aunque solo una foto, como un cartel en miniatura. Una es una mujer, con unas pestañas que son como unos fantasmas cortos que le enmarcan los ojos mientras mira a la niña que tiene en brazos.

La niña ni siquiera es lo bastante grande como para que se le pueda conceder el nombre de *niña*. Es una bebé, una persona pequeñita metida en lo que parece un mantel, aunque resulta ser un bodi rojo y a cuadros. Ninguna de las dos sonríe, sino que babean en la intoxicación provocada por un vínculo demasiado íntimo como para que yo, una desconocida, me lo quede mirando. Quiero apartar la vista, solo que la naricita de la bebé no deja de llamarme hacia la foto: es pequeña y puntiaguda, marrón y un poco enrojecida, como si hubiera estado demasiado tiempo en la calle. Quiero darle calor, hacerla volver a su color de siempre, pero está muy por detrás del cartón y no se puede resucitar a los muertos, ni siquiera cuando a estos todavía les quedaba mucha vida por delante.

Saboreo mis lágrimas antes de notarlas, y así es el día de funeral: rozar la muerte con los dedos y comer algo. Pretender llorar hasta que nos ponemos a sollozar de verdad. Hasta que hemos estrechado la mano con cada fantasma de este edificio y nos han dado permiso para ponernos su ropa como si fuéramos reliquias andantes de su vida, o al menos me gustaría creer que esos son los susurros que me recorren la espalda conforme caen las lágrimas.

Alguien me apoya una mano en el hombro, y doy un respingo.

—Eran demasiado jóvenes. —El hombre a mis espaldas tiene unos setenta años o así, y el color plateado de su barba parece excesivamente brillante en esta sala.

Lleva un traje con corbata, mientras que yo me encojo en mi camiseta.

—Sí. —Es lo único que se me ocurre responder, pues no conozco nada más de ellas que su cara y su nombre, los cuales ni siquiera sé pronunciar.

Estoy a punto de preguntarle qué les pasó, cómo ha podido ser que esos seres humanos hayan acabado metidos en un ataúd, pero da igual. Algunos de nosotros tenemos restaurantes e hijos ya adultos y otros tenemos hijos a los que sus bodis nunca se les quedarán pequeños. El hombre se marcha, con la corbata bamboleándose de un lado a otro, y su mano me ha dejado una huella fría en el hombro.

Avanzo más allá de la foto, por el pasillo que conduce hasta la última puerta, la cual da paso a unos estantes de ropa y al aroma de la lejía y el perfume.

Es un armario de la muerte el que me da la bienvenida, como si supiera que somos familia. Me abro paso entre la fila de ropa mientras deslizo la mano por la tela, de camino hasta la última fila. Un *blazer* se ha caído de una percha y está juntando polvo en el suelo. Lo recojo, le doy una sacudida y me lo pongo por encima de la camiseta. Me queda grande de un modo que parece que la tela me abraza, como dos brazos que te rodean el pecho con su calidez. No me lo quito.

En algún lugar del edificio, Alé ha ido a la capilla para la misa pública, mira los cadáveres y llora. Seguramente ya esté en la parte trasera de la sala, donde disponen la comida, y se haya provisto de un plato y algunas servilletas antes de empezar a llenarlo de comida. Con discreción, claro, al ocultar su dolor con un estómago lleno. Pronto saldrá por la puerta de atrás de la funeraria y me esperará en el parque San Antonio.

Sigo echando un vistazo a la ropa e intento encontrar algo que me recuerde a ella. No me imagino a Alé con nada tan formal, hasta que encuentro un jersey negro de hombre. Tiene un solo agujero en la muñeca, una invitación a que me lo lleve, y es más suave que ninguna prenda que haya tenido nunca, sencillo en el estilo en que Alé suele llevar. No necesita nada extra como complemento, con sus tatuajes y la complejidad de su rostro.

Ya he cumplido con mi parte y nos he conseguido la ropa que debería haberme puesto para el entierro de mi padre, pero no quiero irme. No quiero salir por la puerta y pasar junto a personas de manos grandes que me tocarán durante un segundo y soltarán un suspiro como si estuviéramos compartiendo un terremoto interno, para superarlo juntos. Me agacho en el suelo y me entierro en las pilas de ropa negra, donde me cubro de oscuridad. Es un alivio desaparecer de la vista. El día de funeral es un ajuste de cuentas, cuando hacemos las veces de ladronas e inventamos excusas para soltar nuestras lágrimas antes de animarnos, comer hasta saciarnos como nunca y buscar algún sitio en el que bailar. El día de funeral es la culminación de nuestro pasado, cuando organizamos nuestros propios velatorios para las personas a las que nunca hemos enterrado como es debido. Aun así, el funeral siempre termina, y tenemos que volver al trabajo, así que inspiro el aroma de la sala una vez más y me levanto.

Cuando vuelvo al exterior, el cielo es cegador. Todo se mueve a toda prisa; los coches y las motos hacen viento al pasar y levantan tierra como si se les hubiera olvidado cómo quedarse quietos. En ocasiones se me olvida cómo mover las piernas, pero mi cuerpo siempre me sorprende y se mueve de todos modos, sin mi permiso. Empiezo a recorrer la calle hacia el parque, en medio de la autopista y las señales de stop, y entre los bloques de pisos en los que viven más personas de las que caben.

Alé está sentada en uno de los columpios, con un plato de papel que se balancea sobre sus rodillas, aunque no come. Tiene la mirada perdida en el cielo, el cual es más una niebla que una nube, y creo que sonríe.

Subo por el montículo hacia ella y, cuando me acerco lo suficiente, le lanzo el jersey negro. Aterriza a sus pies. Alé lo recoge, y su sonrisita se transforma en una danza entera en sus mejillas; y eso es el día del funeral, cuando somos libres de poseer todas esas pertenencias muertas y los jerséis que habían estado destinados a una vida como fantasmas vuelven a la vida.

—Sonaba Sonny Rollins sin parar —me dice, y su sonrisa es un reflejo de mi expresión. Siempre estamos atentas a qué música ponen durante el velatorio, no porque nos diga nada de la vida que ha dejado este mundo, sino porque nos dice algo de las personas que se han quedado en él.

—¿Qué canción? —le pregunto, porque quiero oírla en mi imaginación: el lamento del saxo, el sonido granulado de la minicadena de mi padre en las profundidades de un recuerdo que no lastima, todavía puro.

—«God Bless the Child» —Sacude una de sus rodillas un poco mientras me lo dice, y el plato se inclina ligeramente.

Me siento en el columpio al lado del suyo, y Alé me coloca el plato sobre el regazo. Hay queso, patatas fritas y apio que ha cubierto de mantequilla de cacahuete porque sabe que es lo que más me gusta. Empezamos a llenarnos la panza, a engullir comida, y el masticar y el tragar, las mandíbulas y las lenguas, crean un coro al ritmo de jazz de Sonny que se reproduce sin parar en mi imaginación, tal como debe haber sonado en la capilla. Las dos pensamos que los funerales o bien tienen a los DJ más ingeniosos o hacen las veces de bandas sonoras para un desfogue vacío, un catalizador para sollozos y notas de suicidio.

—Vernon va a vender el Regal-Hi —digo, masticando mi última patata.

Alé me mira y se queda a la espera.

—Van a subir el alquiler a más del doble. —No sé cómo mirarla mientras se lo digo, porque parece que me estoy enfrentando a ello yo misma, como si al decirlo fuera más real.

—Joder.

—Ya. —Me quedo mirando el cielo—. Por eso Marcus tiene que buscarse curro.

Alé estira una mano en mi dirección y me roza la muñeca. Me pregunto si me notará el pulso, si lo estará buscando.

—¿Qué vas a hacer?

—No sé. Pero, si no se nos ocurre nada, acabaremos en la calle.

Empiezo a mover las piernas de atrás hacia delante, sin ritmo alguno, sin despegarme del suelo. Alé se saca del bolsillo unos papeles de liar y un pequeño tarro con montoncitos de maría. Me gusta ver cómo lía los porros, la meditación del proceso y el olor cuando es dulzón e inocente, como si se mezclara canela con una secuoya. Nunca he sabido hacerlo bien, cómo asegurarme de que el porro quede lo bastante tenso como para que no se suelte y lo suficientemente holgado como para que respire. Observar a Alé es mejor, porque me recuerda a cómo mi madre solía doblar la ropa, muy decidida a hacer que el pliegue quedara perfecto.

—Tranqui, ya se nos ocurrirá algo —me dice, tras detenerse y mirarme.

Echa algo de maría del tarro en uno de los papeles, y capto el aroma a lavanda. A la maría con lavanda la llama sus «zapatos de misa», y ni siquiera tiene por qué tener sentido, porque, cuando aspiro y suelto el humo, me imagino mis pies enfundados en algo tranquilo y sagrado con aroma a lavanda. Acaba, alza el porro para inspeccionarlo y esboza una sonrisita, casi hasta pone morritos de puro orgullo.

Saca un mechero, y yo acuno la mano alrededor del porro para hacer de barrera del viento. Pulsa el mechero hasta que suelta unas chispas, y la base de la llama es del mismo tono de azul que nuestra piscina antes de que se llenara de mierda. Lleva la llama a la punta del porro hasta encenderlo.

Nos lo vamos pasando hasta que es tan pequeño que no podemos ponérnoslo en los labios sin que se rompa. Aunque nunca me ha gustado mucho la maría, me hace sentir más cerca de Alé, así que la imito y trato de pensar tanto en colocarme que eso es lo único que noto.

Alé empieza a columpiarse, y yo hago lo mismo, en dirección al cielo. Cuando estoy arriba del todo, casi me parece que me meto en una de esas nubes. Miro abajo y veo una tienda de campaña detrás de la cancha de baloncesto y a un hombre meando junto a un árbol sin molestarse en echar un vistazo por si alguien lo ve. Me dan ganas de ser igual de alocada, tan inocente como para ser capaz de ponerme a mear en pleno parque San Antonio un jueves al mediodía sin alzar la vista siquiera.

—¿Sabes qué he estado pensando? —me pregunta Alé.

Estamos en lados opuestos del cielo, columpiándonos hacia la otra sin llegar a tocarnos nunca, y por primera vez en todo el día he dejado de pensar en el panfleto que nos han colocado en la puerta, en el rostro dormido de Marcus, en lo mucho que se abre la boca de Dee.

—¿Qué has estado pensando?

—Que nadie arregla ninguna de estas putas carreteras nunca.

Nada más oírlo, me echo a reír, porque creía que había estado a punto de soltar una frase filosófica sobre el mundo.

—Pero si ni siquiera tienes coche, ¿qué más te da? —le grito en respuesta, por encima del viento y el espacio que separa nuestros asientos.

Por mucho que le acabe de decir eso, al mirar hacia las calles que se extienden desde el parque como las patas de una araña veo a qué se refiere. Hay trozos de carretera junto a los agujeros que han dejado atrás, donde las ruedas de los Volkswagen cochambrosos se hunden y por un segundo no sé si van a lograr salir, hasta que lo hacen, y el único resto del bache es el ligero traqueteo del parachoques. Parece que ninguno de los agujeros de Oakland atrapa a nadie durante mucho tiempo, que el hecho de estar roto es solo una ilusión. Aunque quizás eso solo se aplique a los coches.

—¿Nunca te has parado a pensar que llevan décadas sin arreglar alguna de las calles de por aquí? —Alé, *skater* hasta decir basta, pasa más tiempo recorriendo baches que yo.

—¿Qué más da? Las carreteras no le hacen daño a nadie.

—Eso da igual. Solo digo que no es así en ninguna otra parte, ¿sabes? ¿Por qué Broadway no está así de rota? ¿O San Francisco? Porque llevan el dinero a la ciudad, igual que lo llevan al centro. ¿No te saca de quicio? —Se ha enderezado, y las dos estamos ralentizando la velocidad del columpio y bajamos de nuestro cielo particular.

—No. No me saca de quicio, igual que tampoco lo hace que mi tío Ty se haya comprado un Maserati y una mansión en Los Ángeles y que nos haya dejado aquí tirados. Igual que tampoco me molesta que Marcus se vaya a rapear a un estudio mientras yo me parto el lomo para pagar el alquiler. No me corresponde a mí molestarme por la supervivencia de los demás. Si la ciudad usa el dinero destinado a arreglar las carreteras en una calle de ricachones, pues que lo haga. Dios sabe que no me pararía a pensar en los demás si viniera alguien a ofrecerme un fajo de billetes.

Meneo los dedos de los pies dentro de mis zapatos de misa cuando el columpio se detiene y noto la mirada de Alé sobre mí, decidida.

—Y yo me lo creo —dice.

—¿Cómo que no me crees?

Niega con la cabeza, y lo colocada que está hace que el movimiento sea más lento.

—Que no, eres demasiado buena para ser una aprovechadora, Ki, no eres tan cruel como para hacer eso. Sé que no dejarías a Marcus, a Trevor o a mí solo para ir a hacerte rica.

Me gustaría pensar que se equivoca, pero, si así fuera, me quedaría en aquellos columpios todo el día y me colocaría tanto que no tendría que pensar en nada más que en los tatuajes de Alé y en cómo las calles se rompen y se seguirán desintegrando hasta que caminemos por la tierra.

En su lugar, me pongo a pensar en Marcus, en cómo solíamos instalarnos en las esquinas de la calle para intentar vender los cuadros que yo pintaba sobre cartones. Casi no conseguía ni el dinero suficiente para comprar más pintura, pero Marcus y yo lo hacíamos juntos, nos elegíamos el uno al otro. Ya ha llegado el momento de ir a decirle que no puedo encargarme yo sola de todo lo difícil si no piensa mover un dedo por mí. De decirle que deje el micrófono tranquilo y se enfrente a estas calles, igual que llevo haciendo yo desde hace seis meses.

—Tengo que ir a hablar con Marcus —digo, antes de bajarme del columpio de un salto y ver que el mundo se torna borroso, se enfoca y se desenfoca, se vuelve nítido y sigue girando. Dejo a Alé allí, en el columpio, con una nube de humo que sale de entre sus labios como si la hubiera estado conteniendo todo aquel rato, y ella ni siquiera tiene que mirarme porque ahora el *blazer* que llevo huele a sus zapatos de misa y hoy, en día de funeral, eso es lo único que necesito.

CAPÍTULO TRES

Suena como si alguien estuviera dando a luz. Bajo por las escaleras del estudio de grabación con cuidado, porque no estoy segura de si estoy a punto de encontrarme con una mujer desconocida con los muslos por encima de la cabeza, en erupción.

En su lugar, los peldaños dan paso al sótano, lleno de los gemidos de Shauna, la novia del mejor amigo de Marcus, quien está tirando vasos para llevar de Taco Bell a una papelera con más fuerza de la necesaria, a la espera de que alguien le pregunte qué le pasa. El refresco que queda en los vasos se derrama sobre la moqueta beis, y nadie le pregunta nada a Shauna porque Marcus está rapeando en la sala contigua y están demasiado ocupados tratando de descifrar algo de la ensalada de palabras que suelta sin parar.

Después de dejar a Alé en el parque, he vuelto a casa para hablar con Marcus, solo que no estaba ahí. Luego he pasado horas hojeando las páginas amarillas para planear dónde ir a buscar trabajo, hasta que se ha empezado a hacer de noche y me he imaginado que mi hermano estaría en el estudio. Ahora me preparo para entrar en el santuario de los chicos para ver si puedo conseguir que Marcus me abrace otra vez, como hace Alé, para ver cómo salimos de este marrón.

El mejor amigo de Marcus se llama Cole, y su estudio de grabación está oculto en un rincón del sótano de su madre, tras una puerta cerrada, en una casa escondida en una calle desierta del distrito Fruitvale, cerca del Regal-Hi y de la especie de centro que tiene East Oakland: siempre vivo. Los chicos le pagan a

Cole para poder pasar alguna hora en el estudio y se reparten las noches de la semana para grabar canciones que nunca saldrán de SoundCloud.

El bebé recién nacido de Shauna duerme en una cuna en el centro de la habitación mientras ella resopla, se queja y trata de hacer más ruido que las frases a toda velocidad de Marcus, por mucho que yo sea la única que la oye. Llego al fondo de las escaleras, donde el techo parece hacerse más bajo incluso, y varias voces compiten por llenar el espacio vacío hasta que toda la sala está a punto de estallar. A pesar de que el sótano es sofocante, la voz de mi hermano, con su tono monótono que tan bien conozco, me recuerda por qué he ido allí, por qué tengo que respirar aquel aroma a Old Spice reciclado y escuchar los ruidos molestos de Shauna.

Entro en el estudio y me sumerjo de inmediato en un mundo de hombres y música que llega a todos los rincones de la sala, una pista que Marcus despliega desde la cabina de grabación. Lo veo allí, detrás del cristal, con los ojos cerrados y los brazos abiertos en una versión mítica del abrazo de mi hermano. Tupac bien podría estar revolviéndose en su tumba porque a mi hermano se le da de pena rapear, y las únicas palabras que capto en sus balbuceos son «zorra», «puta» y «a este negro lo encadenan» y quiero decirle que todos los aquí presentes sabemos que se pasó dos semanas potando en el retrete después de que papá muriera porque su cuerpo no era capaz de soportar la pena. La sala sabe que las únicas cadenas que lo atan son las de esas máquinas que sueltan contenedores de plástico por cincuenta centavos en el salón recreativo. La sala sabe que la única puta que tiene soy yo, y me estoy encogiendo para intentar desaparecer por la puerta del modo que Marcus nos hace desaparecer en sus letras.

Si bien el estudio no está lo bastante limpio ni es lo bastante caro como para que se lo considere un estudio de grabación según cualquier estándar profesional, mi hermano y sus amigos lo han convertido en un refugio y han decidido que son dioses en aquella sala, al igual que yo me he sentido como una diosa en lo alto del columpio con Alé, antes de que la realidad me haya hecho volver a poner los pies en la tierra de una patada. Es una ilusión que crece por sí misma.

Marcus se queda en silencio, el ritmo de la canción llega a su fin, y me mira a través del cristal. Los chicos corean mi nombre, Tony se levanta del sofá para rodearme con el brazo, y su cuerpo cubre el mío con su masa muscular y su tranquilidad. Marcus me saluda con la cabeza desde el otro lado del cristal, y salgo de los brazos de Tony para abrir la puerta de la cabina, donde encuentro la calidez de mi hermano, el cuerpo que hay más allá del ritmo de una canción.

Le doy un puñetazo ligero en el estómago, aunque lo único que noto es la tensión de sus músculos. Marcus siempre está haciendo flexiones.

—Oye, tenemos que hablar. —Intento susurrar para que los chicos no se tengan que enterar, por mucho que Cole lo oiga todo a través de los auriculares de cualquier manera.

—Pues hablemos. —Su expresión me dice todo lo que tengo que saber. Está cerrada, con cada cavidad de sentimiento tapiada.

—Mira, Mars, no tenemos pasta para la subida del alquiler. Te pasas el santo día aquí sin trabajar y yo ya no puedo más, así que…

Como la mayoría de los días, en cuanto intento hablar, Marcus se viene arriba. Su voz llena la sala entera, y es como si estuviera librando una guerra con el oxígeno y me hubiera dejado sin nada. Pretende que no estoy ahí mismo, que el papel que le he dejado esta mañana no es nada más que un cartel de gato perdido.

—Por favor, Ki, no me vengas con la tontería esa de que no tengo trabajo. Sí que lo tengo, así que ¿por qué no vuelves a casa y me dejas acabar con la canción? Hostia ya.

Ni siquiera hace una pausa antes de ponerse a divagar sobre sus nuevos versos y a explicarme cómo va a llegar al estrellato.

Antes no solía ser así.

Hace unos seis meses, Marcus estaba en un bar cuando oyó la voz de nuestro tío Ty, rapeando como lo había hecho siempre. Lo buscó en internet y se enteró de que iba a publicar un álbum, que había firmado con la discográfica de Dr. Dre y que se estaba haciendo rico en Los Ángeles. Aquello despertó algo en Marcus, y al día siguiente dejó su trabajo en el restaurante Panda Express y empezó a quedar con Cole cada día, más que decidido a convertirse en nuestro tío. A pesar de que intenté darle espacio y dejarlo experimentar su ira, ya ha pasado demasiado tiempo, y, le guste o no, tiene que volver a actuar como un adulto.

Lo miro desde abajo, en busca de alguna parte de mí en su rostro, pero lo único que encuentro es una huella debajo de su oreja. Él suelta un suspiro.

—No pasa nada, Ki.

—No tenemos dinero suficiente para pagar el alquiler ya de por sí. En dos semanas, cuando nos pongan de patitas en la calle, seguro que sí pasará algo. —Me meto las manos en los bolsillos para que no vea que me he hecho daño al pellizcarme durante su estampida de palabras—. Me paso el día buscando trabajo, antes de que te levantes, y lo único que haces tú es quedar con Cole y con Tony y pretender que vas a conseguir algo. Ya ni siquiera pareces mi hermano.

—Anda, ya estás con lo mismo de siempre. —Aleja la mirada, perdida en el mismo punto de la pared.

—Marcus, por favor. —No quiero tener que suplicarle, no cuando Tony y Cole están al otro lado del cristal, con sus risitas y sus sorbitos de cerveza.

Por primera vez en lo que va de día, Marcus se me queda mirando, y por fin reconozco sus ojos. Esta vez, cuando habla, le tiembla la voz.

—¿Sabes cuando éramos niños y el tío Ty nos llevó a aquel *skatepark* y nos bajamos y corrimos hasta la pared para intentar escalarla y salir? Y tú eras más pequeña, así que no dejabas de intentarlo, pero no llegabas al borde de la rampa y volvías a deslizarte hacia abajo hasta quedarte sentada en medio, con todos los *skaters* que iban de un lado a otro a toda velocidad a tu alrededor, y te echabas a llorar.

Pese a que no lo formula como una pregunta, sé que es así. Me pregunta si me acuerdo de los roces que me hice en las palmas de las manos o del miedo que palpitaba detrás de mi frente.

—Sí que me acuerdo.

Marcus duda, se lame los labios y continúa.

—No te ayudé a ponerte de pie, y no fue porque me diera igual ni porque quisiera ganar. *Nah*, no fue nada de eso. Solo estaba esperando a que el tío Ty me enseñara algunos trucos, y, si te ayudaba, si te esperaba, habría perdido la oportunidad. Lo entiendes, ¿no?

El aire entre nosotros es espeso. Me está pidiendo permiso.

—Supongo.

Tengo la boca seca y busco algo sólido y lleno en la sequía que hay entre nosotros, antes de alzar la mirada y captar su expresión quebrada.

—No pasa nada, Mars. —Hay algo en el modo en que sus ojos se hunden que me hace querer borrarlo todo y dejarlo estar—. Quiero que te llegue la oportunidad o lo que sea. Es que... —Miro de reojo hacia el otro lado del cristal, donde Tony ha clavado sus ojos en nosotros—. Da igual. —Cambio de idea—. De verdad. —Dejo de mirar a Marcus.

Hace un ademán para sacar la tensión de la cabina de grabación.

—¿Puedo ir a buscar una cerveza o te vas a quedar ahí plantada y enfurruñada? —Se endereza, el dolor desaparece y deja solo una sonrisita torcida. Asiento y lo sigo fuera de la cabina para sumarme al círculo que hay alrededor de la consola de música, donde Marcus abre una lata y se la bebe a grandes tragos. Me siento entre Marcus y Tony, delante de Cole, y me pongo a pensar si a este le pasa algo en los oídos, pues no responde a los gritos de Shauna.

Cole es larguirucho, tanto que parece que podría estirarse hasta el techo si se tirara de él con la fuerza suficiente. Tiene las mejillas hundidas, y sé que se las está mordiendo para que le rocen su funda *grill*. Cole es engreído de un modo un tanto adorable porque, en nuestro grupito, ha conseguido salir adelante: puede mantener a la madre de su hijo y permitirse un coche, por mucho que siga viviendo en casa de su madre. Dice que es por voluntad propia, y ver cómo ella lo abraza hace que me lo crea.

Me doy cuenta de que Marcus se me ha quedado mirando mientras doy sorbitos a la cerveza que Tony me ha dado, para asegurarse de que no agarre otra lata. No le gusta que beba. En cuanto lo miro a los ojos, desvía la vista.

Mi hermano vuelve a la cabina de grabación después de terminarse la cerveza, y lo vemos mover la cabeza, mientras la saliva le sale disparada de los labios por encima de su pecho hecho de unos músculos por los que se ha esforzado más que por ninguna otra cosa que tenga. Estoy sola con los chicos, y el brazo izquierdo de Tony cuelga a su lado. Lo levanta para ponerlo a mi alrededor un par de veces y luego retrocede, antes de darme un par de palmaditas en la pierna. Tiene una mano pesada. Cuando habla, su voz sale con un deje de gruñido, como si un león se escondiera en las profundidades de su garganta y tratara de abrirse paso con sus garras para salir.

—¿Haces algo esta noche?

Tony hace su jugada: me rodea los hombros con el brazo, de modo que acabo apretujada contra su pecho y se me tapa la boca con su chaqueta tejana y el calor sofocante de su cuerpo. Me da unos golpecitos en el hombro al ritmo de la música, y me da la sensación de que no puedo escapar. Los versos de Marcus me recorren la espalda. Miro a Tony a los ojos y veo que me está mirando, como siempre.

—¿Crees que podrías hablar con Marcus para que se pusiera a buscar trabajo? —le pregunto, muy consciente de su mano, la cual se me desliza por el brazo.

—Ni siquiera me has contestado.

Huele a ponche de huevo por mucho que ya no sea Navidad, y no estoy segura de si eso me gusta o no. Le gusto desde hace meses, desde que se hizo amigo de Marcus, y es el único hombre que me ha hecho una pregunta con ganas de saber qué contestaría. Lo dejo intentar darme la mano cuando se pasa por casa, pero todavía no lo entiendo, no veo por qué no parece querer dejarme ir cuando nunca le he dado un motivo para aferrarse a mí.

—No sé si haré algo, Tony, tengo más cosas de las que preocuparme.

Me quedo observándome las manos, sobre mi regazo. Incluso con los berridos de Marcus a cada vez más volumen, la mirada de Tony, que me talla el rostro, y sus dedos, que me dibujan patrones en el brazo, hacen que no pueda pensar en nada más que en mis dedos. Solía dejarme las uñas muy largas y en forma de punta. Me las mordía para asegurarme de que la punta quedara exactamente como me gustaba, como unas garras.

Ahora me muero de ganas de esconder las manos o quizá de sentarme encima de ellas, pero sé que eso pondría nervioso a Tony, que le haría pensar que me estoy escondiendo de él, así que las dejo sobre el regazo. Tengo las uñas quebradas, con los bordes arrancados. Parecen desnudas, indefensas, como las uñas que tienen los niños de seis años cuando están tan ocupados jugando a policías y ladrones como para recordar que tienen que estar preparados para todos los policías y ladrones de la vida real.

—Vale —dice Tony, con la boca tan cerca de mi mejilla que le noto el aliento—. Hablaré con Marcus si vienes a verme esta noche.

Ladeo la cabeza para mirarlo y veo sus ojos de cordero degollado, llenos de esperanza. Es un coloso hecho de algo sutil y suave, y no sé si alguien más de aquella sala me ha escuchado respirar como lo hace él.

—Bueno —respondo, y salgo de su abrazo. Cole abre los ojos al captar mi movimiento y se quita los auriculares.

—¿A dónde vas, Ki? ¿Ya te has hartado de nosotros? —Cole muestra todo su *grill* al sonreír.

—Ya sabes que nunca me harto de vosotros. —Le devuelvo la sonrisa—. He visto a la nena, es preciosa.

Cole se endereza en el sofá, deja de sonreír y cambia su expresión por una llena de un asombro delicado, como si soñara con los ojos abiertos.

—Sí, es muy guapa.

Marcus sale de la cabina de grabación para ir a por otra cerveza, suelta una risita y arquea las cejas.

—Solo te falta que a tu chica se le pase la tontería y deje de quejarse.

El rostro de Shauna aparece en mi imaginación, con el hambre de sus ojos y sus lamentos. Cole sale de su ensimismamiento y suelta un sonidito: no para mostrar que está de acuerdo, aunque tampoco para defenderla. El tatuaje de Marcus se retuerce otra vez y trata de salir de su piel. Me mira y nosotros dos somos los únicos que estamos de pie.

—¿Ya te vas? —No estoy acostumbrada a que se fije en mí con tanta atención, haciendo morritos como un niño a punto de hacer una pataleta, como si no quisiera que me fuera.

—Me lo estoy pensando —le digo.

Inclina la lata hacia atrás y la vacía en su garganta.

—Ven aquí. —Me lleva de nuevo a la cabina de grabación y se da la vuelta para mirarme. Lo observo mientras se me pone la piel de gallina y se me eriza el vello de los brazos, como si acabaran de recordar lo desnudos que están detrás del cristal, sin el calor corporal de Tony—. No tienes por qué marcharte.

—¿A ti qué más te da? —En ocasiones, cuando estoy con Marcus, vuelvo a ser mi yo de diez años que mira a su hermano mayor, mi yo de antes de que todo se fuera a la mierda, antes de que se me empezaran a romper las uñas y Marcus decidiera que necesitaba el ritmo de una canción más que mi mano entrelazada con la suya.

Marcus hace una mueca, su mandíbula toma carrerilla para soltar sus palabras de nuevo, y, de golpe, mi huella se mueve y ruge en su cuello.

—¿Qué dices? Claro que me importa, Ki. Estoy aquí porque quiero que tengamos una vida distinta, como la del tío Ty. Tienes que confiar en mí, ¿vale? Dame un mes para publicar el álbum. Puedes aguantar un mes, ¿verdad?

A Marcus se le da mejor hablar que rapear, y en esta ocasión pasa igual. A mi huella le han salido patas y se mueve más deprisa que su aliento.

—Un mes.

Lo dejo darme un abrazo que parece más el apretón de una boa constrictor que una despedida.

Al otro lado del cristal, Tony y Cole se ríen de algo, se dan un puñetazo en el hombro y hacen como si no nos hubieran estado escuchando. Tony me ve, y se le ilumina el rostro.

—Tengo que irme —le digo.

—Pero luego vienes, ¿verdad? —me pregunta. Su altura contrasta con su comportamiento infantil; el niño pequeño que espera su recompensa. Sé que no está bien seguir dejando que haga eso, que continúe albergando la esperanza de que alguna vez me apoye sobre su pecho en busca de algo que no sea calor. Me dirijo hacia la puerta que me conducirá hacia Shauna, las escaleras y la ciudad.

—Ya veremos —le respondo, y me detengo una vez más para ver a Marcus dentro del cristal para un último verso.

Está ahí plantado, meciéndose de un lado a otro para empezar a rimar, y capto una sola frase antes de salir: «Mis chicas no saben nada, no saben nada». Intento descifrar las falacias que contiene, los bordes destrozados de los recuerdos que podrían estar detrás de sus palabras, y lo único que encuentro es nada; no sé nada. Nada.

Shauna sigue quejándose en el sótano y se agacha para recoger un sacaleches del suelo. Pese a que no digo nada, me agacho para levantar unos bóxers sucios y llevarlos a la pila de la ropa para lavar de Cole antes de colocar las almohadas del suelo de vuelta en el sofá que se hunde. Shauna alza la vista e intercambiamos una mirada. Hay algo en su expresión que me hace pensar que se siente sola, aunque no sé lo que es; tal vez el modo en que se le arruga el entrecejo, como si no se fiara de mis manos. O quizá sea que deja de quejarse cuando me paro a ayudarla, como si lo único que hubiese querido salir de su cuerpo fuera su aliento rancio.

—No tienes por qué ayudar —me dice, con voz monótona y arrastrando un poco las palabras. Conocí a Shauna cuando éramos más niñas que mujeres, poco después de que viniera desde Memphis para vivir con su hermana y su tía, y casi se me había olvidado ese sonido sureño que escapa de sus labios.

—No tengo nada más que hacer. —Echo un vistazo al interior de la cuna, a ese montoncito de ropa que envuelve a la bebé—. ¿Cuánto tiempo tiene?

—Está a punto de cumplir los dos meses.

Asiento, pues no sé qué más decir sobre la pequeñez de la bebé. Me acuerdo de la foto del funeral y me pregunto si Shauna pensará alguna vez en lo fácil que es dejar de respirar, de ser alguien y desvanecerse sin más, de querer a alguien y desaparecer.

Shauna va a aupar a su hija y se dirige al sofá. Lleva sus pantalones de chándal bajados hasta la cadera, por su vientre hinchado. Se sienta y se hunde en los cojines hasta que queda hecha un ovillo en el color rojo suave del sofá, del mismo modo que la bebé se hace un ovillo en sus pechos. Shauna se aparta el sujetador a un lado, y la niña se aferra al pezón y bebe como si se hubiera estado muriendo de hambre y estuviera volviendo a aprender a vivir, a alimentarse. Pienso en apartar la mirada, pero no parece que a Shauna le moleste, y los labios de la nena son fascinantes, por cómo se mueven. Shauna sigue mirando a la bebé, quien bebe con tanta fuerza que me pregunto cómo puede ser que no se quede sin aliento. Aunque el pezón libre de Shauna está seco y tiene costras, no hay ningún rastro de dolor en su expresión, ninguna preocupación por que la estén partiendo.

—Kiara. —No recuerdo la última vez que me llamó por mi nombre completo. La miro, y tiene unas ojeras muy marcadas—. No te quedes atrapada en sus tonterías.

Sigue mirando a su hija, como si fuera a ahogarse si ella aparta la mirada, así que no estoy segura de lo que me dice hasta que el ritmo vuelve a sonar y vibra bajo mis pies.

—No tenías por qué haber tenido un bebé.

Alza la cabeza con fuerza para mirarme.

—No tienes ni idea de lo que he tenido que hacer. Te estoy haciendo un favor al decirte que no lo dejes todo por ellos. —Su hija deja de beber y empieza a chillar. Shauna vuelve a ponerse en pie y a quejarse, a la espera de que alguien le pregunte algo, que uno de los hombres la mire para ver qué le pasa.

Mamá solía decirme que la sangre lo es todo, pero creo que todos estamos intentando olvidarnos de eso, que nos raspamos las rodillas y les pedimos a los desconocidos que nos curen. No me despido de Shauna, y ella ni siquiera se da media vuelta para ver cómo me marcho, cómo me dirijo de vuelta a un cielo que se ha sumido en un color azul oscuro mientras mi hermano me pedía que hiciera lo único que sé que no debería hacer, lo único por lo que Shauna se ha preocupado lo suficiente para advertirme: vaciarme por otra persona a la que no le va a importar una mierda cuando esté vacía del todo.

CAPÍTULO CUATRO

L a chica de la cafetería se pone el boli detrás de la oreja, donde su pelo corto pasa de azul a rosa chillón y luego a rubio, y me sonríe del mismo modo que me sonreían las matonas antes de decirme que no me podía sentar a su mesa cuando iba al colegio, como si estuviera esperando recibir un puñetazo o algún tipo de premio.

—De verdad que no podemos hacer nada si no tienes currículum.

Un grupo de veinteañeros con Converse a juego entran por la puerta principal de la cafetería, y la chica del cabello corto los saluda y saca menús desde donde está, detrás de la caja registradora. Hasta la forma en la que toma los menús me da ganas de tirarle el boli de un guantazo: los sostiene como si estuvieran demasiado sucios como para tocarlos.

—No tengo nada que poner en un currículum, así que sería una tontería traer una página en blanco, ¿no crees? —Tengo las manos apoyadas sobre la encimera de cristal, y la tarta de boniato, simétrica, me mira y se burla de mí.

La chica se acerca a la mesa del rincón a la que se han sentado los veinteañeros, les deja los menús y vuelve para buscar una jarra de agua. La sonrisa se ha esfumado de su rostro y ha dejado la mueca que viene antes y después de que las matonas te manden a la mierda. Qué extraño es comprobar que el patio del colegio nos sigue a todas partes.

—Mira, no tengo nada que enseñarle a mi superior, y, si te soy sincera, no creo que haya muchas posibilidades de que contraten a alguien con tan poca experiencia. —Deja de hablar un instante y hace un puchero—. ¿Has probado en Walgreens?

Antes de alejarme, me aseguro de apretar el puño y dar un ligero golpe en la vitrina de cristal. No con la fuerza suficiente como para arriesgarme a que se rompa, pero sí para que los veinteañeros me miren con miedo antes de salir con ímpetu por la puerta y pisar la calle.

Sí que probé en Walgreens la semana pasada, y en otra farmacia, CVS, la anterior a esa. Hasta intenté encontrar trabajo en la sucursal de MetroPCS, que comparte edificio con ese estanco al que nadie entra a menos que busque comprar droga o un teléfono lo bastante barato como para que le dure hasta que salga de la ciudad.

Siempre pasa lo mismo: pido hablar con el gerente, y entonces sale un hombre de la trastienda, jadeando, colorado y listo para echarme antes de que empiece a hablar siquiera, o bien dicen que el gerente no está e intento negociar con alguno de los empleados. Niegan con la cabeza desde que les digo que no tengo currículum, y la campanilla que hay encima de la puerta suena como para indicarme que se me está acabando el tiempo, que el mundo se me va a venir encima ya mismo. He pasado horas así, y es una sensación que hunde algo en mi interior hasta que ya no sé lo que hago y me doy cuenta de que no hago nada más que dar vueltas, que no tengo ningún destino al que ir.

Deambular por el centro de Oakland es como intentar hacer pie en pleno océano. Todo es enorme aquí, no como en casa, en East Oakland, donde tenemos los edificios bajos y los pies en la acera. En el centro, me parece que todo flota o está bajo tierra. O sea, si camináramos con brújulas, estaríamos levitando, por encima de la direccionalidad. Marcus y yo pasamos mucho tiempo con papá en el centro, antes de que invirtieran los edificios y echaran motitas de oro en la acera. Antes de que dejaran de reconocernos. En aquellos tiempos era una ciudad desierta, y los únicos que salían eran los que le daban palmaditas en la espalda a papá y nos ofrecían viajar en la parte trasera de los taxis que conducían antes de que llegara Uber. En aquel entonces, formábamos parte de la realeza solo por estar emparentados con papá, y lo seguíamos al piso de sus viejos amigos, aquellos a los que nadie quería porque estaban llenos de mugre y habían sido antros de drogas.

Ahora hay demasiadas cafeterías en estas calles, demasiados rostros iguales, con el cuello encorvado porque, en el centro, a nadie le importa un comino a dónde va, o con quién puede encontrarse o chocarse. Tienen la cabeza metida en una pantalla y los zapatos atados con tanta fuerza que apostaría algo a que se les han dormido los pies.

Lo único que tiene el centro que no hay en ninguna otra parte de la ciudad es un montón de bares, discotecas y garitos a los que la gente va a emborracharse y a bailar. A las 02 a.m., siempre hay alguien que ha organizado una barbacoa antes de que cierren las discotecas, y la maría se mezcla con el humo de las parrillas.

Hay un club de striptease metido debajo de un centro de yoga en una esquina, con una puerta metálica pintada de negro brillante. Oigo el ligero sonido de la música, y, a pesar de que solo son las 05 p.m., tienen la puerta abierta. Entro en una sala iluminada con una luz tenue gracias a esas bombillas que parecen velas y veo a varias personas a solas, sentadas en taburetes o cerca de mesas redondas, acechando en los rincones más oscuros del lugar, mientras las barras se ciernen sobre todos desde el centro, con una mujer en el aire y otra muerta de aburrimiento.

Me dirijo a la barra del bar, donde hay un hombre de pie, trapo en mano, para limpiarla. Se parece a todos los demás camareros que he visto en mi vida, y me resulta reconfortante lo predecible que es el centro, cómo cambia de un modo que solo provoca más de lo mismo; cómo cada edificio parece duplicarse como los tatuajes del brazo de este hombre.

Me mira, y me siento pequeña, sumida en tanta oscuridad.

—¿En qué puedo ayudarte?

Tomo aire. No estoy segura de si de verdad quiero un trabajo como este ni si me lo van a dar siquiera, pero estoy desesperada.

—Busco trabajo —respondo, sin molestarme en preguntar por el gerente, como si eso fuera a cambiar algo.

Asiente, y el pendiente dilatador de su oreja izquierda reluce cuando se mueve.

—Puedo darle tu solicitud a mi jefe si quieres. Siempre busca más chicas guapas.

—No tengo ninguna solicitud —digo, a la espera de esa sonrisa de lástima que tanto me suena ya—. Ni currículum.

—Ah —responde, y se coloca un mechón suelto de vuelta en su coleta—. Bueno, supongo que puedo darle tu nombre y tu número de teléfono. —Trae un boli y una nota adhesiva de detrás de la barra y se encorva, listo para escribir. Alza la mirada en mi dirección y arruga la nariz—. ¿Cuántos años tienes, guapa?

Me estremezco ante el apelativo.

—Diecisiete.

Se incorpora, y la pequeña sonrisa aparece al fin en su expresión.

—No podemos contratar a nadie menor de dieciocho. Lo siento, cielo.

Asiento y me doy media vuelta hacia donde se cuela la luz por la puerta abierta. Solía pensar que la única ventaja que nos otorgaba cumplir los dieciocho era el derecho a votar, pero ya me ha quedado claro que es algo más que eso, así que ojalá mi cumpleaños llegue antes de la cuenta. Antes de salir, oigo que alguien me llama. Me giro y veo a una mujer que se materializa detrás de la barra, con un rostro desconocido hasta que entorno los ojos y me empieza a sonar.

—¿Kiara?

—¿Lacy?

Me sonríe, con sus cejas apuntando hacia dentro, tal como las recuerdo, y me hace un gesto para que vuelva a la barra.

Pasa al otro lado y saca un taburete para que me siente. Cuando lo hago, me da una palmadita en la pierna.

—¿Qué te cuentas, chica? Sé que no tienes edad para estar aquí. —Lo dice con esa sonrisa que nunca desaparece.

No conocía del todo a Lacy, al menos no tanto como Marcus. Era su compinche cuando estaban en el instituto Skyline y nunca los vi por separado en casi cuatro años. Y entonces los dos dejaron el instituto unos meses antes de la graduación porque ninguno de los dos tenía a nadie que los animara a enfrentarse a los pasillos por ese diploma y los metiera en el birrete y la túnica. La escuela tiene tantos baches como la calle: siempre se rompe y nos abandona a nuestra suerte para que nos tropecemos.

—Ahí voy, ya sabes —le digo, porque no quiero mentir como haría Marcus, aunque el hecho de que todo se está yendo al traste parece demasiado íntimo para el lugar en el que estamos.

—¿Y tu hermano? —Veo cómo su rostro se vuelve receloso, y una mueca triste tira de las comisuras de sus labios.

—Igual, como siempre.

Marcus dejó de quedar con Lacy en cuanto conoció a Cole, en cuanto se dio cuenta de que el mundo real no nos proporcionaría nada gratis como él creía que iba a pasar. El tío Ty le hizo creer que nos llegaría algún milagro, y parecía pensar que Cole era el modo de alcanzarlo, que quedarse con Lacy lo llevaría a una vida de esperanzas sin recompensas. Ella se buscó un curro y trabajaba cuarenta horas a la semana, y Marcus no quería saber nada de eso. Lo único que tiene ahora es media docena de canciones en SoundCloud y ninguna nómina y aquí estamos: ella con el pelo recogido en dos moños altos, con *piercings* por toda la cara y con aspecto de ser la dueña del local, como si no necesitara luz para ver. Y Marcus sigue por ahí esperando, como si algo fuera a cambiar.

Lacy se pone de pie de golpe.

—¿Quieres algo de beber? —Si bien viste del color negro clásico de los camareros, reluce de todos modos—. No se lo diré a nadie. —Me guiña un ojo y vuelve al lado de la barra en el que estaba el hombre, quien se ha metido en la trastienda en algún momento. De todos modos, aunque volviera, algo me dice que Lacy tiene más influencia que él. Es algo en sus movimientos, con la espalda recta como una secuoya, como si fuera a seguir creciendo en vertical.

—Bueno —asiento.

—¿Qué te apetece?

—Sorpréndeme. —No sé cómo pedir algo para beber por mí misma, porque no estoy acostumbrada a que nadie me pregunte qué es lo que quiero. Normalmente alguien me da una botella o un vaso de plástico y no me lo pienso el tiempo suficiente como para cuestionarlo. Lacy saca una botella de detrás de la barra y luego otra y sirve y agita y lo remueve todo en un vaso con una de esas pajitas tan delgadas que no sé cómo es posible que algo pase a través de ellas. Añade una cereza, una de esas tan dulces como para creer que vienen de un árbol de verdad, y desliza el vaso en mi dirección. La bebida es de un tono de rojo suave, casi rosa, si no fuera porque la cereza realza el color.

—¿Qué es? —le pregunto.

Se inclina hacia delante.

—Es una sorpresa. No te preocupes, te gustará.

Inclino la cabeza hasta que toco la pajita con los labios y bebo. El líquido me llega a la lengua, y su euforia se me esparce por la boca, como si todo el sabor del mundo se hubiera combinado en un calor brillante.

—Hostia —digo, tras tragar, y alzo la mirada a Lacy, quien se echa a reír.

—Siempre te ha gustado lo dulce.

—¿Cuánto tiempo llevas trabajando aquí?

—Empecé de stripper poco después de haber dejado de hablar con Marcus, pero el sueldo es un poco más estable en el bar, así que ya llevo unos meses de camarera. —La puerta se abre una vez más, y un pequeño grupo de hombres con corbata entran.

Lacy se endereza—. El local se está a punto de llenar, pero puedes quedarte todo el tiempo que quieras. Avísame si quieres que te rellene el vaso. Yo invito.

Lacy me sonríe y me deja para seguir a los hombres hasta una mesa justo delante del escenario. Uno de ellos lleva una corbata con topos que se está desatando y me mira directamente, con una esquina de la boca torcida hacia arriba. Aunque no sé por qué, su cara me parece interesante, y parte de mí quiere tocarla, notar si le está saliendo la barba, si tiene la piel lo bastante suave como para ponerse rosa solo por el roce de mis dedos. Vuelvo a centrarme en la bebida y me pregunto si debería quedarme, si ser una chica joven y sola en un club de striptease sin nada de dinero encima puede hacer que esta noche sea peor. Aun con todo, una bebida gratis es una bebida gratis, y estoy harta de caminar sin parar y de todos los rechazos de todos los trabajos posibles de Oakland, así que doy un sorbito. Y luego otro. Y otro más. Bebo hasta que ese color rojo dulzón desaparece y le pido a Lacy que me prepare un vaso más.

Marcus no soporta nada de color rojo después de lo de mamá. No es como si fuera el único que tuvo que verlo, pero sí fue quien intentó que las muñecas de mamá dejaran de sangrar, quien recogió la cuchilla del suelo. Fue quien les dijo que no me llevaran con ellos, mientras su cuerpo de dieciocho años recién cumplidos se alargaba como si su altura fuera a concederle la habilidad de sobrevivir a aquella noche sin pensar en el color del agua. Desde entonces, mi hermano no pisa el baño. Se ducha en casa de algún amigo y mea en la licorería que hay al otro lado de la calle.

Las sirenas de aquel día nos dejaron sentados en el único lugar sin manchas del piso, el centro de la alfombra que había detrás del sofá, y Marcus y yo nos quedamos mirando a la cinta de color chillón que indicaba otro lugar con ADN, como si todo el piso no estuviera hecho ya de nosotros, de nuestra sangre. La trabajadora de servicios sociales se fue con la policía para seguir a mamá y a la ambulancia, tras interrogarnos durante una hora.

Marcus me rodeó los hombros con el brazo y, cada vez que me ponía a temblar, me rascaba la piel para recordarme que él seguía estando allí. Me quedaban dos meses para cumplir los quince. Él era el adulto más joven que había visto en la vida, y menos de una semana más tarde dejó los estudios. Estaba decidido a sacarnos adelante, a ser el hombre de la casa.

Nos acomodamos en la alfombra beis, aunque se había tornado marrón con el paso del tiempo, y Marcus me susurró al oído que iba a cuidar de mí. Fue como si la luz hubiera llegado a la boca de mi hermano por fin, porque me hablaba como el sol, y, si mamá ya no iba a estar ahí, si papá ya no era distinto a la tierra yerma, necesitaba a mi hermano más que a nada en el mundo. Me preguntó qué quería para cenar, y, cuando le dije que no tenía hambre, fue a buscar los fondos de emergencia de mamá en la almohada y pidió tres tipos distintos de pizza. Se comió dos porciones de cada una, además de todos los trozos de salchicha de otra, y me dejó su plato para que lo lavara. Quizá debería haberme dado cuenta de que iba a ser así, que yo iba a tener que encargarme de lavarle los platos, de recoger sus estropicios, pero el brazo con el que me abrazaba y el susurro con el que me animaba bastaron para que no me importara. Marcus me había reclamado. Era suya.

Creí que él iba a ser lo único que necesitaría después de eso. Me dio la mano durante el juicio de mamá, cuando el tío Ty se fue de la ciudad y en todas las visitas que le hicimos a mamá en la cárcel de Dublín, que quedaba cerca de la ciudad y estaba siempre repleta. Y luego, dos años más tarde, me la soltó. Se fue a casa de Cole, dejó de mirarme a los ojos, y los periódicos que leía se acumularon junto a la puerta. Lo he estado persiguiendo desde entonces para intentar que me vuelva a mirar.

Para cuando mi cuarto vaso se ha quedado solo con hielo, el club está lleno de cuerpos que se arrastran, con cada taburete y mesa ocupados, y la música retumba por mucho que no sea capaz de reconocer ni una sola canción. Las tres barras de baile están repletas, y veo billetes de un dólar que acaban metidos en el tanga de cada mujer que hace un baile privado. Hay algo en el alboroto del club que me hace sentir viva, no como una chica que no llega a fin de mes, sino como una mujer libre. El modo en que las luces están encendidas es la mezcla perfecta entre calidez y ausencia. La música se combina con la cháchara para producir un coro de ruido amortiguado, como una estática melodiosa. Cada vez que se abre la puerta para dejar entrar a otro grupo de cuerpos, el Oakland del exterior se cuela con ellos: un tamborileo, alguien que grita que debemos tener cuidado con las grietas de la acera, una sirena.

Lacy vuelve de hacer sus rondas con una bandeja de vasos de vino medio vacíos, y no le veo sentido a que alguien pague por algo y luego no se lo beba. Le llamo la atención y le señalo hacia mi vaso, aunque parece que no me salen las palabras adecuadas para pedirle que me lo vuelva a llenar.

—Creo que ya es suficiente, Ki —me grita, con una carcajada.

Hago un puchero mientras doy una vuelta en el taburete. El de la corbata a topos me mira otra vez. Está hablando con sus amigos con traje, pero me mira a mí. Vuelvo a observar a Lacy y la veo mezclando bebidas, y de repente la sala me parece demasiado llena, como si todo el oxígeno hubiera desaparecido en ese único giro. Le grito a Lacy por encima del ruido.

—Tengo que irme.

Arquea las cejas, y su figura es incluso más alta de lo que la recuerdo cuando su cara se alarga así.

—¿Estás segura de que podrás llegar a casa?

Le hago un ademán con la mano, no tanto a ella sino a su silueta, esa figura que se estira hasta el techo. Me levanto, recobro el equilibrio y me dirijo a la puerta como si escondiera algo glorioso detrás. La abro con fuerza y salgo a la calle. Me doy cuenta de inmediato de que ya deben pasar de las 10 p.m., porque Oakland se ha apagado y no hay ninguna luz encendida. Las únicas personas que hay por las calles son las que viven en ellas. Así va a ser la vida para nosotros, para Marcus y para mí, dentro de poco. No hay cómo escapar de la acera.

El frío del viento me entra en el cuerpo, se me cuela por la camiseta hasta el ombligo. A veces pienso a dónde puede conducir mi ombligo. Si va al estómago para sumarse a la bebida de color rojo cereza que hay por ahí o si está conectado con mi útero.

La puerta del club se abre a mis espaldas, y Corbata a Topos está ahí, con el pelo suelto de su gomina en un modo que le queda más natural, como si no tuviera que estar tan atado.

—Hola. —Ni siquiera estoy segura de si me está hablando a mí hasta que añade—: La de la camiseta gris. —Tengo que mirarme la ropa para entender que se refiere a mí. Si bien intento sonreírle, me pica la boca, y creo que me sale una expresión torcida, de la cual se ríe con una carcajada grave, que nunca llega a su punto álgido.

—¿Sí? —Es la única palabra que soy capaz de pronunciar a estas alturas, el único sonido coherente.

No recuerdo la última vez que un hombre blanco me ha hablado por voluntad propia, y mucho menos que me siguiera a la calle, aunque no me queda espacio en la cabeza ni en el estómago para cuestionármelo, porque la bebida roja parece estar derramándose en mi interior.

Me dedica otra sonrisa, igual que cuando estábamos sumidos en el sudor del club.

—Mira, es tarde y no quiero perder tiempo pretendiendo que no estamos aquí por la misma razón.

Habla, pero lo único con lo que me quedo es con cómo el viento le mece el cabello hacia atrás. No sé de qué me habla y no tengo fuerzas suficientes como para intentar averiguarlo.

—Conozco un buen sitio —continúa.

—¿Un sitio? —Cada vez me fío menos de mis rodillas, con todo el líquido que da vueltas en mi estómago.

No sé si lo sigo porque hace frío y creo que me va a sacar del viento o si estos últimos días y las bebidas me han hecho querer estar con este hombre por alguna razón, ansiar tener una calidez que supere a cada parte de mí que podría conservar el suficiente sentido común como para hacerme dar un paso atrás, buscar un bus o una calle llena de gente. No me importa por qué lo hago, porque la cosa es que mis pies siguen moviéndose por su cuenta. Aun así, supongo que se mueven demasiado despacio, porque Corbata a Topos me da la mano y tira de mí hacia un edificio.

El edificio es grande y, cuando miro arriba, ni siquiera alcanzo a ver la parte superior. Me lleva directo al ascensor y entramos. No he estado a solas con un hombre, aparte de Marcus, desde que tenía catorce años y un chico intentó enseñarme a hacerle una paja en un cubículo del baño del instituto, pero entonces los zapatos de nuestro profesor de química aparecieron en la cabina de al lado, y no se le levantó. Cuando el ascensor nos sube, el líquido hace algo en la parte inferior de mi estómago, se alza como catapultado, y me da la sensación de que me he tragado un océano entero.

El ascensor suelta su pitido, y me espero una oficina o incluso el piso de aquel hombre, un lugar lleno a rebosar de dinero. En su lugar, salimos y volvemos a estar en el exterior, solo que ahora tenemos el cielo más cerca y un jardín se despliega ante nosotros, rodeado de paredes de cemento.

—¿Dónde? —Parece que solo puedo soltar una palabra. No me contesta, sino que me acerca al borde de la pared. Todo el jardín está desierto; varias ramas sobresalen, y hay un estanque quieto en el centro. Creo que debemos estar en el tejado de este edificio sin fin.

Más cerca del borde de la pared, tira de mí. Cuando me besa y se aparta para respirar, su silueta contrasta con el cielo. Hace años que no me besan, y me resulta un tanto baboso, húmedo, y me hace querer que se limpie la boca.

Me besa otra vez, y poco después nos hace intercambiar el sitio y me empuja contra el cemento, de modo que me inclino contra el cielo, hacia él. Me desabrocha los pantalones, y el viento me sostiene de pronto, además de sus manos, que me arañan la piel. Me da media vuelta, me dobla sobre mí misma, y mi mejilla queda apretujada contra el cemento, pero, si miro por el rabillo del ojo, puedo ver todo Oakland desplegado ante mí, con una sola luz de sirena: si bien está demasiado lejos como para oírla, el parpadeo de color neón es inconfundible. Antes de que me dé cuenta de que está pasando, arremete contra mí, y lo único que noto es el líquido de cereza que me sigue ahogando por dentro. Ni siquiera estoy participando, sino que solo permito que el cielo me tranquilice mientras sucede. No sé cómo puede ser que sea la primera vez que noto el pene de un hombre en mi interior y que, aun así, me parezca algo de lo más aburrido, tanto que ni siquiera estoy segura de estar aquí de verdad.

No tarda mucho en acabar, y vuelvo a tener los pantalones subidos. Se coloca bien su cinturón y no me vuelve a mirar, sino que se limita a darse unos golpecitos en el bolsillo, y creo que está buscando su cartera.

—Solo llevo unos doscientos encima. —Unos doscientos. En billetes. El hombre está intentando pagarme. Me coloca un fajo de dinero en la mano, y, aunque una parte de mí sabe que seguramente no deba, lo acepto y cierro el puño. Cada parte de mi cuerpo tiembla, me he puesto a tiritar, y él no dice nada más, pero alza las manos para quitarse la bufanda y me la coloca alrededor del cuello. Ni siquiera se despide, o, al menos, no lo oigo, antes de volver al ascensor y desaparecer.

Tengo ganas de mear. El océano se ha hinchado en mi interior.

Me tambaleo de vuelta al estanque, me quito los zapatos y los pantalones y me meto en él. Lo suelto todo, mi cuerpo descarga su contenido como si esos billetes me hubieran arrancado todos los tapones, y el líquido rojo sale amarillo en el estanque. No sé cómo los cuerpos pueden consumir algo y producir otra cosa, pero supongo que la noche nos regala todo tipo de anomalías. Me vuelvo a poner los pantalones y los zapatos y me dirijo al borde del tejado para mirar por encima de la ciudad hasta donde la niebla se aparta lo suficiente como para permitirme vislumbrar el puente a lo lejos, todas las cosas ocultas que se dejan ver. Cuando inhalo, no huelo a orina, tabaco ni maría, sino tan solo a los restos de la bebida roja que siguen en mi aliento.

CAPÍTULO CINCO

Conocí a Camila la misma noche que a Corbata a Topos, cuando deambulaba de vuelta a casa y me preguntaba cómo regresar a East Oakland después de que los buses hubieran dejado de pasar. Marcus y Alé no me contestaban al teléfono, me estaba congelando y se me cortaban los labios. No sabía lo que hacía. Fui dando tumbos en dirección al ruido de la autopista.

Un coche aparcó delante de mí, negro y brillante, y una mujer salió del asiento de atrás, se quitó la chaqueta, se volvió a inclinar dentro del coche para dársela a alguien a quien no pude ver y cerró la puerta antes de que el coche se marchara. Tenía unas extensiones de color rosa chillón a juego con su conjunto: un vestido ceñido de color mate. El modo en que caminaba me hizo pensar en cómo camina una cuando va en dirección contraria al viento: decidida y bamboleándose.

Me quedé ahí plantada, con mi camiseta gris y aquella bufanda que todavía llevaba puesta, y pretendí no habérmela quedado mirando. Sin embargo, Camila lo vio todo a través de aquellas pestañas, lo vio todo sumido en esa especie de curiosidad que sale por los ojos y te atrae.

—¿Tengo monos en la cara? —Me soltó después de acercarse a mí. Seguramente habría empezado a liarme a puñetazos o habría salido corriendo si me lo hubiera dicho cualquier otra persona, pero el modo en que habló no fue para instarme a pelear, sino como si le pareciera gracioso, como si estuviera metida en una muchedumbre cuyo idioma no hablara y ella fuera la primera en entenderme.

55

—No.

—Eres una furcia novata, ¿eh? —Esbozó una sonrisa que mostró unos aparatos que no había visto hasta que se acercó tanto a mí—. Mira, no vas a ganar casi nada dando vueltas por la calle sin más. Como se gana más es siendo *escort*. Tengo un chulo, también, y estoy segura de que te aceptaría si se lo pidiera. A lo que voy es que nadie te va a tomar en serio si te quedas por aquí, y ten por seguro que nadie se va a molestar en ayudarte si te haces daño. ¿Lo comprendes?

Era tan radiante que no supe cómo decirle que no, que no era como ella, que no había pretendido hacerlo, porque ¿y si sí era aquel tipo de mujer? Todavía tenía los billetes de Corbata a Topos en el bolsillo, y mi cuerpo seguía sin entender lo que había pasado en aquel tejado con aquel hombre.

Camila me dio la mano, con cuidado de no hacerme daño con sus uñas postizas. Llamó a alguien para que nos viniera a buscar y me dijo que me acompañaría, de camino a la casa de su cliente. En el coche, me contó lo que tenía que hacer para ser como ella, dónde ir, cuándo, cómo vestirme, y creí que quizás aquel lugar era adonde iban las chicas cuando estaban cansadas. Quizás ahí sea adonde tengo que ir para encontrar mi ritmo, para hacer que mi cuerpo tiemble como el de mamá.

Al día siguiente no pude dejar de pensar en Corbata a Topos ni en Camila, en lo fácil que parecía para ella, en los muchos billetes que Corbata a Topos me había dado por tan solo unos minutitos de nada. Llamé a tres agencias de *escorts* y empresas de sexo telefónico, pero todas me dijeron que mi edad era un problema, que volviera a llamar cuando cumpliera los dieciocho. Pese a que me dijeron que podría probar por internet, habíamos dejado de pagar la tarifa de internet el año pasado y no tengo *smartphone* ni ordenador. Camila me dijo que, si tenía que hacerlo en la calle, debería tener a alguien cerca que se cerciorara de que estuviera a salvo, que así no sería tan malo. Quizá podía hacerlo unas cuantas veces más mientras intentaba persuadir a Marcus para que encontrara trabajo. Me digo a mí misma que ya he follado, por lo que puedo volver a hacerlo, que no soy nada más que un cuerpo. Piel. No tiene que ser nada más que eso. Solo hasta que nos saque de la deuda del alquiler.

No me llevó mucho tiempo convencer a Tony. Me pasé por su casa anoche, y se ilusionó como si fuera el boleto de lotería que su madre le compró por Navidad. Cuando me senté a su lado en el sofá, intentó rodearme el cuerpo con el brazo con elegancia, como si su masa corporal fuera capaz de hacer algo con sutileza. Me incliné hacia delante para que su cuerpo no chocara con el mío y lo miré mientras recordaba lo que Camila me había dicho.

Tony se dio cuenta de que algo iba mal, y se le arrugó la piel del puente de la nariz.

—Necesito que hagas algo por mí —dije, dándole vueltas a un hilo suelto de la bufanda de Corbata a Topos alrededor de un dedo hasta que se me hinchó la piel.

—Ya he hablado con Marcus —me contestó él, y me quitó el hilo del dedo.

—Creía que no ibas a hacerlo a menos que viniera por aquí.

—He cambiado de idea. —Se encogió de hombros—. Pero da igual, no me ha hecho ni caso.

Tiré del hilo con fuerza, y más de él se separó de la bufanda. Aquella vez me lo até en el pulgar, arriba y abajo, hasta que lo cubrí entero de hilo.

—He tenido otra idea. —Aparté la vista, porque mirar a Tony es un poco como quedarse mirando el cañón de una pistola: demasiado cerca.

—¿Sí?

—Seguro que no te parece bien, pero es lo que voy a hacer, así que, aunque no me ayudes, lo haré igualmente.

—Como siempre —se rio.

Cuando se lo conté, no me contestó durante unos segundos, sino que se quedó allí sentado, con un brazo todavía por detrás del sofá y la mirada clavada en mi pulgar.

—Ni de coña.

Para ser un hombre de pocas palabras, cuando sí se decide a hablar, lo hace deprisa y va al grano. Es una de las cosas que me gustan de Tony. Eso y lo pequeña que me siento cuando estoy a su lado, como si pudiera abrazarme y nunca fuera a encontrar el camino para salir de él.

—Puedes acompañarme y asegurarte de que no me dejen tirada en una cuneta. O no vengas y lo haré yo sola. Tú mismo.

—El mejor modo de hacer que un hombre haga lo que quieras es decirle que tiene el poder de decisión, que está al mando, que sostiene el extremo del hilo.

—Tu hermano me va a dar una paliza.

—No mientras viva bajo mi techo. —Y entonces Tony agarró el hilo, me lo desató del pulgar y lo arrancó en la base, lo cual dejó solo la bufanda y un fragmento arrancado de lo que podría ser hilo si se lo miraba de cerca.

Esta tarde me encuentro con Trevor en la parada de bus, después de clase. Me da la mano, como siempre, y mueve la cabeza con cada palabra que suelta mientras me cuenta que a la señorita Cortez parece caerle mal y que hoy incluso le ha quitado sus cromos de baloncesto, esos que tienen la cara de los jugadores de los Golden State Warriors, y que no se los ha devuelto hasta el final del día. Todo me parece de lo más normal, incluso el modo en que me mira, como si estuviera asimilando mi rostro para recordarlo en sus sueños más dulces mientras recorremos la calle High. Me imaginaba que iba a ser capaz de verlo en mí, de darse cuenta de que todo ha cambiado, pero, o bien no es así, o le da igual. Cuando lo dejo delante de la puerta de su casa, me rodea el cuello en un abrazo y entonces me da un tirón en el pelo, se aparta y se echa a reír, como si me hubiera descubierto. Yo también suelto una carcajada y le doy un empujoncito a él y a su mochila para que pase por la puerta. El momento es tan normal que casi creo que es real, que no hubo nada rojo, ni orina ni hombre. Casi me creo que va a ser así para siempre.

Ahora es de noche, he salido a la calle y estoy a cinco minutos de ese punto en el que el frío adormece el cuerpo entero. La falda que llevo me traiciona y lo deja entrar todo mientras me roza la piel como granizados del 7-Eleven en pleno invierno. He intentado vestirme como los maniquíes que hay por todos los escaparates de las tiendas de Fruitvale Village, con medias de rejilla y una minifalda tan corta que el viento me toca cada centímetro de piel. En la calle hay una especie de quietud que provoca el no tener ningún lugar al que ir, y todo está animado, así que echo un vistazo a toda la manzana y grabo a todas las personas que veo en mi memoria.

Tony está en el otro lado de la calle y me mira. Intento no devolverle la mirada, pretender que no estoy asustada ni nerviosa, que mis huesos son más densos de lo que son en realidad, más resistentes a romperse. Conforme recorro deprisa el bulevar International, más allá de la academia de cosmética y las tiendas idénticas con trajes de gala supervaporosos en los escaparates, Tony me sigue desde el otro lado de la calle. Contengo una sonrisa al pensar en aquel hombretón que se intenta esconder entre las sombras a paso rápido. Si estuviéramos en algún otro lugar, alguien ya habría llamado a la policía, solo que nadie se atrevería a invitar a las sirenas a acercarse a International, donde dirían que todos somos algún tipo de delincuente.

A pesar de que todavía es de día, ya hay hombres más que de sobra por aquí y se dan un festín conmigo con los ojos. Es mucho peor que con Corbata a Topos, porque están todos juntos y saben que soy una chica que se va a ofrecer a sí misma, por mucho que todavía no esté segura de que quiera hacerlo. Me pregunto si Camila tenía razón, si debería buscarme a algún hombre en internet que solo quiera lamerme entre los dedos de los pies, o si quizá debería haber ido con ella y su chulo. El problema es que me preocupa que, si hago eso, me esté metiendo demasiado como para poder salir más adelante.

Los hombres me silban.

—Oye, guapa, vente conmigo.

—¡Mami! ¡Vente *p'acá*!

—¿Qué haces por ahí con este frío? Ven que te caliente un poco, preciosa.

Son incansables y asquerosos, y Tony parece que está a punto de cruzar la calle para molerlos a palos cada vez que me gritan o me silban. Me intenta proteger de aquello a lo que yo me acerco por voluntad propia.

—¡Kia! —La voz se desliza a mis espaldas. Los tacones de Camila son de una altura vertiginosa, plateados y brillantes. Ha abierto los brazos y camina en mi dirección con la boca abierta, como si fuera a besarme o a ponerse a cantar. En su lugar, me toma de las manos y empieza a bailar, o a mecerse, mejor dicho—. ¿Qué haces aquí, hija?

Me apoyo en Camila y me olvido de Tony, por mucho que sepa que está por ahí.

—Ya sabes —respondo.

—¿Qué te dije yo de hacer la calle? ¿Ya tienes a alguien que te cuide? —Camila me hace girar sobre mí misma, desde lo alto, con los centímetros extra que le otorgan sus zapatos de Cenicienta.

—Más o menos —digo, después de la vuelta. Camila chasquea la lengua, bajo sus pestañas grandes y pesadas.

—Me está esperando un cliente.

El aliento de Camila es espeso, lleno de su aspecto llamativo. Lo veo salir al aire en una niebla, y sé que lleva tanto tiempo en esto que su cuerpo adormecido se ha transformado en una especie de cosquilleo, que su cuerpo genera calor de la nada. Lleva tantos años haciéndolo que creo que puede haber dado con la clave, que sabe lo que hace. Nadie le grita nada, porque todos saben que está por encima de sus comentarios, de su lengua y sus dientes. Camila le sacaría la navaja a cualquiera que fuera lo bastante insensato como para meterse con ella y lo dejaría tirado y sangrando.

Sus extensiones están adornadas con azul, y su maquillaje es su propio disfraz; está lista para la pasarela, con su voz ronca y mágica. Me hace un ademán con sus dedos huesudos, me dice que ya nos veremos por ahí, y, como si nada, ya estoy sola de nuevo, salvo por los ojos: Tony, los desconocidos, los carteles que anuncian casinos que no creo que existan de verdad. Ojalá volviera Camila e hiciera parecer que esta noche es como cualquier otra, que todavía puedo acompañar a Trevor a la parada del bus y comer patatas fritas rancias con Alé en el columpio.

Desde que fui al club de striptease hace un par de días, he estado evitando a Alé y no hago caso de sus mensajes ni de sus llamadas. Creo que será capaz de notarlo nada más me vea, de ver lo que hago, y entonces nunca podremos volver a fumar el mismo porro ni observar la ciudad para ver lo mismo. Aun así, me gustaría que estuviera aquí para hacerme reír. Para hacer que el frío fuera un poco menos doloroso.

Cuando el hombre aparece en la calle como si se hubiera materializado solo para mí, me pregunto si será una locura, si debería irme a casa, pero entonces recuerdo la factura que nos ha dejado Vernon. Y tengo a Tony aquí conmigo, así que no pasará nada. Solo es un cuerpo.

El hombre que tengo delante es menudito, casi ni llega a mi altura con los zapatos que llevo, y el bigote le apesta a gasolina, lo cual me hace pensar que ha estado trabajando con coches todo el día, en algún lugar aceitoso y mugriento. Cuando Camila me dijo que necesitaba un chulo, o al menos alguien que me protegiera, me había imaginado que quería decir que iba a hacerlo con hombres más corpulentos, con más músculos y dinero del que creía que existía en la ciudad, en aquel mismo bulevar. Sin embargo, al mirar a ese individuo, con sus ojos hundidos, creo que mi cuerpo puede hacer que los hombres pequeños se sientan grandes. Les crece un ego en el cuello cuando están conmigo y sueltan dinero que seguramente deberían destinar al alquiler o al fondo para pañales de la madre de sus hijos.

Intento recobrar la compostura y me digo a mí misma que se supone que debo estar en esta calle y que ese hombre debe pagarme. Le doy una versión de mi nombre, Kia, y me pregunta cuántos años tengo.

Camila me dijo que la regla de oro es no desvelar más información de la necesaria.

—Los que tú quieras que tenga.

No me pregunta nada más, y hago una nota mental sobre ello, sobre cómo no quiere saberlo. Camila me contó que algunos hombres querrían saber cuántos años tengo, para alimentar su fetichismo por las niñas pequeñas, y que podría sacarles más dinero si lo sabían. Esos eran los hombres que se echaban a llorar tras llegar al punto álgido de su placer, aquellos cuya carne era lo bastante blanda como para abrirla a la fuerza.

—¿Cómo quieres que te llame? —le pregunto. Ese es el primer paso. Camila me dijo que eso nos da más información que cualquier otra pregunta, para que sepamos lo que estamos a punto de hacer.

El hombre bajito deja caer los hombros y estira el cuello. Me responde con cierta torpeza mientras se piensa un nombre. Me pide que lo llame Davon, lo cual me sorprende un poco, más que nada porque esperaba oír algo que apestara a ácido y a sexo, algo que le diera vergüenza decir en cualquier otro lugar.

—¿Es tu primera vez? —continúo, y le doy la mano como si supiera lo que estoy haciendo. Echo un vistazo a la otra acera, a la sombra de Tony, y casi soy capaz de ver la tensión de sus músculos, los cuales delinean su cuerpo.

Davon se encoge de hombros y me dice que tiene un coche aparcado a una manzana de aquí, en la calle 37. Le permito llevarme hasta allí y miro con disimulo a Tony, quien emprende el camino en nuestra dirección desde el otro lado de la calle, para asegurarse de que lo tiene todo controlado.

A pesar de que no entiendo de coches, sé que el de Davon es viejo y se cae a pedazos, y que seguramente tendrá un motor que cruje al arrancar. Abre la puerta trasera para mí y me meto a rastras. Me vuelvo a encontrar con el olor a gasolina, solo que ahora está mezclado con algo más dulce, como si la vainilla hubiera entrado en el coche para hacer el amor con la maquinaria. Entra detrás de mí y nos quedamos los dos sentados uno al lado del otro, dos desconocidos a la espera.

Empiezo a notar cierta tensión en el pecho por el silencio, así que lo rompo:

—Dime qué quieres que hagamos.

Titubea, no suelta ni una sola palabra y me da la mano.

Seguimos sentados, ahora de la mano, y creo que debo haber confundido su soledad con las ansias. Cada vez entro más en pánico y no estoy segura de si he cometido algún error, de si podría salir del coche y correr de vuelta a Tony si quisiera hacerlo. Antes de que tenga la oportunidad de hacer algo, Davon me coloca su otra mano en la cintura y me acerca a él, lo suficiente como para que pueda captar la vainilla que recorre su piel. Me inclino hacia delante y lo beso casi como si eso significara algo, pero empieza a mover las manos más deprisa, para quitarme la ropa. Piel contra piel y luego contra el interior de la piel, y la lentitud se disuelve en los crujidos del coche. Noto el cuero rasgado de los asientos en la espalda y el sudor de Davon, que le gotea.

Si bien no intercambiamos ninguna palabra y casi ni soltamos ningún sonido, el coche habla por nosotros. Chirría y cruje, como si hubiera cobrado vida al vernos el cuerpo, y me dan ganas de que se ponga a conducir por sí mismo para llevarme a lo alto de las colinas, para poder ver la bahía extenderse más allá de lo que mis ojos serán capaces de ver en algún momento. Solo que el coche se queda en su sitio y se mece un poco. Tony es una sombra al otro lado de la ventana, y yo, un amasijo de extremidades.

Davon no me ha mirado desde que me ha soltado la mano. Cuando acaba, se me queda mirando, pero sus ojos son solo un brillo reluciente, un cuerpo que flota. No me ve.

Salgo del coche y me tropiezo, pues me había olvidado de lo altos que son estos tacones. Me inclino de vuelta al coche y me pone un fajo de billetes en la mano, igual que Corbata a Topos. Solo son cincuenta pavos, nada parecido a lo de mi primera vez.

—¿Y el resto?

—No vales más que eso. —No me mira, sino que se limita a soltar un intento de gruñido—. Pero has estado bien. Puedo darte el número de algunos de mis primos para que tengas más negocio.

Davon registra varios números en la agenda de mi móvil, y me enderezo y vuelvo hacia International. Me digo a mí misma que la próxima vez pediré el dinero por adelantado para asegurarme de que no me estafen. Ahora que ya ha acabado, todo me parece distante. El viento es un poco menos frío, los latidos de mi corazón apenas se notan, tengo la piel adormecida. Solo soy un cuerpo. Solo es sexo.

Cruzo la calle en dirección a Tony y me detengo a su lado. Sale de entre las sombras de un arce con las manos en los bolsillos de su sudadera, como un niño frustrado. Me saco el dinero del sujetador y se lo doy, porque sé que me quiere lo suficiente como para verme sobrevivir, que le puedo dar todo sin preocuparme por que vaya a salir corriendo. A mi tío se le tendría que caer la cara de vergüenza.

—Kiara, ¿puedo preguntarte algo? —La voz de Tony es una sacudida en un tornado de silencio. Su sudadera tiene el nombre de una universidad de la que nunca he oído hablar escrito en letras grandes, y me doy cuenta de que ni siquiera sé si Tony ha ido a la universidad.

Asiento, porque no es posible responder que no a esa pregunta.

Su labio inferior se mueve de un lado a otro.

—Si... Si consigo un trabajo, uno de verdad, ya sabes, y ahorro un tiempo, ¿dejarías que cuidase de ti? O sea, cuidar de ti en serio, como un hombre cuida a una mujer.

Empieza a balbucear, y yo me tambaleo sobre uno de mis tacones; intento recobrar el equilibrio, encontrar una vía de escape. No entiendo por qué me hace esa pregunta ahora, cuando sigo débil por las embestidas de Davon, casi desnuda y vulnerable.

—Los dos sabemos que no es así. No es tan sencillo. Tengo que pensar en Marcus. —Marcus, quien ni siquiera se da cuenta de que su vida se iría al traste si yo no pagara el alquiler y su factura telefónica.

—Que no sea sencillo no quiere decir que tenga que ser complicado.

—Es cosa de sangre, Tony.

—La sangre no lo es todo. —Sus dedos se dirigen a los míos antes de detenerse.

—Cuando todo lo demás se va a la mierda, él es lo único que tengo. Y tú y yo nunca podremos ser eso, ¿sabes?

Tony ni siquiera asiente ante eso, no dice ni una sola palabra. En su lugar, mete una mano en el bolsillo de su sudadera, saca el dinero y me lo coloca en las arrugas de la palma de mi mano. Se vuelve a convertir en una sombra hasta que no es nada más que oscuridad, y sé que ya no está ahí, pero no puedo evitar pensar que sigue observando, esperando. Si Tony no me espera, nadie lo hará.

Me doy media vuelta, camino a International, a solas. Y, por Dios todopoderoso, cuando todo se vaya a la mierda, a Marcus más le vale ser mi sombra. Más le vale serlo todo para mí.

CAPÍTULO SEIS

El ruido de un chapoteo me despierta al mediodía. Ese sonido acuático me parece algo extraño aquí, tan reconocible como fuera de lugar. Algo siempre me despierta cuando me siento más feliz, justo antes de que mis sueños se pongan a danzar. Mientras dormía anoche, lo cual no empezó de verdad hasta las 04 a.m., soñé con un prado lleno de flores que existen en unos colores que nunca he visto en persona. Oía una banda sonora melódica, un *blues* como de Van Morrison, y no supe averiguar de dónde salía hasta que me tumbé sobre las flores y me di cuenta de que venía desde el propio cielo. Y entonces me puse a reír porque el cielo me estaba cantando. Dios recorría las nubes con ritmo. Estaba desnuda; siempre lo estoy. Y entonces aparecí ante un chapoteo, con el mediodía que se colaba por las cortinas de este piso vacío.

Me incorporo en el colchón, abro la puerta y dejo colgar el torso por encima de la baranda, de modo que el cuerpo se me parte en dos en el estómago: piernas y pechos. Las legañas me pegan los párpados mientras me quedo mirando la piscina, y la escena se materializa como un televisor que pasa de estática a una imagen en movimiento. La cabeza de Trevor se mueve arriba y abajo, dentro y fuera del agua. Aunque ya es lo bastante alto como para hacer pie en la zona menos profunda, sigue metiendo la cabeza en el agua y la mueve de un lado a otro en unos círculos de chico pez.

—¿Qué haces ahí, chico? La piscina está llena de mierda —le grito desde arriba. A pesar de que el color marrón ya ha desaparecido, seguramente gracias al filtro, juro que todavía huelo las heces en el ambiente. En lo que a mí concierne, la mierda de perro del chico de Dee y la piscina son lo mismo.

Trevor saca la cabeza y la echa atrás para mirarme. Tiene una marca de nacimiento en la coronilla, una marca oscura con forma de círculo deforme, y la veo con la misma claridad que el día que salió de su madre. Todo el bloque de pisos acompañó a Dee en su parto cuando sus gemidos de dolor recorrieron los conductos de ventilación y salieron de sus ventanas. Todas sudamos con ella, dimos vueltas y contamos los minutos entre cada sacudida de su cuerpo. Mamá se quedó mirando el reloj de nuestro piso, esperó un par de horas hasta que me dijo: «Ya ha llegado el momento. Venga, chiquilla». Y salimos por la puerta para llamar a la de Dee, una manada de mujeres que fueron a ayudar con la estampida de su parto, mientras mis hombros de niña de ocho años no dejaban de temblar. Todas las mujeres del Regal-Hi se metieron en el estudio de Dee, donde ella estaba despatarrada en el suelo, separándose como un trozo de cielo antes de que descargue la lluvia, lista para abrirse y soltar lo que llevaba dentro.

—Dámelo, por favor, solo para resistir, Ronda —repetía Dee una vez tras otra.

Lo decía como un mantra entre contracción y contracción y se refería al crack y a la pipa que tenía en la encimera de la cocina, listos para ella. Si bien había dicho que lo había dejado al enterarse de que estaba embarazada, por *dejarlo* quería decir que solo se drogaba de vez en cuando, cuando sufría las peores náuseas o dolores de espalda. Ronda, su amiga desde la infancia, se negó a darle el crack a Dee, y un grupo de mujeres formó una fila entre la encimera y ella, para proteger al niño de su madre.

Mamá se abrió paso entre el grupo de mujeres, con sus brazos largos extendidos y yo detrás de ella, hacia el centro de la sala, hacia los dolores de Dee.

—Todavía falta un poco para que acabe, ¿vale, cielo? Queda como una hora. Solo una hora, una horita de nada. —Mamá se puso a repetir eso después de haberse quedado en el suelo junto a Dee y empezó a canturrear hasta que toda la sala se llenó del temblor de los pulmones de mi madre, embriagador y celestial, y no pude evitar querer volver a meterme en su cuerpo y notar esas vibraciones como si fueran mi propio aliento.

Dee gritaba y apretaba y temblaba hasta que el tarareo de mi madre lo cubrió todo, y entonces la tribu que habíamos formado vio la cabeza, aquella forma redonda y diminuta que salía de su cuerpo y la volvía del revés. Oímos el llanto, y el tarareo se transformó en vítores, y nos quedamos mirando a aquel niño que nadaba para salir de su madre, con la cabeza llena de más sangre que pelo, y mamá lo alzó para colocarlo sobre el pecho de Dee. Fue lo más agradable que había pasado en nuestro edificio, y la lluvia cayó y cayó y cayó hasta que Dee se puso a suplicar de nuevo, y su bebé con marca de nacimiento se retorcía y Ronda se dio por vencida y le pasó la pipa a Dee, hasta que ella se desvaneció en el cielo como si ya no oyera los llantos de su propio hijo. Y Trevor lloró, y ella sonrió y todas nos pusimos a tararear otra vez.

Trevor chapotea más abajo y me mira.

—Se me ha perdido el balón —me dice.

—¿Qué dices? ¿Qué haces que no estás en el cole?

—Mamá no está aquí, y me he despertado tarde, y entonces iba a ir, pero se me ha caído el llavero en la piscina, y, si no lo encuentro, no ganarán el partido y perderé el dinero.

—¿Qué dinero? —le pregunto, y él se limita a meter la cabeza en la piscina de nuevo hasta que lo único que puedo distinguir de él es esa marca redonda en su cabeza, que da vueltas de un lado a otro. Su pila de ropa se ha mojado por todos los salpicones, y, cuando sale, con un llavero con forma de pelotita de baloncesto metálica, los calzoncillos se le resbalan del cuerpo. Veo la silueta de sus costillas como si se las hubieran tallado, y el resto de mi día se desvanece como un sueño.

Me dirijo a la escalera que conduce hacia la piscina, y Trevor empieza a subir, con sus prendas hechas un ovillo en sus brazos. Nos encontramos a medio camino en la escalera, y solo le saco una cabeza por mucho que él tenga nueve años, con unos brazos y unas piernas que parecen alargarse más de lo que es capaz de controlar, aunque todavía tiene cara de niño.

—Ve a ponerte algo seco —le digo, mientras lo guío hacia arriba.

—¿Vamos a algún sitio? —Me sonríe, siempre ansioso por escapar.

Le quito el llavero, le echo un vistazo y veo que brilla como si alguien lo hubiera estado limpiando y arropando cada noche.

—Si tantas ganas tienes de echar unas canastas, vamos para allá.

Ante eso, las extremidades del niño vuelan por las escaleras y se meten en su piso, como siempre ha hecho. Sus piernas son más largas y sabe más sobre la vida que le tocó que cuando tenía tres años y no dejaba de dar vueltas por el edificio para llamar a la puerta de todos, pero sigue siendo el mismo hombrecito animado.

Dee intentó ser su madre durante los primeros años de vida de Trevor, o al menos bastaba que estuviera en casa medio día, que comprara leche maternizada y se molestara en asegurarse de que alguien lo vigilara cuando se iba a colocarse en algún otro piso. Solía dejar a Trevor con alguna de las otras mujeres, en ocasiones mi madre, cualquiera de las tías que heredaban los niños del Regal-Hi cuando los suyos se hacían mayores. Y más tarde, entre la muerte de papá y que arrestaran a mamá, todas las tías se marcharon. Fue como si algo hubiera pasado en el edificio y todas ellas se hubieran desvanecido, desintegrado en la nada. Algunas se fueron por su propio pie, a otras las desahuciaron, algunas fallecieron y otras volvieron a casarse, pero todas las mujeres que habían ayudado a criarnos a Marcus y a mí desaparecieron para cuando Trevor cumplió los siete años, y entonces solo quedamos nosotros, sin madres.

Trevor empezó a pasarse más por casa después de eso, y yo lo acompañaba al bus escolar y le buscaba algunos Doritos extra para después de clase. Estaba decidida a no permitir que nadie se deshiciera de él. Así que, cuando colocaron el aviso del aumento del alquiler, cuando Corbata a Topos vino y me mostró lo que valía mi cuerpo, creí que este podría ser nuestro modo de salir de aquí. Quizá fuera así como podíamos ser libres.

Vuelvo a mi piso, y Marcus se ha despertado y se frota los ojos en el sofá.

—Buenos días —me saluda.

Me siento a su lado y pienso en cómo me sentí en el coche del segundo hombre anoche, al ver la espalda de Tony cuando se marchó. Fue diferente cuando estuve sola, cada vez con más miedo, aunque con un coraje tan profundo que cuando volví a casa anoche me duché más tiempo que nunca, sin preocuparme siquiera por la factura del agua. A pesar de que no sé si puedo volver a hacerlo, tampoco sé si puedo mantenernos con vida si no lo hago.

—Marcus, tengo que pedirte algo.

Me mira, apoya una mejilla en la mano y espera.

—Ya sé que te dije que te daría un mes para acabar el álbum, pero necesito que encuentres trabajo.

Marcus asiente despacio, con la mirada clavada en la moqueta, antes de volver a mirarme.

—Vale, Ki. Me pondré a buscar.

No esperaba que fuera a decirme que sí, así que, cuando lo hace, es como si hubiera más oxígeno en la sala, como si su asentimiento fuera un consuelo que fuera a arreglarlo todo.

—De hecho, sé por dónde puedes empezar. Hace unos días me crucé con Lacy; trabaja en un club de striptease del centro, y estoy segura de que te ayudará a conseguir un trabajo ahí si se lo pides.

—Ya sabes que Lacy y yo no nos llevamos tanto como antes.

—Y tú sabes que no vas a encontrar trabajo en ningún otro sitio. —Me rasco una costra que me ha salido en una rodilla—. Porfa.

Marcus asiente de nuevo, y me inclino hacia delante y lo rodeo en un abrazo, como he querido hacer desde lo que pasó con Corbata a Topos. Me da un beso en la coronilla, murmura algo sobre que tiene que ir a mear, y, por primera vez desde hace varios meses, creo que nos podrá ir bien.

Mi hermano se marcha para ir a mear a la licorería, y yo me pongo una chaqueta y me dirijo de nuevo al patio en el que todos los pisos se conectan en un círculo alrededor de la piscina de mierda. Trevor todavía no ha salido de su casa, por lo que decido ir ahí de todos modos, y abro la puerta para toparme con una escena de *blues* infantil, con Trevor bailando en calzoncillos. Paso lateral, movimiento de cabeza.

La música flota desde una vieja minicadena colocada sobre el colchón que hay en el suelo, mitad estática y mitad una canción disco que me imagino que Trevor no ha oído en la vida. Y, aun así, se pone a bailar, como en mi sueño. Corro hacia la sala, derecha hacia él, y le doy un placaje que se convierte en un abrazo y todo se llena de grititos de un tipo de felicidad solo propia de los niños antes de que me dé un empujoncito para apartarme.

—Vístete ya para que podamos irnos. —Jadeo, con la espalda alineada con la alfombra sucia que nos ha parado la caída. Trevor es despreocupado y veloz y está despierto, por lo que se viste en cuestión de segundos. Me pongo de pie y salimos por la puerta hacia la luz, donde solo estamos Trevor y yo bajo el leve brillo del sol.

Para el principio de la tarde, cuando todos nosotros deberíamos estar sentados en alguna clase, la cancha de baloncesto está llena

de sudor y movimiento. Las deportivas se mueven con la velocidad suficiente como para que el asfalto parezca echar humo, y
paso la mirada de cuerpo a cuerpo hasta que todos se mezclan
con el cielo. Trevor se queda a mi lado, con una pelota de baloncesto que parece más grande de la cuenta delante de su pecho
huesudo, mirando sin más. Mirando como yo miro a Alé con su
skate: tan hipnotizada que ni siquiera puedo moverme.

Seguimos en el borde de la cancha cuando una chica se nos
acerca, con sus pantalones cortos de baloncesto pegados a los
muslos por el sudor de pleno partido. Tiene unas trenzas que le
llegan a la cintura, recogidas en una coleta, y gotea sal, huele
como la bahía y no puede tener más de doce años, pero parece
infinita.

—Nunca os he visto por aquí —nos suelta.

—No debes haber estado atenta. —Coloco mi mano derecha en el hombro de Trevor, como para unirnos y crear una red
de seguridad.

—Llevo meses apostando en el partido de la mañana. —Trevor da un paso adelante—. He ganado un fajo de billetes gracias
a ti y a tus chicas.

Nunca he visto a Trevor así, con una navaja en forma de
cuerdas vocales.

La chica hace girar el balón en su mano, y Trevor la imita
con la suya. Si bien los balones son del mismo tamaño, al lado
del cuerpecillo de Trevor, el suyo parece enorme.

—¿Has estado apostando por mí? —pregunta ella.

—No, contra ti. No tengo dinero que perder en alguien que
no sabe jugar.

El hedor salado de la chica se vuelve más espeso con su
calor.

—Qué sabrás tú, si no puedes ni agarrar bien el balón.

Todos sabemos cómo suena un desafío; buscamos una pelea sin puñetazos. Sobrevivir. La chica-bahía parece expandir su
cuerpo, con las piernas separadas, como si ocupar más espacio
fuera a concederle una victoria. Trevor le dice las reglas del partido,

como si hubiera hecho algo más que verlo alguna vez: dos contra dos, el primer equipo en llegar a once puntos gana, y si haces una falta estás fuera. La compañera de la chica de la bahía aparece a su lado como si hubiera estado escuchando la conversación todo ese rato. Si bien es más pequeña que la primera, sus brazos son gruesos, salen de su cuerpo y se menean. Su sudor huele dulce, como a jazmín, lo cual seguramente quiera decir que esta mañana le ha robado el perfume a su madre.

—No tengo todo el día —les digo, y estiro las manos hacia Trevor para que me pase el balón. Este cruza el aire y me llega a las palmas.

Jazmín ladea su cabezota, entorna los ojos y llama a un chico que está en el otro lado de la cancha. Es mayor, tal vez de catorce años, y me da la impresión de que puede ser demasiado escuálido para el baloncesto. Sería muy fácil romperle un hueso, que se le partiera cada una de sus costillas.

—¡Sean, ven a hacer de árbitro!

Escuálido se dirige hacia nosotros, y miro hacia el rostro de Trevor para intentar captar un atisbo de su terror. Solo que no está ahí. En su lugar, veo una determinación tan feroz que se ha asentado en una mueca con el ceño fruncido. En ocasiones, ser tan joven desata esa furia. Me paso la lengua por los labios, noto el sabor de mi propia sal, y estoy lista para tragarme la bahía, con extremidades y todo.

Nos separamos en nuestra mitad de la cancha respectiva, lado a lado, con Sean en el centro. Le lanzo el balón.

—Más os vale no liarla. Es demasiado temprano para peleas. —Esperaba que su voz sonara más aguda, pero proviene de un foso profundo en su garganta y sale aturullada hacia su lengua.

—No vamos a hacer nada —le espeta Bahía.

Asumo la misma expresión de Trevor y asiento.

—Nah, nosotros jugamos limpio.

Trevor sacude los dedos a su lado, con las piernas separadas, un chico listo para catapultarse hacia el partido. Aunque no recuerdo la última vez que eché unas canastas, si Trevor tiene que ganar, más me vale jugar como Stephen Curry en el último cuarto. Más me vale ser lo que siempre ha querido.

Sean no tarda en dar comienzo al partido: lanza el balón hacia Bahía, y ella lo atrapa, hace una finta hacia la derecha, luego hacia la izquierda y avanza a toda pastilla, demasiado rápida como para que a Trevor y a mí nos dé tiempo a pensar cómo detenerla. El balón entra en el aro como si fuera ahí donde debe estar. Nos quedamos quietos, atontados, al no haber estado listos para que Bahía tuviera también pies hechos de sal.

Me acerco a Trevor y me inclino hacia su oído.

—La clave es cómo te mueves. No te lo pienses, solo muévete.

En la siguiente jugada, a Trevor se le vuelve a escapar el balón, y la compañera de Bahía logra atraparlo y sale corriendo. Trevor menea la cabeza, y casi creo que se va a poner a llorar, pero, cuando me mira, lo hace con una expresión feroz.

El balón, de vuelta en nuestra posesión, parece más pesado. Se lo lanzo a Trevor, quien lo recibe, lo hace rebotar y recorre la cancha. Bahía le da el alcance justo cuando él lanza desde la línea de triple, con un salto tan alto que parece que no pesa nada, y el balón se alza por encima de todos nosotros antes de entrar en el aro como si nada.

Aterriza de su salto entre jadeos, corre hacia mí y nos damos una palmada en la mano y en la espalda; intentamos no perder la compostura, aunque estemos más contentos de lo que podemos soportar. Trevor se pone de puntillas para mecerse, como solía hacer Alé cuando éramos jóvenes y veníamos a esta misma cancha para llenarnos de moretones a base de codazos en las costillas para luego echarnos a reír cuando los golpes empezaban a ponerse morados. Ya no jugamos, pero no es porque seamos demasiado mayores o algo así. Es que Alé no soporta verme y saber que sus huesos han hecho que mi piel adquiriera un color que no es el que debería tener. Solía tocarme los moretones del estómago como alguien tocaría a una ardilla moribunda, e, incluso cuando le decía que no lo hiciera, no podía evitarlo. A veces todavía me mira así.

De vuelta en la cancha, viendo cómo Trevor bota de un lado a otro, sé que ha entrado en un frenesí y que se ha confiado del modo en que ganar hace que uno se confíe, pues se aferra al balón como si fuera un regalo del cielo. Bahía se da cuenta de que le caemos incluso peor de lo que creía, y, con un giro, el partido se ha convertido en una paliza. Trevor y yo esquivamos sus empujones y lanzamos por turnos. El sonido del balón al entrar en contacto con el aro es como tomar aliento, y no tardamos en llenarnos los pulmones. Para el final del partido, los dos estamos empapados en sudor y contenemos unas sonrisitas al despedirnos de las chicas con un ademán de la cabeza e irnos de la cancha. Creo que Trevor es el niño más feliz que he visto nunca al volver a casa con ese balón bajo el brazo.

Es casi como si pudiera ver la alegría desaparecer de su cuerpo conforme nos acercamos a la puerta del Regal-Hi. Las curvas de su rostro se disipan en un puchero angular, y el único indicio de que su cuerpo ha estado saltando por el aire hace menos de diez minutos es el sudor que le sigue goteando por las mejillas. Le doy un apretón en el hombro mientras abro la puerta, y Trevor sigue sin salir de su tristeza, ni siquiera cuando estamos junto a la piscina de mierda y el resto de la calle High solo existe en forma de sonido. Me inclino hacia él para mirarlo a los ojos. Ladea la cabeza para apartarse de mi escrutinio, así que lo sostengo de la nuca, la cual está incluso más empapada en sudor, para que no tenga otra opción que mirarme.

—¿Qué te pasa? —No pretendo decírselo con demasiada dureza, pero sus ojos me dicen que así ha sido—. ¿Estás bien? ¿Te has hecho daño?

—No me he hecho daño —susurra, con la voz todavía algo aguda.

—Entonces, ¿qué te pasa?

Veo cómo ocurre. Cómo se hincha desde dentro. Lo veo intentar salir por cada lado de su cuerpo, estirándolo desde el interior como las burbujas de la superficie del lago Merritt, que se quedan ahí y se empujan unas contra otras hasta que una estalla, salpica y devuelve a la superficie el color brillante que tenía antes. Trevor está a punto de estallar: su piel lo está traicionando y arroja oleadas de esa soledad densa por el aire.

—Es que no quiero irme. —Sus palabras rompen las costuras, y las lágrimas fluyen hacia su sudor.

Le doy un abrazo y me lo acerco al pecho. El balón se le cae de la mano y rebota por el pavimento.

—¿Qué quieres decir? —le susurro.

Su respuesta es mitad palabras y mitad sollozos.

—Mamá no ha estado en casa, y el señor Vern no deja de llamar a la puerta y dice que tenemos que pagar o irnos y me he estado escondiendo para que no me viera. —Me explica que ha estado apostando para conseguir dinero para el alquiler, pero que se lo ha tenido que gastar todo en comida en el colegio y que se esconde la mitad para guardársela para la cena. Empieza a sacudirse por el llanto, y lo abrazo con más fuerza, con tanta que me pregunto si le he cortado la circulación cuando deja de temblar y su cuerpo se vuelve pesado contra el mío. Su expresión es de abatimiento, y me permite llevarlo de vuelta a su piso, donde lo dejo sobre el colchón con pinta de que se va a quedar dormido o se va a echar a llorar otra vez.

Los momentos fugaces se solidifican en mis costillas como un álbum de fotos en el cuerpo. Trevor y yo muertos de calor, saltando, siempre cerca del cielo. Alé y su maría, su sonrisa rápida, los zapatos de misa, el día de funeral. Por esos instantes olvido que mi cuerpo es una moneda de cambio y que nada de lo que hice anoche tiene sentido. El cuerpo de Trevor, el modo en que se llena de aire y lo suelta, me recuerda lo sagrado que es ser joven. Son estos momentos los que hacen que lo único que quiera sea que mamá me tararee una nana que solo recordaré en sueños.

CAPÍTULO SIETE

Marcus lleva una semana trabajando en el club de striptease, y me ha dicho que, si me paso por allí esta noche, le pedirá al cocinero que me prepare la cena. Me meto en el club y me parece distinto a la primera vez, más aceitoso y menos oscuro, como si las bombillas hubieran empezado a iluminar como era debido. Mi hermano me ve y sale de detrás de la barra para darme un abrazo, sosteniéndome la cabeza contra su pecho como solía hacer cuando era pequeña.

—Siéntate, Ki. —Vuelve a su lado de la barra, y yo me coloco en el mismo asiento que la última vez, antes de echar un vistazo por la sala para cerciorarme de que Corbata a Topos no esté por aquí. Aunque no lo veo, su recuerdo sigue donde lo vi por primera vez, y se me revuelve el estómago. El club está lleno de personas que acaban de salir del trabajo, todas ellas sentadas, y la música sigue sonando a un volumen bajo, con una canción *funk*.

Se me hace interesante observar cómo trabaja Marcus, con su camiseta negra que se le pega a los músculos, porque es mucho más pasivo que como suelo verlo. No sabía que tenía la capacidad de hablar de un modo tan distinto, y hasta camina más erguido y con más intención. Me dice que mis patatas fritas están de camino y me sirve un vaso de agua con gas antes de ir a pedirle la comanda a un cliente.

Lacy sale de la trastienda unos diez minutos después y me trae mi cesta de patatas fritas.

—Me ha dicho un pajarito que son para ti —me dice, y me las coloca delante.

—Gracias. —Le sonrío—. No solo por las patatas, sino por ayudarnos.

—Da igual cómo acabara todo con Marcus —responde, tras asentir—. Los dos sois como mi familia.

Saca su bloc de notas y se va a otro lado de la barra para tomar la comanda de una joven.

Marcus vuelve detrás de la barra y me quita unas cuantas patatas.

—Te veo contento —le digo.

—No está mal. —Se encoge de hombros—. Preferiría estar en el estudio, pero el club tampoco es para tanto.

Marcus y Lacy siguen haciendo sus rondas, de la cocina a la barra y a cada mesa, siempre sosteniéndolo todo en sus dos manos, con mucho equilibrio. Marcus me trae una especie de jalapeño *poppers,* y me quedo tan absorta con el sabor de la comida que casi no veo el ligero temblor de mi hermano cuando se dirige a una mesa junto al escenario, donde dos hombres con traje se lo han quedado mirando e intentan devolverle una cesta de alitas de pollo. Marcus menea la cabeza y se lleva la comida, y, cuando vuelve a la barra, donde Lacy sirve bebidas a una pareja, lo hace con unos andares suaves y dramáticos.

Marcus deja la cesta en la barra con fuerza y suelta un gruñido.

—Estos hijos de puta me dicen que no sé lo que hago. —No deja de dar vueltas de un lado a otro, y sus murmullos aumentan de volumen hasta que todo el club se queda en silencio por sus gritos.

—¿Qué coño haces? —Lacy intenta agarrarlo del brazo, y Marcus le da un empujón.

—Marcus, para —le pido, y me dedica una mirada furiosa y llena de desdén antes de escupir al suelo.

—No tengo que aceptar las órdenes de nadie. —Marcus toma las alitas, da la vuelta a la barra y las tira delante de los hombres con traje, de modo que hay alitas y salsa ranchera volando por todas partes. Marcus gira sobre sí mismo en un círculo, separa los brazos y se pone a gritar otra vez—. Ya sabréis quién soy yo pronto, cabronazos. Soy el puto Marcus Johnson, y no os voy a servir una mierda. —Menea la cabeza más de lo necesario antes de salir por la puerta sin molestarse siquiera en preguntarme si quiero ir con él.

El viaje de vuelta a casa esta noche me da la sensación de que camino bajo el agua. De que todo está espeso y frío y en movimiento, pero que no puedo distinguir una manzana de la siguiente. Veo del mismo modo en que el océano te hace brillar hasta que recuerdas que ese brillo solo es un reflejo de tu propia piel y que tienes los dedos arrugados. Caminar esta noche me parece eso, con las calles vacías salvo por mí misma.

Debería haberme dado cuenta de que Marcus no iba a poder soportarlo mucho tiempo. Seguro que ni ha ganado lo suficiente como para poder hacer la compra, y estoy más enfadada por haber confiado en que fuera a intentarlo de verdad que por que no sepa cómo ser un hombre hecho y derecho. Creo que quería intentarlo, y que eso era más que nada por mi bien; el problema es que nunca ha aprendido a contener su ira lo suficiente como para acabar con un turno de trabajo. Aun así, no lo culpo. Ha pasado años guardándose sus sentimientos para cuidar de nosotros, y, desde que se enteró de que el tío Ty se estaba dando la gran vida, no puede evitar estallar de vez en cuando. No le entra en la cabeza que nosotros no tengamos el lujo de cagarla, no ahora mismo.

Me he disculpado con Lacy y he tomado el bus a casa. Como el piso estaba vacío, me he cambiado y he enviado un mensaje a mi pequeña lista de hombres para ver quién estaba dispuesto a pagar esta noche. Me digo a mí misma que mañana buscaré entre las ofertas de trabajo, que esto es lo único que tengo por el momento, el único modo que tenemos de sobrevivir. No es que no tenga miedo, porque sí que lo tengo, pero sé que perderemos mucho más si no logro que nos mantengamos a flote, que Trevor se quedará sin alguien que se asegure de que coma bien, que Marcus no tendrá un sofá en el que dormir y que yo estaré más cerca de mi propio día de funeral que nunca.

Uno de los amigos de Davon me ha recogido alrededor de las 08 p.m. y ha aparcado en una calle escondida. Ha echado el asiento del copiloto abajo para que pudiéramos tumbarnos y me ha pedido que me pusiera encima de él. Las ventanas se han empañado lo suficiente con nuestro calor corporal como para que cuando las sirenas pasaron cerca de nosotros a todo volumen la luz haya iluminado la niebla, y eso las haya hecho brillar con más intensidad aún. He parado, como si al quedarme quieta pudiera impedir que me vieran, que salieran de ese coche de policía y dieran un golpecito en la ventana. He oído un montón de historias sobre lo que ocurre cuando la pasma encuentra a alguien como yo haciendo lo que hago. El hombre debajo de mí me ha preguntado por qué he parado, y no le he contestado, porque seguía esperando que un poli saliera de un momento a otro y me apuntara con su linterna para dejarme ciega.

Las sirenas han desaparecido en la noche, y nadie ha venido a llamar a la ventana, pero no he sido capaz de quitarme la imagen de la cabeza: ellos atándome las muñecas y metiéndome a la fuerza en el asiento trasero de su coche. Así que me he bajado del hombre, y él se ha puesto como loco, me ha llamado «puta» y creía que iba a intentar pegarme, por lo que he abierto la puerta del coche y he salido huyendo.

Ahora camino, las farolas parecen focos encima de un escenario y tengo la sensación de que alguien me sigue, por mucho que sepa que el océano te hace creer cosas así cuando te llena, y hoy estoy a punto de rebosar.

Parte de mí espera que Alé pueda estar dando vueltas a estas horas y que nos encontremos, que me vea por la calle y me lleve a su casa. No quiero que me tenga que ver así, porque no sería capaz de mirarme a los ojos, pero al menos me llevaría a un lugar seguro. Al menos sus brazos me darían calor. Sin embargo,

Alé no me va a encontrar, y, como no le he estado contestando las llamadas, seguramente tampoco quiera.

Alé siempre ha soñado a lo grande y ha vivido a lo pequeño. La conocí cuando acompañé a Marcus al *skatepark* y decidí que ella era lo único que valía la pena ver. Marcus y Alé también se hicieron amigos, pero, cuando mi hermano empezó en el instituto, de repente ella fue demasiado joven como para ser su amiga. Incluso cuando recién estaba comenzando la secundaria, Alé ya señalaba fallos de guion en todas las películas y cuestionaba a todos sus profesores; pensaba más allá de esta ciudad, por mucho que viviera en ella más que el resto de nosotros. La graduación de Alé fue el día más sobrecogedor y devastador de mi vida, al verla hacer algo para lo que Marcus y yo no teníamos espacio ni la valentía necesaria. Me pasé el año anterior esperando que me dijera a qué universidad iba a ir, preparándome para que se marchara, pero, hacia la mitad de su último año de bachillerato, su madre sufrió un pequeño ictus, y creo que eso frenó en seco a Alé y la hizo quedarse, cuando muy seguramente no tendría que haberlo hecho.

Si bien Alé no es infeliz, sé que sigue soñando. Siempre piensa en los demás, en cuántos de nosotros nos hemos quedado tirados. Les da de comer a escondidas a familias que no tienen comida en casa, los deja entrar por detrás a la taquería y los echa con bolsas de comida que ella misma ha preparado. Sé que quiere hacer algo más que eso, subirse a su *skate* y recorrer estas calles, sanar lo que nunca pudo sanar conmigo y con su hermana.

La hermana de Alé desapareció cuando tenía doce años. Clara era dos años mayor y acababa de empezar la secundaria en el instituto Castlemont. Alé me contó que su hermana había empezado a actuar de un modo distinto durante los primeros meses de instituto, y entonces, un día de noviembre, Clara no apareció para su turno de después de clase en el restaurante. La familia llamó a la policía, la cual no hizo mucho más que recabar información básica sobre ella para meterla en una base de datos. No hubo ninguna noticia en la tele, ninguna Alerta AMBER, sino tan solo una policía que les dijo que haría su trabajo.

Cuando Clara ya llevaba dos días desaparecida, su madre hizo unos carteles que Alé y yo subimos a Facebook y a Myspace antes de pasar por toda la ciudad para pegarlos en postes y señales de tráfico. Aquellas primeras semanas tras la desaparición de Clara fueron como si la ciudad se hubiera quedado sin oxígeno, como si no hubiera espacio suficiente para que respiráramos y siguiéramos esperando nuestro próximo aliento. Después de unos meses, cuando la policía de Oakland seguía sin noticias de Clara, nos dimos cuenta de que ya no estaba ahí, y que eso significaba algo más que si hubiera muerto, porque, en esta ciudad, es más que probable que alguien se la haya llevado y que ahora esté haciendo la calle igual que yo.

Quizá no tiene sentido que me haya marchado esta noche, cuando todavía tengo dinero que ganar y sigue siendo temprano. Aun así, lo que el cuerpo más necesita no suele tener sentido, así que dejo que el aire me lleve de vuelta a la calle High, hasta el Regal-Hi. A veces, cuando camino, busco a Clara, intento captar un atisbo de su presencia entre las sombras de estas calles. Me digo a mí misma que no soy como ella, que lo he hecho por decisión propia, que ya soy mayor y que lo estoy haciendo como es debido. También me pregunto si me lo llego a creer.

Empujo la puerta para abrirla, y la piscina me saluda como si no me hubiera estado siguiendo por las calles, con el mismo tono azul y el mismo brillo. Las escaleras son enormes e infinitas con estos tacones, y cada peldaño hace que los tobillos suelten un chasquido, como si las articulaciones quisieran dejar de subir. Cuando llego al rellano, no me doy prisa en ir a mi piso, ni siquiera al de Trevor. En su lugar, camino despacio, lo bastante cerca de las puertas como para poder oír los sonidos amortiguados que salen de dentro. El alarido de un niño pequeño. Un estallido de carcajadas. Lo que parece ser la regañina previa a una paliza. Una tetera.

Cuando llego a la puerta de Trevor, no me molesto en intentar escuchar nada, porque sé que no habrá ningún sonido. Como me ha dicho él, Dee lleva semanas sin pasarse por casa, y, hasta donde yo sé, Trevor siempre está ahí durmiendo o masticando otro cuenco de cereales.

Su puerta tiene un nuevo papel pegado: deben pagar el alquiler en siete días o los desahuciarán. Vern siempre va al grano y ni se molesta en firmarlos. Sigo por la línea de puertas hasta la mía y encuentro el mismo papel; lo dejo mecerse al viento cuando cierro la puerta con fuerza detrás de mí. Lanzo mis tacones por la sala y me hundo en el sofá, junto a Marcus, quien duerme.

Se despierta, abre los ojos, bosteza y me mira, de modo que el pequeño tramo de tinta que hay bajo su oreja se retuerce.

—¿Estás bien?

No le contesto inmediatamente, sino que me quedo mirando mis muslos, y parte de mí espera que me pregunte dónde he estado.

—No.

Él no se mueve de su posición encorvada.

—Todo irá bien.

—No.

Se incorpora un poco en el sofá.

—Mira, lo siento, ¿vale? Yo tampoco sé qué hacer, Ki. Pero tengo fe. Vete a dormir. —Se da media vuelta, de modo que su rostro queda apretujado contra el cojín del respaldo.

Me pongo de pie y me dirijo al baño.

Cuando cumplí los dieciséis, Marcus me dijo que tenía una sorpresa preparada para mí. Estábamos sentados en el mismo tramo de moqueta detrás del sofá, donde pasábamos la mayor parte del tiempo desde que mamá se fue, y nos comíamos mi tarta directamente desde la caja con tenedores de plástico. A pesar de que Marcus siempre estaba por ahí fuera de casa o en el trabajo, me había dicho que el día de mi cumpleaños sería solo mío y cumplió su promesa. Aquello fue antes de que yo dejara el instituto, y tenía un par de turnos cortos en Bottle Caps, mientras que Marcus trabajaba en Panda Express. Salíamos adelante entre los dos, hasta que él conoció a Cole, el tío Ty publicó su álbum y mi hermano dejó de esforzarse.

—¿Qué es? —Cuando Marcus me dijo que tenía una sorpresa preparada, me imaginé que no me iba a dar nada más que su compañía, aunque, de todos modos, eso era lo único que quería.

Su sonrisa le cubrió medio rostro, y le vi la funda plateada que le habían puesto en un diente mejor que el primer día, cuando abrió la boca muy orgulloso para mostrármela. Se puso de pie y fue de la sala para dirigirse al baño. Hacía más de un año que no iba ahí, y creí que tal vez debería acompañarlo y darle la mano para que no entrara en pánico si veía visiones de agua que goteaba y se derramaba por el suelo. Sin embargo, me quedé quieta, y él volvió un minuto más tarde, aguja en mano.

—¿Quieres que te cosa los pantalones o qué?

—Nah, te voy a hacer los agujeros para los pendientes.

—¿Qué?

—Siempre dices que quieres agujeros para los pendientes. No tengo pasta para llevarte a algún sitio a hacerlo, pero he estado viendo vídeos de cómo se hace, y Lacy me ha dado esto. —Tomó la chaqueta que tenía encima del sofá, y de ella sacó una bolsita que sacudió sobre la palma de su mano. Dos pendientes de botón, con forma de hoja, cayeron de la bolsa.

—¿En serio?

—Claro que sí. —Su sonrisa creció más aún—. ¿Lista?

Me senté sobre la moqueta, y Marcus se arrodilló a mi lado, con un cuenco con cubitos de hielo y una rodaja de manzana a mano.

—¿Seguro que la aguja está limpia? —Nunca me habían perforado ninguna parte del cuerpo; se lo había suplicado a mamá durante años, pero se había negado—. ¿Me va a doler?

Marcus le restó importancia con un gesto.

—La he limpiado, déjate ya de preguntitas.

Se puso de pie, fue a la cocina, encendió el fuego y metió la aguja en él antes de volver. Entonces me ladeó la cabeza en su dirección.

—¿Qué te decía, Ki? Está todo controlado. —Me devolvió la mirada, y fue como si hubiera vuelto a tener nueve años y lo estuviera siguiendo hacia los árboles junto al lago para ver cómo él y sus amigos se encendían un cuenco, cómo inhalaba como si parte de él siempre hubiera sabido cómo hacerlo. Ver a Marcus siempre me hacía querer acompañarlo y seguirlo a todas partes.

—Venga. —Cerré los ojos con fuerza y le clavé las uñas en el hombro cuando me puso la manzana detrás del lóbulo.

—Vale. Contaré desde tres.

Me sujeté con más fuerza a su hombro cuando contó el tres, más aún en el dos y grité en el uno, aunque me había mentido y me perforó la oreja en el dos. No fue nada más que un pellizquito. Sacó la aguja y me colocó un cubito detrás de la oreja mientras me intentaba poner el pendiente hasta que lo consiguió y le puso el cierre. Sacó una olla de debajo del fuego de la cocina y la sostuvo delante de mí para que me viera la oreja, roja e hinchada con una hojita diminuta en el centro. Lo miré con una expresión radiante. Era perfecto.

—¿Lista para el segundo?

Asentí y cambié de posición para que mi otra oreja quedara de cara a él. Lo vi quedarse mirando al otro extremo de la sala, hacia la mesita colocada entre la cocina y la puerta, donde estaba la única foto familiar de los Johnson, intacta, con mamá en el centro, rodeándonos a todos con los brazos. Papá mostraba sus dientes relucientes, como si estuviera listo para empuñar un saxofón e inventarse una nueva canción en el acto. No había visto a Marcus con cara de cordero degollado, tan pequeño, desde hacía meses, y algo de aquello fue todo un alivio para mí.

Solo que esa vez no contó, y, en lugar de un pellizquito, la oreja me empezó a arder, seguido de un goteo constante y cálido que me caía por el cuello y el «hostia» que susurró Marcus.

No grité, sino que me lo quedé mirando, todavía con la aguja ensangrentada en la mano. La moqueta todavía tiene un hilillo de manchas de sangre, y mi lóbulo, una cicatriz diminuta que solo Marcus sabe de dónde ha salido. Alé me perforó aquella oreja un par de días más tarde y se aseguró de hacerlo despacio y con cuidado.

Durante cinco noches seguidas después de mi cumpleaños, Marcus me trajo una hoja de libreta doblada con las letras de canciones que había escrito. No era que fueran sobre mí ni nada parecido, pero la intención estaba clara. Un año después de que me hubiera acogido seguía intentándolo, al menos lo suficiente como para tener palabras que dedicarme. En ocasiones todavía veo unos atisbos del hermano que lo daría todo para que dejara de sufrir, como cuando me dijo que buscaría trabajo; el problema es que cada vez lo veo menos.

Me quedo mirando la bañera, sin usar y con moho en cada esquina. Y entonces me llevo el teléfono a la oreja, como si de verdad estuviera preparada para que me contestase. Cuando el enfermero del turno de noche responde, ni siquiera tengo que suplicarle que me deje hablar con mamá, porque al parecer es «la hora gratis», y, unos instantes más tarde, la tengo al teléfono. Es como si me hubiera quedado sin sangre, como si el cuerpo se me hubiera evaporado desde dentro.

Incluso cuando todos los recuerdos se desintegran, es imposible olvidar la voz de una madre. La suya es grave, del estilo de Cassandra Wilson, y me abraza por la cintura con fuerza.

—¿Mamá? —la llamo.

Mamá no pierde el tiempo y me contesta:

—*Hola, nena.* —Me parece que el Altísimo sale de su garganta, que todos mis miedos desaparecen.

—Te necesito, mamá. —La voz me sale temblorosa, y me pregunto si me habrá oído bien.

Mamá se pone a toser.

—*¿Qué necesitas, hija?* —Su voz grave se llena de orgullo, y sé que mi llamada ha satisfecho todas sus esperanzas.

—No sé qué es lo que estoy haciendo.

—*No conozco a nadie que lo sepa.* —Mamá se queda callada unos instantes, y creo que quizá debería decir algo otra vez, o tal vez colgar y olvidarme de que la he llamado. Solo que entonces vuelvo a oír su voz y me permito hundirme en ella—. *He estado pensando en ti. La semana pasada le conté a una de las chicas de aquí que solías hacerme muchos dibujos, ¿te acuerdas? Esos que siempre pintabas del mismo dichoso color, y yo te decía que debían tener más que un rotulador rojo en ese colegio al que ibas, pero tú me decías que te gustaba el rojo.*

—Sí. —Aunque no recuerdo mucho sobre los dibujos en sí, sí me acuerdo de que mi profe solía esconderme los rotuladores rojos para que no pintara otro como esos, que tenía que pedirles uno a los demás niños a cambio de una recompensa que no recuerdo haber llegado a entregar.

—*¿Tu hermano te está cuidando bien?* —me pregunta mamá.

—Hoy ha dejado su trabajo.

—*¿Y por qué no te buscas uno tú? No he criado a una niña incompetente.* —Mamá se atreve a alzar la voz al mismo volumen que solía usar antes de soltarme una regañina.

—No es tan fácil —digo—. Tengo algo, pero no da mucho dinero, y nos van a subir el alquiler.

Mamá se echa a reír.

—¿Qué? —pregunto.

—*Que ya entiendo que mi hija haya decidido llamarme por primera vez ahora mismo.* —Su voz suena demasiado animada—. *Necesitas dinero.*

—No soy tonta, ya sé que no tienes dinero —le suelto.

—*Eso no quiere decir que no conozca a personas que sí tienen.*

Suelto un resoplido.

—No quiero dinero de tus amigas de la cárcel.

—*Ya sabes que tu tío está forrado.*

—También sé que salió corriendo en cuanto desapareciste.

—*Todavía tengo su número* —me dice, y noto la sonrisa que debe tener dibujada en el rostro—. *La familia cuida de la familia, ¿verdad?*

Me parece irónico que siga hablándome de valores familiares como si no hubiera destrozado la nuestra. Nuestra familia empezaba y acababa con mamá, con la misma voz que me dice que nos cuidamos entre nosotros cuando ella no pudo hacerlo. A veces me da la sensación de que la única persona a la que ha llegado a querer fue papá.

No hay ninguna coincidencia en su historia de amor.

Aunque siempre había estado obsesionada con el destino y el plan de Dios, mamá siempre sabía cómo meterse en los asuntos de los demás para que ocurriera algo. Papá acababa de incorporarse a los Panteras Negras en 1977; llegó tarde al movimiento, con diecinueve años, pero seguía enamorado de la revolución, usaba la palabra «camarada» en cada frase e iba vestido de negro a más de treinta grados centígrados. A pesar de que básicamente solo vendía el periódico del partido y ayudaba con los archivos, también aceptaba cualquier oportunidad que se le presentara para pasar a la acción.

Se había desatado una pelea en la calle 7, al oeste de Oakland. Papá estaba de camino al trabajo con un par de colegas, con los rifles echados al hombro y las boinas puestas. Cubierto de cuero. Papá siempre lo describía como un ataque; los policías se acercaban a ellos y los increpaban. Poco después, papá acabó esposado en el asiento trasero de un coche patrulla, acusado de resistirse a que lo arrestaran.

Papá dijo que había sido su amigo Willie quien lo había empezado todo, que escribió una carta sobre papá y su caso y que la publicó en cada capítulo de los Panteras del país. Hizo salir a todo el mundo a la calle, con pancartas y los puños en alto. Papá nunca lo admitió, pero creo que estaba orgulloso de que lo hubieran arrestado, de hacer que la mano derecha de la activista Elaine Brown dijera su nombre y lo fuera a ver a la cárcel.

Aquel verano, mamá vivía en Boston con su prima Loretta, quien dijo que tenía cosas que hacer en California, y mamá, con sus trece años, la acompañó. Cuando llegaron a las calles de

Oakland, mamá vio la cara de papá pegada en todas las señales y los carteles de la ciudad. Dijo que su aspecto era como el sabor de los pantanos de Luisiana: rico y descuidado, con una piel que era un río húmedo entero. Por pequeñaja y preadolescente que fuera, dijo que iba a hacer que aquel hombre fuera suyo, que lo haría mostrarle dónde fluía el agua en Oakland.

El Departamento de Policía de Oakland decidió no presentar cargos una vez que *The New York Times* se hizo eco de la noticia, y a papá lo soltaron dos semanas después de haberlo detenido. Algunos de los Panteras le organizaron una fiesta en la calle para celebrar su libertad y luego una barbacoa en un parque al oeste de Oakland. Aquel era el último día en que mamá iba a estar en la ciudad, por lo que le suplicó a su prima que la llevara.

Mamá fue derechita a papá y le dijo: «Hola, soy Cheyenne. Encantada de conocerte».

Papá no le prestó atención, pero ella se pasó el día observándolo, viendo cómo separaba los brazos cuando se reía, cómo cantaba con la boca hecha un óvalo perfecto, cómo se ponía a bailar con una chica guapa que le doblaba la edad a ella cuando pusieron música jazz.

A mamá no le molestaba esperar. Volvió a Luisiana, creció, trabajó de recepcionista telefónica en un hospital durante casi diez años y ahorró lo suficiente como para mudarse a Oakland. Y entonces mamá fue a buscar a papá, doce años después de haberlo conocido en aquel parque. Acabó encontrándolo trabajando de camarero en un pequeño bar del bulevar MacArthur en 1989, cuando el centro estaba lleno de adictos al crack, edificios abandonados y policías a quienes les seguía gustando molestar a papá, lo que acabó llevando a que lo metieran a la cárcel.

Mamá sabía que tenía esa belleza que parecía haber salido de un cuadro. Llevaba el cabello en un falso mohicano, como si fuera a salir en un videoclip de Whitney Houston, y tenía una altura elegante que la hacía andar a grandes zancadas. Se puso unos pantalones rojos de pierna ancha para ir a enamorarse de papá y no los tiró ni cuando se les empezaron a soltar las costuras. Aquella vez, cuando mamá se le acercó, papá se quedó tan hipnotizado que casi tiró una botella de whisky. No fue por su aspecto, sino por el modo en que existía. Mamá era como una mujer que había crecido de una semilla, con los brazos retorcidos, con fruta y pechos y todo lo que era imposible de resistir. Papá quería abrazar el tronco que era ella, tal como ella sabía que iba a suceder.

Un amor planeado es casi más preciado que uno natural; es más difícil dejar de lado algo que has pasado tanto tiempo preparando.

Mamá se casó con papá, y se mudaron al Regal-Hi para cuando Marcus nació. Cuando mamá miraba a papá, veía los carteles de un chico relámpago. Nunca veía el modo en que papá se nublaba durante el invierno ni cómo prefería salvar un billete de un dólar antes que una foto familiar. Yo solo veía a papá y su música, bailando en la cocina. Estuvo en San Quintín desde mis seis años hasta los nueve, y casi no recuerdo que no estuviera ahí. Aun así, Marcus no se siente igual. Solía hacer pataletas cada vez que papá intentaba tocarlo después de haber salido de la cárcel. «Tienes suerte de que tu padre haya salido de la trena antes de que a ti te haya salido un solo pelo en la cara», solía decirle mamá.

Y tenía razón: teníamos suerte de que todo el mundo conociera su nombre, hasta que dejamos de tener tanta suerte, y el tronco de mamá se partió en dos.

—¿De verdad me darías el número del tío Ty? —le pregunto entonces.

Mamá tose otra vez, al otro lado del teléfono.

—*Pues claro que sí. Solo quiero que mis hijos vengan a verme primero.* —Lo dice, y el comentario se me clava en el estómago. Mamá tiene un don para transformarlo todo en un trato.

—Mamá, no vamos a intentar sacarte otra vez ni nada. No podemos, aunque quisiéramos. Además, ya estás en un hogar de transición; deberías estar contenta. Y ya sabes que Marcus no irá a ninguna parte por ti. —Aprieto los dientes, y no sé por qué siempre me hace decirle lo mismo, por qué me aplasta cuando lo único que quiero es que me abrace y tararee.

—*Tienes que hablar con él, Kiara, te lo digo de verdad. Sé que no lo has estado intentando, y no pasa nada, nena, solo quiero que vengáis. Dadme una hora y os daré toda la mierda de vuestro tío. Hay horas de visita el sábado por la mañana. Sé que veré a mis hijos ahí. Ahí estaréis.*

Y mamá lo repite y se pone a contarme todo lo que vamos a hacer juntos. Yo no digo nada más, porque su voz está ahí y me respira encima. Me siento sobre el suelo de baldosas, cierro los ojos, me apoyo contra la pared, dejo que el teléfono me mande su voz y que el calor me derrita. Mamá cuelga en algún punto de la llamada, la bombilla del baño se apaga en un momento dado, y yo me quedo dormida. La noche se transforma en un río de la voz de mi madre.

CAPÍTULO OCHO

El viaje en bus para ir a ver a mamá es de lo más ruidoso. Las ventanas no se abren, y el vehículo entero es un caos de ruido, barro y cuerpos sin destino alguno. Ni siquiera sabía que había un bus que iba a Stockton, pero lo he buscado y me he subido al primero de la mañana para salir de Oakland y dirigirme a Dublín, a ver a mamá. Cuando me he subido al bus, ya sabía que iban a ser varias horas de espera para poder escapar. A pesar de haberme sentado junto a la ventana, una mujer con tres bolsas de basura llenas de ropa ha optado por sentarse a mi lado, y juro que esas bolsas huelen como la parte de Oakland occidental junto a la central de tratamiento de aguas residuales.

Ayer fui al estudio a buscar a Marcus y me lo encontré donde siempre, rapeando letras sin sentido. Le supliqué que me acompañara a ver a mamá, pero se negó una y otra vez, por mucho que llorara yo, y me dijo que ya había intentado trabajar en el club para mí y que necesitaba su espacio para grabar el álbum.

Poco después de que dejara a Marcus en el estudio, Alé me llamó para preguntarme si quería compartir una lavadora con ella en la lavandería que hay cerca de casa. Aunque hace tiempo que no veo a Alé, después de todo lo que había pasado con Marcus no me imaginaba quedarme sentada esperando en casa a que llegara la noche, así que le dije que sí. Aun así, cuando fui al piso a llenar una funda de almohada con mi ropa sucia, las únicas prendas que encontré fueron las de Marcus, así que me las llevé para encontrarme con Alé y, cuando las eché en su

cesto, me miró como si hubiera intentado colar un cuchillo ensangrentado con la ropa.

—¿Qué pasa?

—Si ni siquiera es tu ropa.

En lugar de reírse de mí o soltar un alarido o acercarse a
alguna de las chicas de la fila de sillas de la lavandería para decirles «mira a esta chica, ni siquiera lava su propia ropa», Alé me
dio un abrazo. Se acercó a mí y me rodeó con el sudor húmedo
de su camiseta.

Nos quedamos allí sentadas, viendo cómo el agua se metía
en las prendas para teñirlas de un color más oscuro antes de
llevarlas a dar una vuelta. Alé intentó preguntarme qué pasaba,
por qué había desaparecido aquellos días, qué sucedía con nuestro alquiler, pero mantuve la mirada fija en la espuma de jabón
que se acumulaba en el cristal. Lo dejó estar y se quedó con la
mirada perdida como yo hasta que llegó el momento de cambiar de tanda de ropa.

Bajo del bus en Stockton, donde parece que el desierto se
ha metido en el norte de California y me recuerda cómo fue
aquel día en el condado de Marin en el que nos reunimos con
papá. El polvo en el ambiente se me mete en los ojos, y espero
que mamá siga teniendo compasión suficiente como para pasar
por alto la ausencia de Marcus.

El día que soltaron a papá de San Quintín, mamá tomó prestado el Honda polvoriento del tío Ty y nos llevó a Marcus y a mí
hasta Marin para ir a recogerlo. Marcus no quería ir; mamá lo
amenazó con todo lo que se le ocurrió, hasta que le dijo que no
le dejaría ver al tío Ty, y entonces él accedió. Nos quedamos
sentados en la parte trasera del coche mientras mamá recorría el
aparcamiento delante de nosotros, con unos edificios uniformes,
industriales y de color crema. Vi los dedos de doce años de Marcus buscar en las rendijas que separaban el asiento del centro y
sacar miguitas de galletas, restos de maría y un lápiz roto.

Papá salió por aquellas puertas con los brazos bien abiertos,
las palmas de las manos hacia arriba y una dentadura tan blanca

que pensé que debía haberse blanqueado los dientes en la cárcel, y dijo que Dios se los había mantenido limpios para que estuviera guapo para sus hijos. Su rostro me sonaba tan poco que no me di cuenta de que era él hasta que Marcus soltó un resoplido a mi lado y mamá salió corriendo por el aparcamiento hasta él. Corrió a toda prisa y se le lanzó encima, y papá se tambaleó hacia atrás, aunque conservó el equilibrio y se aferró a su cintura. Mamá le metió la mano en su pelo a lo afro corto, con motitas plateadas, y la vimos temblar desde lejos.

Tras un rato, caminaron de la mano hacia nosotros. Mamá nos hizo un gesto para que saliéramos del coche, pero Marcus me pidió que me quedara y me dio la mano. Cuando los dos se subieron al coche, mamá nos miró desde delante, abrió los ojos tanto como pudo y dijo:

—Decidle «hola» a vuestro papi.

Yo solté un «hola» con voz aguda, y Marcus se quedó a mi lado en silencio, dándome la mano con más fuerza, como si tuviera miedo de que fuera a irme.

—¿Listo para volver a casa? —le preguntó mamá a papá. Su voz fue una ola de alivio, con una sonrisa tan amplia que mostraba todos los dientes.

—No, cariño. —Negó con la cabeza—. No puedo volver a meterme en otro sitio aún. Vamos al lago, ¿sí? ¿Qué os parece, hijos? —Nos miró, y, a pesar de que aquel hombre desconocido no me parecía mi padre, la forma en que su expresión se abrió y se iluminó desde sus encías me hizo querer ser suya.

—¡Sí, mamá, al lago! —asentí.

Marcus negó con la cabeza, pero, cuando papá le preguntó si no le importaría acompañarnos de aventura, respondió:

—Iré adonde vaya Ki.

Ni siquiera ahora se me ocurre ninguna otra cosa que me haya dicho que me haya hecho sentir más especial.

Mamá nos llevó de vuelta a Oakland y aparcó en una calle secundaria cerca de Grand Avenue. Oímos los sonidos en cuanto empezamos a dirigirnos hacia el lago. Papá rodeó a mamá con el brazo y la llevó hacia la pérgola, mientras que Marcus y yo los seguimos de la mano y los tambores proporcionaban un coro a nuestra llegada.

Deberíamos haber sabido que papá iba a oír el círculo de tambores y que iba a ir derecho hacia allí. Se acercó a uno de los tamborileros, le dio un abrazo con palmada en la espalda y le murmuró algo para camelarlo hasta que el hombre le cedió el tambor a papá, quien se sumió en el ritmo del grupo como si hubiera nacido en él.

Papá siempre supo cómo entrar en la música, con sus palmadas y la barbilla inclinada en todas las direcciones. Un hombre libre que movía la cabeza como si no hubiera sido testigo de todo lo que había visto. Mamá se quedó erguida y quieta, meciéndose un poco, y supe que estaba esperando que ocurriera algo, que papá se dejara caer al suelo. Solo que no lo hizo, sino que se limitó a seguir golpeando el tambor, con una sonrisa de oreja a oreja hacia nosotros. Un rato más tarde, le devolvió el tambor al hombre, se acercó a mamá y le susurró al oído hasta que ella abrió bien la boca y soltó una melodía que parecía haber estado enjaulada hasta entonces. Papá se alejó de ella, se puso a dar palmadas y a mirar a todos quienes lo rodeaban, como si quisiera decir «joder, esa es mi mujer, qué bien que canta».

Después de eso, papá me miró a los ojos y se acercó adonde Marcus y yo nos habíamos quedado viéndolo todo, tomados de la mano.

—Mi hijita sabe bailar, ¿a que sí? —Se inclinó y estiró una mano en mi dirección. Se la di, pero Marcus tiró de mi otro brazo para echarme atrás. Lo miré desde abajo y vi que negaba con la cabeza, así que solté la mano de mi padre, quien se volvió hacia Marcus—. Me han dicho por ahí que tú también tienes tu propio talento, hijo. ¿Qué tal si nos enseñas esas rimas tuyas?

Mi hermano lo fulminó con la mirada, y papá se volvió y gritó hacia el círculo de tambores.

—¿Estáis listos para unas rimas? —El coro respondió con un asentimiento alto y unánime, con cada vez más personas de la calle reunidas bajo la pérgola, contorsionando el cuerpo para bailar y disfrutando de la música.

Marcus no había tenido a nadie que quisiera escucharlo así, y vi la sonrisa que amenazaba con aparecer en su expresión. Le solté la mano, y dio un paso adelante para soltar las rimas que yo ya había oído un millón de veces cuando se las memorizaba en el baño, cuando creía que nosotras dormíamos. Papá entonó un *beatbox* para él, y los tamborileros trataron de seguirle el ritmo, el cual parecía cambiar cada uno o dos versos. Aun así, cuando Marcus acabó, papá le aplaudió y le dio una palmada en la espalda, y mi hermano asintió y no tuvo nada que objetar cuando nuestro padre me puso sobre sus pies para bailar conmigo. No creo que Marcus llegara a perdonar nunca a papá, pero, después de eso, lo aceptó. Paseamos junto al lago, y, cuando papá le preguntó cómo le iba con el cole, Marcus contestó.

Papá no podría haber hecho nada que provocara que lo odiara. Cuando murió, creí que tal vez fuera una consecuencia de no haberlo odiado más, de no haber seguido el karma como había hecho Marcus, para que el mundo no hubiera tenido que matarlo para mantener el equilibrio entre el bien y el mal. Aquello fue antes de que me diera cuenta de que la vida no da ninguna razón para nada de lo que pasa, que a veces los padres desaparecen, las niñas no llegan a su siguiente cumpleaños y a las madres se les olvida ser madres.

Echo de menos los árboles cada vez que salgo de Oakland. Aquí en Stockton, el cielo gris es brillante; hace que me escuezan los ojos, como me escoció la infancia cuando Alé intentó prepararme frijoles y me echó todo el cuenco hirviente por la camiseta. Todavía tengo unas cicatrices en el estómago, unas que Alé repasa con el dedo cuando se lo permito. En ocasiones me da la sensación de que sigue intentando compensarme por mis quemaduras y mis moretones.

Llego al hogar de transición La Flor de la Esperanza tras caminar solo cuatro o cinco minutos. El nombre solo hace que su apariencia sea más irónica: todas las flores del porche delantero están medio marchitas, y el edificio tiene pinta de haber sido construido hace tres siglos y que no se ha renovado desde entonces. El tejado parece hundirse, y el porche bien podría ser un cementerio, porque está cubierto de tierra de Dios sabe dónde, y, aun así, me dirijo hacia allí. Veo a varias personas reunidas delante, y no podrían estar más contentas. Quizá cualquier cosa es mejor que una celda.

Al buscar información sobre La Flor de la Esperanza, te dicen que es «un centro que apoya la rehabilitación de personas con problemas de reinserción», pero la verdad es que solo es un hogar de transición obligatorio para adaptar a personas que no están acostumbradas a una vida fuera de alguna institución, un lugar en el que los guardias de seguridad llevan tejanos y todo el mundo viste lo que quiere, siempre que se pongan la tobillera electrónica. Supongo que mamá tiene suerte de haber acabado ahí, y más después de lo que hizo, pero no puedo evitar ver lo muerto que está el lugar, que parece una cárcel, solo que sin barrotes.

Cuando me acerco lo suficiente como para que se den cuenta de que mi intención es entrar, los tres dejan de hablar y se vuelven hacia mí.

El hombre, cuya barba es tan larga que podría esconder una pipa entera, se saca el cigarrillo de la boca y me habla.

—¿Has venido de visita?

Asiento y agacho la cabeza para pasar por debajo de unas plantas que han crecido demasiado en lo que solía ser un arco floral y que ha pasado a ser unas hojas podridas y ramas que crecen sin fin. Una serie de peldaños me conduce hacia donde se encuentran los tres. Una de las mujeres es bajita y pelirroja y tiene unos piercings que le delinean todo el labio inferior. Me dedica una débil sonrisa. La otra mujer tiene unas manos tan grandes que seguro que podrían cubrir toda la pelota de baloncesto de Trevor o sostener a la bebé de Shauna con una mano. No concuerdan con el resto de su cuerpo, que no es que sea pequeño, pero tampoco es lo bastante grande como para justificar el tamaño de sus manos. Tiene la cabeza llena de moños bantú, con una flor metida en la base de cada uno.

—Pasa, la sala de visitas está a la izquierda. —La pelirroja es la siguiente en hablar.

Asiento otra vez, como si la garganta me hubiera dejado de funcionar, como si se hubiera atascado con todo este aire, el rastro de la voz de mamá y la soledad de haber venido sin Marcus.

La puerta cruje tal como me imaginaba que iba a hacerlo. Las casas dejan ver todos sus secretos en la puerta: la de Dee está llena de arañazos, y la cerradura de la nuestra ya ni funciona.

Me veo rodeada de sonidos de inmediato, aunque no como en el autobús. En esta ocasión, los sonidos son una armonía de alaridos, llantos y carcajadas que se transforman en palabras sin sentido, y hay demasiadas voces como para discernir una sola palabra, pero sé que la sala está llena de alegría. Cuando pienso en mamá, la alegría es lo último que se me pasa por la cabeza.

La sala es el caos en estado puro: cuerpos sobre cuerpos. Cuerpos unos al lado de otros en sofás, en sillas. Cuerpos que se abrazan. Cuerpos que sorben café. Cuerpos que sollozan, se aferran y sonríen. Pese a que no veo a mamá, sí que la oigo.

—Ah, venga ya, Miranda. —La voz de mamá es atronadora, pero su carcajada es gélida, casi robótica.

Me acerco a ella a través del enjambre de personas cuyas extremidades me ofuscan la visión, sin verles la cara. Sus labios se les mezclan con la nariz y no son nada más que cuerpos. Cuerpos sobre cuerpos. Y mamá.

Está sentada en un sofá verde en un rincón de atrás, con sus pies descalzos apoyados en una mesita y la cabeza inclinada hacia atrás en una carcajada que no parece emitir ningún sonido, sino que solo es una mandíbula que se abre y tiembla un poco. La miro, a aquella mujer de cuya piel salí a rastras.

Se le ha hinchado el cuerpo, de modo que ahora es suave, cuando antes era todo clavícula. La mujer sentada a su lado, la tal Miranda, es una versión en miniatura de mamá, con unas trenzas grises y gruesas y unos labios que se curvan hacia abajo hasta formar un puchero. Está hecha un ovillo en el sofá, con la cabeza apoyada en el borde, cuando me ve. Lo que más sobresale del rostro de mamá es su boca, y esta tiembla alrededor de su lengua. Entonces se le mueven las cejas y suelta un solo gritito que parece más bien un gorjeo antes de ponerse de pie.

—Kiara —grita desde el otro extremo de la sala. El sonido se pierde en medio del ruido. Me acerco a mamá hasta que podemos tocarnos, me da un abrazo y me aprieta con fuerza. Por mucho que me suene su voz, sus brazos no podrían recordarme menos a un hogar, con el modo en que su carne me envuelve. No recuerdo que mamá me hubiera parecido nunca un lugar tan seguro como ahora, como una barrera contra el sonido.

Después del abrazo, me arrastra de vuelta al sofá y me suelta en aquel color verde, entre ella y Miranda, quien parece hundirse en los cojines. Mamá no me suelta las manos y juguetea con mis dedos: pone la punta de los suyos en la base de cada una de mis uñas. No puedo evitar mirarla, fijar los ojos en esa cara que llevo tantos años intentando recordar. Veo algo extraño en ella, como si su piel tuviera una tonalidad morada debajo de la superficie, como si brillara.

Mamá ni siquiera se da unos segundos para mirarme mejor; tiene cosas que decir, como de costumbre.

—Qué contenta estoy de ver a mi hijita tan mayor. ¿Cuántos años tienes ya? ¿Diecinueve? ¿Veinte? Tan mayor… Ya sabes que yo estaba como tú a tu edad, guapa y tal. Cómo vuela el tiempo, hija, como solía decir tu abuela. ¿Y dónde está mi Marcus? ¿Le dijiste lo que te pedí que le dijeras?

No sé cómo es capaz de seguir hablando, cómo puede tener aliento para tanto a la vez.

Parpadeo un par de veces para intentar recordar todo lo que me ha preguntado.

—Tengo diecisiete, cumplo los dieciocho en un par de meses. Y sí, se lo dije, pero no lo puedo controlar, así que no creo que venga. Mira, he venido porque necesito el número del tío Ty, y ya sé que querías que Marcus viniera también, pero soy lo único que tienes, ¿vale? —La sigo mirando a las mejillas, a ese color morado que tiene debajo.

La sonrisa de mamá no desaparece ni por un instante, y sigue hablando como si yo no acabara de decir nada.

—Ya pronto me sacan de aquí. Volveré a casa; solo un par de meses más, un año como mucho, y me soltarán.

Mamá en casa. Ni se me había pasado por la cabeza pensar en ella de vuelta en el piso.

—Sí, Chey tiene la suerte de caerle bien a su agente de la condicional. —Miranda habla por primera vez.

—Qué bien, mamá. Pero de verdad necesito el número del tío Ty…

—¿Sabes que tu tío siempre ha estado coladito por mí? Tu papi no quería verlo, pero sé que ese hombre me quería.

Meneo la cabeza, confusa tal vez por el calor, por el ruido o por que la voz de mamá se me mete en cada recoveco del cuerpo.

—No, no me escuchas, mamá, te digo que…

—No me vengas con que no te escucho, hija. Lo único que he hecho toda la vida ha sido escucharte. No tienes nada de lo que quejarte, chica. Ya hablamos de eso cuando me metieron aquí, mamá cometió un error. Solo intentaba mantenerte, darte de comer. Eso no quiere decir que no siga siendo tu madre. —Me da un golpecito en el labio inferior con su pulgar.

Aunque abro la boca para decirle algo más, se ha puesto de pie, ha tirado de mí y me lleva a través del laberinto que es la sala. Cuando mamá me saca de allí, noto un cosquilleo en los pies, dentro de los zapatos, y me doy cuenta de que puede que mi madre me asuste un poco. Cuando era pequeña, nunca le tuve miedo: era una figura sagrada, e incluso cuando estaba a punto de darnos unos buenos azotes sabía que después nos masajearía nuestra piel roja.

Salimos a un pasillo, subimos por una escalera y nos metemos en una habitación que debe ser suya, porque las paredes están llenas de pósters de Prince, y si hay algo que no se puede cambiar de mi madre es lo mucho que le gusta Prince. Solía ponerse a cantar sus canciones durante nuestros paseos de cada domingo por la mañana para ir a misa, y, aunque se iba por las ramas y soltaba unas rimas que no tenían nada que ver con la canción original, no quería que parase, quería venerar su voz.

—Siéntate en la cama. —Mamá me suelta la mano y me tambaleo hacia la cama doble, con los pies todavía como dormidos. Hay tres camas más en la habitación, una en cada esquina, y cada sección de la sala tiene sus propios cuadros, fotos y pósters. Casi parece la habitación de un niño pequeño, pero me doy cuenta de que mamá está bien orgullosa. Se coloca delante de una cómoda, rebusca entre los cajones y acaba sacando un cepillo y una botella en espray llena de algo que no es agua.

»¿Te acuerdas de la poción especial de mamá?

Pues no me acordaba, aunque ahora sí, casi en cuanto lo dice; me llegan unos recuerdos de estar sentada en el suelo, con golpes en el cuero cabelludo, y mamá me dice que me va a poner un hechizo en la cabeza para que esté guapa. O quizá no lo recuerdo, porque mamá se pone a recitar todas esas historias, y los recuerdos no son más que aquello que confiamos que es nuestro, y supongo que quiero que sea una historia sobre mamá y yo, y por eso lo es.

Espero que mamá venga a sentarse a mi lado en la cama y me pregunte si puede cepillarme el pelo, pero, en su lugar, se sienta en el suelo justo delante de mí y me da el cepillo y la botella.

—Estoy llena de enredos, así que he pensado que podrías ayudarme mientras charlamos. —Mamá echa la cabeza hacia abajo para dejar ver la nuca, la cual es de cinco tonos distintos de marrón, negro y morado, y no sé si es que le han dado una paliza o si su cuerpo es una galaxia.

Al echarle aquel líquido en el cabello, me llega el aroma a lavanda y a manteca de karité. Cuando éramos pequeños, mamá solía meternos en la ducha con ella y enjabonarnos con un jabón que ella misma había preparado, aunque nunca la habíamos visto hacerlo. Su jabón olía a una mezcla de zapatos nuevos y bosque.

Cuando salíamos de la ducha, se frotaba el cuerpo entero con manteca de karité que había comprado en la tienda de África occidental que había en nuestra calle y luego nos sentaba en su regazo, uno a la vez, con ella desnuda y sus muslos blandos que nos acomodaban incluso con lo huesuda que era, y nos frotaba la manteca también hasta que acabábamos siendo unos bebés suaves y brillantes. A veces nos poníamos a bailar con canciones de Prince o mamá nos dejaba escuchar los discos antiguos de papá, y no éramos nada más que piel. Dejamos de hacer todo eso después de que papá regresara a casa, y creo que Marcus no volvió a dejar que mamá se acercara a él, que la culpaba por que papá hubiera vuelto, por su muerte, por el tío Ty, por lo que hizo ella. Yo también le echaba la culpa, al menos por algunas de esas cosas, pero también la necesitaba. Era la única otra persona que sabía lo que había sido ver que papá desaparecía de nuestra vida, y yo no tuve al tío Ty para alejarme de aquello. No, yo solo tenía los canturreos de mamá.

—Bueno, cuéntale a tu madre lo que está pasando. —Su voz es tan suave que me recuerda a las nanas que solía cantar. Suelto un sollozo.

—Nos van a subir mucho el alquiler y no tuve otra opción, así que he estado en la calle, y no sé, mamá, tengo miedo.

Mamá se echa atrás y me frota una rodilla con los dedos.

—Y ahora quieres que mamá te ayude.

Oigo cuántas esperanzas le da la situación, las ganas que tiene de que la necesitemos.

—Creía que, con el número del tío Ty y eso, podrías ayudarnos. —Mi voz parece diminuta, tanto que queda engullida por el sonido de su respiración. El cabello de mamá está igual que siempre, y al ver cómo cada rizo se empapa de poción, no entiendo cómo mi madre puede haber hecho lo que hizo y conservar el pelo, la voz—. ¿Por qué lo hiciste?

—¿El qué, cariño?

—Joder a nuestra familia.

Mamá no se lo piensa ni un segundo antes de contestar.

—No tiene sentido perder el sueño por algo que ninguno de nosotros puede cambiar. Como te he dicho, intentaba sobrevivir.

Le paso el cepillo por el pelo una vez, a sabiendas de que le va a doler. Pero ella no suelta ni un sonidito.

—Hemos intentado sobrevivir cada día desde entonces y nadie me ha encerrado.

—Ya me llamarás cuando eso cambie. Sobrevivir en este mundo tiene sus consecuencias; que tú seas demasiado joven como para saberlo aún no quiere decir que tenga que pedir disculpas por algo que es cierto. Me he pasado día tras día pidiendo perdón, durante años, rezando para que haya un cielo que me perdone. Ya no me queda aliento para eso.

Mamá alza las manos, y las miro desde detrás de su pelo, el cual es menos rizado que el mío y el de Marcus, y las arrugas de las palmas de sus manos son pálidas, con un atisbo de lavanda, un color que no debería existir en una mano.

Al ver las manos de mamá, recuerdo una vez, cuando Alé tenía catorce años y yo, trece, que decidió que iba a aprender a leer la mano. Usó las mías para practicar, para intentar distraerme de la muerte inminente de papá. Señalaba la línea que salía en vertical desde mi muñeca y decía: «¿Ves cómo se separa aquí? Significa que tienes dos caminos en la vida, dos formas en la que te puede ir todo». Entonces miraba el libro de quiromancia que había sacado de la biblioteca y que en aquel momento reposaba en su regazo. «Y algún día tendrás que tomar una decisión».

La línea de mamá no se separa como la mía, sino que se curva hacia la izquierda, hacia su pulgar, como si se hubiera distraído durante su ascenso.

—Voy a volver a casa. ¿Me oyes? —Mamá gira la mano hacia atrás para darme una palmadita en el brazo, para sacudirme un poco hasta que lo entienda—. Todo volverá a la normalidad.

La peino más deprisa y paso las cerdas del cepillo por cada rizo y enredo individual.

—Solo quiero que me des el número del tío Ty, mamá. Por favor.

—Tú siempre quieres algo. —Suelta un resoplido—. A nadie le sirve de nada querer y solo querer.

Pienso en Trevor persiguiendo una pelota de baloncesto, con sus pies rebotando en la cancha. Pienso en cómo acaba siempre, cómo el balón siempre termina abajo.

—Tienes razón. —Su pelo, que normalmente salta de sus raíces, está límpido y mate—. ¿Me vas a dar el número o no? Porque no me voy a quedar aquí esperando. Querer y solo querer no sirve de nada, ¿no?

Mamá no parece captar nada de lo que le digo.

—¿Alguna vez te he contado la historia de cuando tu padre me compró mis flores favoritas? —El enjambre que es su voz me rodea, como veneno que suelta por la boca, y no parece ser capaz de mirarme y decirme lo que necesito oír.

No sé cómo puede ponerse a hablar de papá y no sobre lo único que importa ahora, que, cuando papá murió, Soraya ya estaba a medio camino de formarse en su interior. Una sorpresa tardía a los cuarenta y pico años de mamá. Un último rastro de papá que echó a perder.

—Mamá —la llamo. Su lengua sigue a lo suyo.

—Pues eran las flores más bonitas del mundo. He estado pensando que compraré unas como esas para el piso cuando me saquen de aquí. Ah, hablando de eso, necesito que me ayudes con algo, cielo. Mi agente de la condicional necesita cartas de recomendación para soltarme. Me da la sensación de que te vendría bien tener a tu mami en casa para ayudarte.

Cierro los ojos, porque esta parte de la conversación tenía que llegar en algún momento, cuando mamá acaba perdiendo la careta, y aquí estamos, con ella entre mis rodillas para pedirme ayuda cuando soy yo la que he venido a que me abrazase. Aquí estamos, con mamá pidiéndome que me estruje y me estruje hasta quedarme seca mientras ella se queda sentadita y llena.

Ya no puedo más.

Lo intento una vez más, en voz más alta.

—Mamá. —No deja de hablar, así que la próxima vez lo digo en un grito—. Mamá. —Deja de hablar a media frase—. Ya sabía yo que venir aquí no iba a ser buena idea, pero ¿de verdad me vas a pedir que te saque de aquí cuando ni siquiera eres capaz de pronunciar el nombre de Soraya? Nunca cambias.

Mamá traga en seco y chasquea la lengua.

—Eso pasó hace mucho tiempo.

A pesar de que el olor de la poción de mamá me marea, sigo hablando, y todo se entremezcla.

—La semana pasada hizo tres años.

—No.

—Era mi hermana, mamá, sé cuándo murió. El 16 de febrero de 2012. El lunes pasado hizo tres años.

—No. —No deja de negar con la cabeza.

—Que sí.

Niega con más fuerza, y el pelo le sale volando de las raíces. Asiento.

—Marcus y yo volvemos a casa después de clase, y la puerta del piso estaba abierta. El mismo piso al que papá llevó esas flores. —Tiene la cabeza inclinada hacia arriba, y la miro a los ojos, a esas pupilas hinchadas, de modo que no hay ningún otro color en ellas—. Entramos y vimos que la cuna estaba vacía, así que creímos que no estabas en casa, que habrías salido a comprar, y entonces fuimos al baño y allí estabas, en la bañera, con la mirada perdida en el techo, sangrando. Y pasamos mucho miedo, mamá.

He empezado a temblar, como si se hubiera desatado un terremoto con epicentro en mi cuerpo.

—Y no dejábamos de preguntarte dónde estaba Soraya, pero no contestabas, así que salí del baño y me puse a buscarla, y recordé que la puerta estaba abierta. Salí para ir al piso de abajo y al principio no la vi, solo que entonces oí el grito de Marcus desde el balcón, miré hacia el agua y allí estaba. Flotando.

»Me metí, la saqué del agua y me la quedé en brazos, pero no se despertaba y tenía el cuerpo tan frío y era muy pequeñita, mamá. Era muy pequeñita.

»Le decía «Soraya» sin parar, y Marcus bajó, le vio la cabeza colgar a un lado y se puso a vomitar, así que yo llamé a Emergencias y, cuando vinieron, todavía la tenía en brazos, la miraba a los ojos, que eran como de cristal, como si no tuvieran alma, y, cuando entraron, con sus botas dando pisotones, ni siquiera se la llevaron corriendo al hospital. La taparon con la manta esa y yo no dejaba de repetir su nombre porque tenían que saber cómo se llamaba, solo que no me prestaron atención, y preguntaron dónde estabas, y Marcus les dijo que estabas sangrando en la bañera, y entonces fueron a buscarte y te llevaron porque sangrabas por las muñecas, y les dijiste que creías haber cerrado la puerta, pero sabías que la cerradura estaba rota, y viste la manta y te pusiste a gritar, pero fuiste tú quien lo hizo. Y no nos mirabas ni nos decías nada, y estábamos allí, solos. Marcus acababa de cumplir los dieciocho y nos dejaron quedarnos en el piso, pero no sabíamos cómo hacer nada, y tú no estabas con nosotros, mamá.

El cuerpo de mamá parece hundirse hacia el suelo tanto de forma gradual como de golpe, hasta que acaba tumbada sobre la moqueta, con el cabello todavía goteando.

Después de aquello, el tío Ty pagó la fianza de mamá, y, aunque creímos que íbamos a recuperarnos, ni siquiera vino a casa. Se fue de fiesta hasta que la encerraron otra vez, y, aun así, acudimos a su juicio. Aun así, declaramos a su favor, para que solo la acusaran de negligencia y acabara aquí, en un hogar de transición, tras un par de años, en lugar de que la metieran en la cárcel toda la vida.

Me castañean los dientes, y tengo que darme unos instantes para ralentizar las palabras que suelto, para que me oiga bien, para que me entienda de verdad.

Planto los pies en el suelo, me inclino para que la cara me quede a la altura de la suya, junto a su oreja.

—Ya estamos sobreviviendo. Sin ti. Y ahora vengo a pedirte una sola cosa, una cosita de nada, mamá, ¿y ni siquiera te importa lo suficiente como para recordar el día que la mataste? Seguro que tampoco te importaría una mierda que me muriera yo, ¿eh? ¿Y Marcus? ¿Es por eso que no quieres ayudarnos?

Tuerzo el gesto, y cada palabra que suelto es una daga.

—Pues ¿sabes qué, mamá? Quédate ahí sentadita y di su nombre. Di «el lunes hizo tres años que maté a Soraya». Dilo y te daré tu puta carta y me iré a casa porque Dios sabe que no vas a ayudarme. ¿Acaso tienes el número del tío Ty siquiera?

Todavía sin cambiar de posición, niega con la cabeza una sola vez, y todo su pelo y su color tiemblan. Alza la cabeza para mirarme a los ojos. Los suyos lloran, y juro que las lágrimas parecen de color violeta.

—Murió hace tres años. —La voz de mamá no es la misma, sino que se ha transformado en un chirrido gutural.

—No. —Me agacho en el suelo, a su lado—. «El lunes hizo tres años que maté a Soraya».

El rostro de mamá se resquebraja y se humedece, con sus ojos enormes y anegados en lágrimas.

—La maté hace tres años...

—Di su nombre, mamá, tienes que decirlo. Su nombre significa más que cualquier otra cosa. —Tengo lágrimas con las que competir con ella, y mi voz ha pasado de trueno a daga.

Asiente, con un solo movimiento raudo de la cabeza, y abre la boca.

—El lunes hizo tres años que maté a Soraya.

Al final de su frase, mamá suelta un sollozo que le sale de lo más profundo de su ser, y yo ni me inmuto. Me pongo de pie, sin molestarme en ayudarla a hacer lo mismo, y, en cuanto cierro la puerta, oigo el murmullo amortiguado de ella cantando «Pink Cashmere» antes de echarse a llorar a lágrima viva.

CAPÍTULO NUEVE

Pavoneándose, corriendo, galopando... Hay muchos modos de recorrer una calle, pero ninguno de ellos hace que nadie esté hecho a prueba de balas. Volví de ir a ver a mamá y me vi atrapada entre la calle y la perdición, con Trevor llamando a la puerta el domingo bien temprano para decir que Vern había vuelto a visitarlos para decirles que los echará si no pagan en tres días. Y sé que no tardará en hacer lo mismo conmigo. Le di a Vernon hasta el último centavo que gané con lo de Davon y los demás, solo que ni se acerca a ser suficiente para saldar la deuda del alquiler de Dee o la nuestra, ni tampoco al precio al que lo van a subir después de la venta. Ha sido la carita de Trevor mirándome esta mañana lo que me ha hecho volver en mí, lo que me ha sacado del agujero en el que mamá me hundió.

Tengo un cuerpo y una familia que me necesita, así que me he resignado a hacer lo que tengo que hacer para mantenernos enteros, de vuelta en esta calle azul. Voy inclinada, camino y me tambaleo a medias. Recorro toda la calle International: sin música y sin Tony, sino solo yo y mi estómago lleno de tequila.

Arrastro los pies y doy saltitos e intento calentarme las manos con un cielo que solo desprende frío, y de repente se me rompe un tacón de los zapatos que robé del Ejército de Salvación, y me caigo de culo. Escuece. Un cristal en la herida. Sangre que se derrama. Sangre que se coagula. Una voz.

—Deja que te ayude, mami. —El hombre se agacha y me ayuda a ponerme de pie.

Tiene los ojos rodeados de gris, como si solo su iris estuviera envejeciendo, y su mano, demasiado suave, me quita un cristal de una nalga y lo tira al suelo. No me pregunta si estoy bien o no, aunque no esperaba que lo fuera a hacer. No espero mucho, a decir verdad. Me pide que le dé el zapato que no se ha roto, lo veo quitarle el tacón y lanzarlo también; cae en la carretera justo cuando un coche pasa por allí a toda pastilla, por lo que lo aplasta hasta hacerlo añicos. Soy diez centímetros menos de mujer, y él es altísimo.

Cuando el hombre me devuelve el otro zapato, me lo vuelvo a poner. Se alza por todo lo alto, y su boca muestra una funda de algún color como de trofeo, aunque no dorado.

—Gracias —le digo, y el corte que me he hecho en la nalga me empieza a picar como hacen todos los cortes cuando intentan recordar cómo sanarse. El hombre asiente.

—Ahora que te he ayudado, ¿puedo quedarme con algo de tu tiempo? —Me lo formula como una pregunta, como si no me tuviera sujeta de una mano ya. Miro abajo y veo rastros de mi sangre en uno de sus dedos.

—Sí. —Eso es lo que responden mis labios. Mi aliento.

No me dice cómo se llama, y, por alguna razón, no se me ocurre preguntárselo. Me limito a seguirlo, a dejar que me lleve como si fuera una niña pequeña en un lugar desconocido. Espera hasta que estamos en la calle 34, más cerca del bulevar Foothill que de International, y me apoya contra un edificio. Como hace frío en la calle, creía que me iba a llevar a un coche, pero a veces el cuerpo no tiene ningún refugio para su animal, y aquí estamos, aquí está él, en la calle. Me empuja contra los ladrillos. No me besa, y, aunque una parte de mí se alegra de no tener que saborear el metal que sea que forme su boca, otra parte quiere ver una razón para creer que a ese desconocido podría importarle mi herida.

Intento quitarme de debajo de él y decirle que no lo hago así, que necesito el dinero por adelantado y hacerlo en una casa o un coche. Me vuelve a empujar y continúa: se desabrocha el cinturón, me mete la mano por la falda y se me coloca cerca. Me aprieta los brazos a mis costados y, con un empujón, la nuca se me clava en un ladrillo que sobresale de la pared. Noto cada recoveco del ladrillo con la misma facilidad que noto los de mi cráneo. Me sacudo y murmuro que me ha hecho daño. Pero él sigue arremetiendo. Sigue gruñendo. Mi cuerpo dice lo que mi aliento no puede decir. Es altísimo. Me están saliendo ampollas en las plantas de los pies. Me escuece la nalga y noto un dolor agudo en el cráneo. Embiste y vuelve a embestir. Todo él es de metal.

Una sirena.

No es que el coche me asuste, pero es un ruido muy alto, como ese eco en una habitación vacía. Y, si hay una calle que se pueda considerar vacía, es esta. La iglesia de Santa Catalina está a mi izquierda, y su estatua es testigo del coche, del hombre, del metal.

La puerta del lado del copiloto se abre, y un hombre sale con el cinturón por delante. Es como cualquier película de terror hecha realidad. Nosotros en la calle, con demasiadas fracturas como para tener miedo, y mi aliento sigue siendo un gritito agudo. Es la peor pesadilla de mi padre.

—Atrás. —Policía se lleva una mano a la pistola, y tengo suerte de que Hombre Metálico crea en los gatillos, porque se echa atrás y me deja apartar el cráneo del filo del ladrillo. Todo me sigue dando vueltas.

Policía se acerca a Hombre Metálico como si él mismo fuera un arma, y, en un súbito movimiento, Hombre Metálico acaba con las manos detrás de la espalda gracias a la fuerza de Policía, quien le escupe en una oreja.

—No quiero volver a verte por aquí, ¿estamos?

El cabello de Policía es espeso y oscuro. No es nada del otro mundo, sino tan solo un uniforme y un maniquí.

Hombre Metálico escupe por su funda y asiente una sola vez. Policía lo empuja y lo hace tambalearse hasta que sale corriendo de vuelta a la luz. Lo observo y pienso en cómo me ha arreglado el zapato, en lo pequeña que sigo siendo.

Me he quedado a solas con Policía y su coche. Me hace gracia estar tan asustada de que me salven. Policía se me acerca, todavía con la mano sobre la pistola.

—¿Qué haces por aquí? ¿No sabes lo tarde que es?

Pienso en contestar, pero noto la sangre que me sale por la nuca, y seguramente mañana se me quedará el pelo duro por el líquido rojo, y no tengo respuesta para algo que no es una pregunta de verdad.

—Ya sabes que la prostitución es un delito. —Esboza una sonrisita y se lame los labios—. Vamos a tener que llevarte con nosotros, por tu propio bien.

El maniquí no deja de hablar, y Santa Catalina debe estar respondiendo, porque yo no, yo sigo en silencio; estoy a dos días de funeral de pasar al olvido.

Policía me agarra de un brazo y encaja los dedos en los moretones que Hombre Metálico me ha dejado en el cuerpo. La estatua de Catalina se despide de mí con una uña de menos conforme Policía me lleva al asiento de atrás y sube a mi lado. Hay otro agente en el asiento de delante, Policía le dice algo sobre mantener las calles seguras antes de echarse a reír, y el conductor tamborilea con los dedos sobre algo que no alcanzo a ver y se pone a canturrear música *country* para sí mismo. Policía se pone sobre mí, me clava los dedos en la carne, y ¿acaso esto no es todo lo que decían que iba a ser? Qué triste es que ya lo conozca. Que sea tan solo una noche más.

Hay muchos modos de recorrer una calle, y yo sigo siendo solo una chica con piel.

CAPÍTULO DIEZ

L as habitaciones de hotel saben a tiza. El ambiente se llena de décadas de sudor y semen, del humo que se alza desde donde uno de los hombres se enciende un cigarrillo junto a la ventana, con todos reunidos en la mesa, con una de sus manos en cada uno de mis muslos. Cuando han sacado la baraja de cartas, los hombres han colocado sus placas delante de ellas, con sus nombres grabados, como si quisieran marcar su territorio. Acaban de terminar una partida de póker, y el ganador de cada ronda ha recibido un puesto a mi lado. Ahora han pasado a jugar al *blackjack,* y los dedos del Agente 220 suben hacia mis pantalones cortos, mientras que 81 ha dejado la mano más cerca de mi rodilla que de mi muslo e intenta no mirarme.

Nunca he querido echarme atrás en una decisión más que ahora mismo. Haberle dicho que no a Policía, el del callejón, cuando me pidió mi número de teléfono, cuando me preguntó si podía dárselo a algunos de sus amigos, cuando dichos amigos me invitaron a sus respectivos coches, cuando me metí en ellos. La semana pasada me dijeron que querían que fuera su entretenimiento para esta fiesta. Me dijeron que me necesitaban, que se me compensaría por aquella sesión de relax después del trabajo con diez policías del Departamento de Oakland y ninguna vía de escape, y me gustaría haber dicho cualquier cosa que no fuera «vale».

Pero ¿qué otra opción tenía? Los agentes dicen que no van a hacerme daño, que me pagarán, y, al menos en la mitad de las ocasiones, sí que lo hacen. Sus pistolas y táseres tienen una mayor presencia en esta habitación que el cuerpo de ellos, e incluso cuando intento negarme, se echan a reír y ya está. Les gusta que sea joven, que no sepa lo que hago, y yo sigo diciéndome que solo será un rato, que me dejarán parar cuando quiera. Solo que sé que les preocupan más sus placas que yo, que no soy nada más que una recompensa para sus partidas.

Los policías han reservado una *suite* en un motel de mala muerte al que todos conocen como el Hotel de Putas, junto a la autopista. La cama doble acecha desde el otro lado de la habitación, lejos de la mesa. Seguramente ya sea cerca de la medianoche, y todos están pasados de copas, por lo que se les olvida cómo actuar con su contacto visual, dónde dejar la vista puesta. Sé que va a pasar pronto.

La diferencia entre los policías y los hombres de la calle es que a los policías les gusta hacer que sea un juego. Esperan para follar conmigo, me miran, se ponen a salivar e intentan averiguar cómo asustarme lo suficiente como para que el miedo me engulla y deje atrás un cuerpo digno para que lo tengan debajo, con manos que poder ponerme detrás de la cabeza, con miedo que puedan quitarme a lametazos. Muchos de ellos son así, y luego hay otros como 81, con su barba bien recortada y su sonrisa tímida, o 612, quien está delante de mí, con sus rizos pelirrojos y la mirada clavada en la mesa. No es que no vayan a encontrar lo que necesitan para ponerse encima de mí y meterme un dedo o dos en la boca. Aun así, el trabajo es constante y fiable, y en esta última semana he ganado más que en Bottle Caps en un año entero. De hecho, ya he ganado lo suficiente como para pagarle a Vernon la mitad de lo que debo, para que no nos desahucie.

Es el turno de 220, y tiene una jota de picas y una carta bocabajo delante de él. Me da un apretoncito en el muslo y golpea la mesa.

—Carta.

El que reparte da la vuelta a una carta delante de él: el seis de corazones. Está a tres puntos de ganarme y a seis de perderlo todo. La partida ya ha durado varias rondas, y tiene que haber al menos tres mil dólares en la pila de dinero. Tres de ellos ya se han retirado y se han quedado viendo cómo 220 tiembla y se prepara para darle la vuelta a su última carta.

Se inclina más cerca de mí y me susurra al oído:

—¿Crees que eres mi amuleto de buena suerte, cariño? —Le da la vuelta a la carta y aparece un tres de rombos en la mesa. Alza los brazos y grita—: Todo para mí, cabronazos. —Y se queda con el dinero.

Los demás maldicen y se meten las manos en los bolsillos mientras 220 se pone de pie y me da la mano para que haga lo mismo.

—Iré a quedarme con mi otro premio. —Su cabello cuelga, lánguido, cuando le dedica un ademán a cada uno de los demás, quienes olvidan sus pérdidas y lo saludan antes de quedarse mirándome mientras me lleva a la cama y me desnuda hasta que los callos de las puntas de sus dedos se encuentran con mi piel.

Me empuja sobre el colchón y se lleva una mano al cinturón; creo que se lo va a quitar, pero va directo a su pistolera para sacar su arma, de un metal negro tan liso que veo sus huellas por todas partes. Se desabrocha los pantalones, aunque sin llegar a quitárselos, y se sube a la cama hasta quedar encima de mí. 220 mira atrás, hacia los demás, les sonríe y vuelve a centrarse en mí para colocarme la boquilla de la pistola en la frente.

—¿Te gusta? —Su voz es un gruñido.

Noto las lágrimas amenazar con salir y quiero que se aparte. Busco un lugar de mi interior que siga creyendo en un dios y rezo para que llegue algún final. Lo tengo encima de mí, con su pene en mi interior, sus manos rugosas y la boquilla de la pistola fría y amenazante por encima de uno de mis ojos, donde solo noto su presencia, solo oigo sus gruñidos y las risitas de los hombres que tiene detrás. Rezo para que todo acabe, para dejar atrás todo esto y volver a estar sin blanca, a pedirle a Marcus que busque trabajo. Cualquier cosa para que la pistola vuelva a su funda.

Sé que parte de lo que le gusta de esto es saber que los demás lo están mirando. Algunos, como 81 y 612, apartan la vista al principio, pero todos acaban mirando para ver qué será lo siguiente que hará 220. Lo único peor que el hecho de que todos se me queden mirando es cuando se aburren y empiezan a hablar sobre el próximo partido o sobre la mujer de quién no deja de incordiar para que lave los platos. 220 sigue apuntándome con la pistola mientras me embiste, y ninguno parece darse cuenta de ello ni siquiera al escuchar cómo mi cuerpo se marchita a pocos metros de donde están.

Se van pasando el turno, y el sexo no me parece nada distinto a unos puñetazos insistentes contra mis entrañas. Los polis creen que son invencibles. Me quieren solo para demostrarse a ellos mismos que pueden tenerme, que no sufrirán ninguna consecuencia por apuntarme con una pistola, por quedarse conmigo. Quieren hacerme sentir pequeña para que ellos puedan sentirse más grandes, y, en esta ocasión, lo han logrado.

Después de que les haya llegado el turno a todos, ni siquiera me dejan recobrar el aliento. Uno de ellos me tira mi ropa encima mientras otro saca dinero del bolsillo y no me dan ni el tiempo suficiente para contarlo antes de sacarme a empujones por la puerta del motel para que me vaya a casa caminando, con la sensación de estar más desnuda que cuando estaba tirada en la cama. Ahí es cuando cuento los billetes, cuando me percato de que no me han pagado ni una fracción de lo que 220 ha ganado en la partida, y no puedo hacer nada por cambiarlo. Incluso si intentara enfrentarme a ellos, les daría igual. Son el tipo de hombres que cargan su pistola, que apuntan con ella con una sonrisa en los labios, que encuentran a una chica en un callejón y deciden que es suya.

Los polis siguen llamándome para pedirme que vaya aquí o allá, y noto una sacudida en un hueco por encima del estómago, una repulsión que me hace notar el sabor a bilis, pero me masajeo el abdomen en círculos con un pulgar, bebo algo para quitarme el sabor de la boca e intento encontrar el modo de decir que sí. Me recuerda a nuestra decisión anual de si vamos a pagar los impuestos o no, cuando me siento con las facturas que tengamos Marcus o yo y nos quedamos mirando los números, y el más puro deseo de alejarme hierve hasta que tengo que tragármelo y decidirme, porque, si pago esos impuestos, no puedo permitirme el alquiler, zapatos nuevos o el billete de bus. Incluso si sé que Hacienda podría venir a buscarme, prefiero tener un pozo de miedo en el estómago provocado por unos documentos sin firmar que ningún modo de sobrevivir a ese mes. Así que la mayoría de las veces no pago los impuestos, de la misma manera que, la mayoría de las veces que me llaman los polis, accedo a ir con ellos, a pesar del asco, la vergüenza y las ansias innegables de salir corriendo.

Las fiestas siempre son por la noche, con una puerta batiente de placas y hombres que se quedan conmigo por turnos antes de entregarme sobres llenos de su protección. A veces hay otras chicas o mujeres en habitaciones distintas, para que no hablemos entre nosotras. En ocasiones ni siquiera me pagan, pues me dicen que me mantendrán a salvo en la siguiente redada. Me cuentan sobre ellas, sobre la próxima vez que todos sus uniformes se desatarán, como si eso fuera a comprarme el desayuno o a pagar el alquiler de Trevor o el mío. Como si eso fuera a hacer que lo que hago no se sienta como mugre dentro de las uñas, algo que no sé cómo sacar de mí.

Pude darle suficiente dinero a Vernon para que no echara a Dee, al decirle a Trevor que le entregara mi sobre con dinero la próxima vez que fuera a su puerta. Sin embargo, abril se acerca, y cada vez más policías intercambian mi cuerpo por alguna especie de protección; me dicen que no necesito su dinero, cuando eso es lo único que me hace falta.

Tengo mi trabajo, mi techo, la ropa que lleva Trevor. Así paso cada noche ahora, con toda una reunión de ellos, con mi propio clan de hombres, y ya no me preocupo tanto por tener dinero para pagar el agua caliente. En su lugar, me preocupan los moretones, las pistolas y lo que pensará Marcus. Ya he dejado de decirme que solo es sexo, que solo soy piel, porque ya es mucho más que eso: está el sexo, sí, pero también el terror, el miedo, el color blanco mármol de sus ojos.

Una vez que pagué el alquiler de marzo, le compré un balón nuevo a Trevor, uno de esos tan elegantes que los pintan de negro. Me dio un poco de esperanza verlo dar un salto de felicidad, y parecía tan contento que bien podría haberse lanzado de cabeza a la piscina de mierda. Su sonrisa me hace más fácil decirme que todo vale la pena cuando oigo una sirena y una nueva parte de mi cuerpo se tensa; toda una cuerda que se me ata por las costillas, como si mis huesos se estuvieran preparando para que los partieran. Últimamente, el único modo que tengo para poder pasar una noche con los hombres es beber chupitos e intentar sumirme en el mareo que me provocan, para no tener que ver lo que hacen, para que mi cuerpo no sepa lo que pasa y que por tanto no les tenga miedo. No sé si funciona, pero sí que, cuando me despierto a la mañana siguiente, sigo viva, y Trevor sigue esperándome para que lo acompañe a la parada del autobús. Y, por el momento, es suficiente.

Tony continúa intentando disculparse por su mal humor y pretende convencerme para que deje lo que estoy haciendo, como si tuviera otra opción. Un día de funeral me recordaría las manchas de sangre del asiento trasero de todos sus coches, cuando se pasan de rosca, y no soportaría quedarme al lado de Alé en una funeraria que sé que cada vez está más cerca de ser mi hogar para siempre. Alé no puede hacerme recordar cómo era la vida antes de que las estatuas comenzaran a moverse, antes de que fuera la chica que lleva la piel de un hombre, y no solo su ropa.

Durante los días en los que ningún hombre con uniforme me llama, durante los periodos de tiempo en los que empiezo a creer que soy libre y como algo que no me provoca náuseas de inmediato, intento planear un modo de vivir sin polis ni sexo, quizás al volver a trabajar en Bottle Caps y suplicarle a Ruth que me dé un par de horas de trabajo aunque sea.

Este es uno de esos días. De hecho, se trata del séptimo día seguido en que no me han llamado, y ya no tengo dinero de reserva. Mis entrañas amenazan con derramarse de nuevo, y sé que tengo que encontrar alguna manera de ganar más dinero, sea con policías o no. Me paso por La Casa Taquería de camino a Bottle Caps. Si bien todavía no es hora de comer, el local cuenta con bastante clientela. Veo a Alé en una mesa, apuntando una comanda, y, cuando alza la mirada y me ve, me percato de cómo abre mucho los ojos. Meto las manos en los bolsillos de la vieja chaqueta de pana de papá, la única con la que no se quedó el tío Ty, y me acerco a ella.

Acaba de apuntar la comanda y me da un abrazo.

—Hola —me susurra al oído, a medio abrazo, y, por muy simple que haya sido el saludo, me reconforta de todos modos.

—Hola. —No la he visto desde que me encontró el primer poli, y no sé cómo puedo quedarme plantada delante de ella sin sentir como si tuviera una capa de vergüenza puesta, como si, al mirarme, le fuera imposible no ver nada más que las muchas huellas que me han dejado encima.

—¿Qué haces por aquí? Cuánto tiempo.

Asiento.

—Iba para Bottle Caps y he pensado que quizá podrías acompañarme.

Desvía la vista al suelo, con una sonrisa, y vuelve a mirarme.

—Sí, claro. —Asiente, echa un vistazo por la sala y llama a una de sus tías para comunicarle que se va un momento—. Espera, que voy a por mi *skate* —me dice, con un apretoncito en el brazo.

Alé baja las escaleras corriendo un par de minutos más tarde, con la frente brillante y húmeda.

—Vamos —me dice, y me sigue al exterior.

Me rodea los hombros con un brazo con fuerza, alza su *skate* al aire y suelta un suspiro.

—Es bonito, ¿verdad? —grita a los cuatro vientos, y giro la cabeza en todas las direcciones para asimilarlo todo. Las obras siguen delineando el callejón, para colocar madera sobre más madera a base de golpes, y juro que es como si la ciudad se estuviera moviendo en espiral a nuestro alrededor, como si el paisaje urbano soltara un bello retrato de ventanas y ruedas que no tienen que ser tan grandes como son. El brazo de Alé a mi alrededor me hace querer caminar a saltitos, alzar las rodillas al cielo, por el modo en que nos mecemos.

Oakland no tiene forma de entramado; aquí somos como el viento. Las calles nos empujan hacia la bahía, donde la sal se encuentra con la calle y las bicis se transforman en camiones que gimen y avanzan en cada semáforo. Y luego nos empujan de vuelta a los edificios, donde los gritos llenan el perímetro de las aceras, y, con Alé a mi lado, no me molesto en intentar descifrar lo que dicen ni a quién. Solo dejo que el ruido se esparza, como fragmentos de asfalto que se desprenden de la carretera. Encuentro mis murales favoritos, nuevos dibujos añadidos al fondo, delineados por firmas en grafiti.

—Te echaba de menos —me dice Alé.

—Y yo a ti. Es que he estado liada.

Me mira, y veo que la preocupación se alza en su interior, pero no me insiste. Nunca lo hace.

—Patinaré un rato mientras trabajas —me dice, sosteniendo con fuerza su *skate* en el otro lado de su cuerpo, aunque todavía rodeándome los hombros, mientras nos acercamos a la esquina entre la calle MacArthur y la 88, justo al lado del instituto Castlemont. Bottle Caps está pintado de un color naranja brillante, como un chaleco salvavidas o el brillo del sol en un sueño.

Alé levanta su brazo de mis hombros y se despide de mí con la mano antes de dirigirse hacia el *skatepark* que frecuentan los chicos de Castlemont, al otro lado de la calle. Ella misma se graduó en Castlemont; aquello nos trajo aquí, tan al este, cuando el resto íbamos al instituto Skyline. Marcus me llevó al *skatepark* un par de veces cuando empezaba secundaria, y, en cuanto vi a Alé, aquella chica que entraba y salía de las rampas a toda velocidad, que le estrechaba la mano a mi hermano y le daba una palmadita en la espalda, quise conocerla, conocerla de verdad.

Cuando todavía seguía yendo al instituto, solíamos ir a Bottle Caps después de clase y reunirnos delante de la tienda después de comprar unos refrescos o patatas fritas. Traíamos una mini-cadena con nosotros y poníamos música, y a Ruth no le importaba que quedáramos por ahí porque no hacíamos nada malo. Solo vivíamos. De hecho, a veces hasta nos hacía descuentos, y, una vez, cuando la hermana pequeña de Lacy se cayó y se partió la barbilla contra el suelo, Ruth cerró Bottle Caps para llevarla al hospital y que su madre no tuviera que pagar la factura de la ambulancia.

Abro la puerta de Bottle Caps y me encuentro con ese pitido como de timbre que tanto me suena, dado que es el mismo sonido que emite cada licorería al entrar. Me dirijo derecha al mostrador, donde un hombre está viendo un televisor en miniatura que cuelga de la pared. Ve dibujos animados, creo que *South Park*, y se ríe tanto que las rastas le rebotan.

—Hola —lo saludo, para llamarle la atención.

Parece molesto por tener que apartar la mirada de la pantalla.

—¿Quieres algo?

—Busco a Ruth —le digo, y, en cuanto pronuncio su nombre, sé que algo va mal. Separa los labios, aunque no emite ningún sonido de inmediato.

—Eh… —empieza a decir—. Ya no está.

—¿Qué quieres decir?

—Ruth murió la semana pasada.

No es que no lo hubiera sabido en cuanto he visto que se quedaba cabizbajo, pero oírlo en voz alta siempre es algo distinto, siempre cava un hoyo en alguna parte del cuerpo en el que poder enterrarla.

—¿Qué le pasó?

—¿Acaso importa?

Pese a que le sube el volumen a la tele, no me muevo.

—¿Vas a comprar algo o no? —Está claro que quiere que me vaya bien lejos, pero en lo único en lo que parezco ser capaz de pensar es «¿y cómo voy a pagar las facturas ahora?». Quizás esté mal que piense en eso cuando la mujer que me dio este trabajo constante cuando no tenía nada más nos ha dejado de repente, pero es la verdad.

—Antes trabajaba aquí —le cuento, y arquea las cejas como si no me creyera, aunque tal vez sea que no le importa una mierda—. Ruth me daba turnos cuando los necesitaba.

—Bueno, Ruth ya no es la dueña del local. Y no podemos permitirnos pagarle el sueldo a nadie más. Lo siento. —Sube el volumen hasta que se convierte en un estruendo tan alto que no creo que sea capaz de oírme incluso si lo intentara. Le doy un golpecito al mostrador con la palma de la mano y vuelvo a salir por la puerta, de regreso a la luz.

Me da la sensación de que los recuerdos me invaden, como si cada célula de mi cuerpo se hubiera activado y no dejara de moverse. Trevor botando su balón. Nuestra piscina. Las mañanas que pasamos sentados en la encimera, engullendo cereales. Respirando. Todo eso es tan temporal que me parece que me estoy acercando cada vez más a un lugar futuro que no existe, donde yo ni siquiera ocupo mi cuerpo. Sin Bottle Caps, sin los polis, sin Marcus, ¿qué opciones me quedan? Me dirijo hacia el *skatepark,* por mucho que mi cuerpo parezca no querer moverse en la dirección que le digo. Los pies se me mecen y se mueven en zigzag hacia el ruido de las ruedas contra el hormigón.

Cuando llego, Alé está en el aire, vuelve a descender por la rampa y sube una vez más; se aferra a la parte delantera de su monopatín con una mano conforme su torso se retuerce antes de bajar. Me siento en el borde de la rampa, con los pies colgando, y ella se desliza hacia atrás en su tabla, se cae y se roza con el suelo. Gruñe desde el fondo de la rampa, se pone de pie y sacude los brazos antes de subir adonde estoy.

Cuando Alé tenía unos catorce años, y yo, trece, empezó a salir con una chica con un cabello de un color rubio violento, de ese tipo de rubio que no encajaba con su piel ni con su cara, que solo la hacía parecer más majestuosa de un modo artificial que yo no comprendía. La chica y yo nos sentábamos juntas en el borde de las rampas para ver a Alé, y recuerdo haber intentado mirarla con más fuerza, hacer que mi mirada fuera tan dura y poderosa que Alé supiera que la veía más de lo que podía verla su novia. Tras unos meses, la chica rubia dejó de pasarse por allí, y, cuando le pregunté a Alé por qué habían roto, se limitó a encogerse de hombros.

Alé deja su tabla en el hormigón y se sienta a mi lado, con las piernas colgando por la rampa.

—Qué susto me has dado —me dice—. ¿Qué pasa? ¿Por qué no estás trabajando?

—Ruth ha muerto —respondo. No me parece correcto complicarlo todo con palabras de más, hacer que la muerte sea algo más de lo que es. Me imagino la foto de Ruth tallada en un cartón en el vestíbulo de alguna funeraria, con el cuerpo cubierto de maquillaje y frío. El aroma del queso que nadie se quiere comer.

Alé echa un vistazo entre los demás *skaters* antes de volver a mirarme.

—Joder.

—Ya.

—¿Estás bien?

—No.

—Ruth sabía que la querías.

Me rodea con un brazo, pero niego con la cabeza y me aparto. Quiero poder decirle lo mal que me está sentando el estar aquí pensando en dinero cuando esa mujer ha muerto, cuando Alé solo quiere abrazarme.

Nos quedamos ahí sentadas, sin tocarnos, durante un rato. Vemos al par de *skaters* que hay dando vueltas y cayéndose, frotándose los hombros y volviendo a empezar.

Estamos de cara a la calle, lo bastante cerca como para ver a las personas pasar, aunque es difícil reconocer el rostro de nadie desde aquí. Es por eso que, cuando la veo, intento convencerme de que no es ella. Que hay alguien más por la calle caminando con su brillo azul, con su cabello adornado con lo que parece ser la parte más cálida del fuego. Sin embargo, cuando se acerca, su rostro se solidifica, y sé que es ella. Camila viene hacia mí, me ve, alza una mano para saludarme y grita el único nombre con el que me conoce: Kia. La rampa está entre nosotras, y Camila da unos pasos agigantados con sus tacones para rodear el perímetro hasta colocarse encima de Alé y yo.

—¿Vas a levantarte a darme un abrazo o qué? —Camila estira las manos abajo para ayudarme a ponerme de pie y yo las acepto, pero no hace ningún esfuerzo por levantarme, sino que se queda ahí quieta, así que lo hago yo misma. Me rodea el cuerpo con los brazos desde lejos, con cuidado de no estropearse la sombra de ojos en mi mejilla, y me suelta. Me acuna la cara con sus manos con garras y me mira bien de cerca, como si estuviera buscando cicatrices—. ¿Cómo estás?

Aunque sus manos en mi cara me dificultan hablar, lo intento de todos modos, por mucho que me cueste sacar las palabras. Soy muy consciente de la presencia de Alé, sentada y mirándonos desde detrás de mí.

—Bien, ya sabes.

—Nah, no intentes engañarme. —Me chasquea la lengua—. Dime qué pasa de verdad debajo de esa cara bonita.

Si bien una parte de mí se pregunta si Camila sabrá lo de los polis, si ella también habrá estado en sus fiestas, me sigue pareciendo un secreto que no debo contar, así que le doy una respuesta lo bastante cerca de la verdad como para que se quede contenta, una que no le dará demasiada información a Alé.

—Es que no he encontrado mucho trabajo últimamente, pero ya está.

—Cariño, ya te dije que necesitabas un papi. Mira, le he estado hablando de ti al mío y está interesado. Se llama Desmond. El próximo finde dará una fiesta y quiere conocerte, organizártelo todo para que no tengas que estar por aquí preocupándote. ¿Qué te parece?

—No sé…

—Venga ya, Kia. Ven a la fiesta y ya. El próximo sábado por la noche, en el 120 de la avenida 38.

—Eh…

Camila me suelta la cara y sacude los dedos.

—Nada de excusas. Te veo el finde. —Y, sin más, Camila se da media vuelta y recorre el borde de la rampa como Pedro por su casa, para ir de vuelta a la calle hasta desvanecerse en una forma azul que podría ser ella, una llama o cualquier otra cosa.

Me quedo inmóvil, de cara al espacio vacío que antes era Camila, y sé que Alé está con la mandíbula apretada, rechinando los dientes. Casi lo noto todo hervir en su interior, todas las preguntas, la mirada clavada en mí. Quizá si me quedo quieta el tiempo suficiente, me desvaneceré en el cielo y ella se olvidará de que he existido, que me he metido en La Casa Taquería antes. Quizá se olvidará de que se ha caído de su *skate* al verme, de que se ha rozado en el suelo con la espalda, de que mañana le va a doler.

Cierro los ojos y no desaparezco. Transcurren un par de minutos hasta que me dice algo.

—Supongo que debería haber sabido que te habías metido en algo así. —Su voz le sale directamente desde la garganta, como si estuviera conteniendo muchas cosas que no me dice.

Me doy media vuelta y la miro.

—¿Me lo ibas a contar? —me pregunta, y mueve la mandíbula de un lado a otro, como si moverla lo suficiente fuera a ayudarla a soltar todo el dolor que veo que sale de su interior.

—No sé —le digo, y es cierto. Decírselo habría sido aceptar que esa es mi vida ahora, como si me estuviera comprometiendo a hacer la calle. Y dejar que la calle se quedase conmigo sería como planear mi propio funeral. Quería las farolas bien iluminadas, el dinero por la mañana, no los callejones. No las sirenas.

Aun así, aquí estamos. Las calles siempre te encuentran de día, cuando menos te lo esperas. Las sombras de la noche que me persiguen cuando ya ha salido el sol.

—Joder, es que no lo entiendo, Ki. Ya sabes lo que pasó con Clara, ¿cómo puedes ser tan tonta? —Menea la cabeza y mira hacia los dos chicos, quienes siguen intentando alguna pirueta en el raíl que hay delante de la rampa—. ¿Por qué lo haces?

—No me queda otra —respondo.

—No. —Alé sigue meneando la cabeza con cada vez más fuerza, hasta que se levanta y recoge su monopatín, temblando entera. Se planta delante de mí—. No —dice una vez más, sin dejar de temblar, antes de dejar el monopatín en el hormigón, subirse e impulsarse una vez y otra hasta que ya ha recorrido media manzana y yo sigo en un *skatepark,* sin ningún lugar al que ir.

CAPÍTULO ONCE

Empecé a volver a casa desde el *skatepark* después de que una panda de adolescentes se presentara allí con sus monopatines y me silbara. Caminar por la ciudad a solas al mediodía es distinto: me da la sensación de que tengo que mirar en todas direcciones y aprender a andar con más piernas y menos caderas. Acabo en un bus después de un par de manzanas, y ahora bajo al lado del Regal-Hi, el cual es de un color un tanto desagradable a esta hora, tan cerca del blanco que no estoy segura de si me he estado engañando al pensar que siempre ha sido azul.

Casi nada más entrar al piso, me empieza a sonar el teléfono. Lo saco del bolsillo a toda prisa, al pensar que quizá sea Alé. En su lugar, el teléfono indica Shauna, y contesto, por mucho que cada célula de mi cuerpo me indique que no lo haga.

—*Kiara*. —Suena cansada, y no sé decir si se trata de la fatiga típica de una nueva madre o si hay algo más mezclado en ello.

—¿Sí?

—*No sé en qué mierda se han metido, pero la semana pasada se presentaron con equipamiento nuevo, y ahora Cole dice que han hecho no sé qué trato, que están a punto de conseguirlo, y no sé, chica, no quiero una vida así.*

—¿Qué dices?

—*No sé qué está pasando, pero se están metiendo en algún lío, y no creo que sea uno del que vayan a poder salir. Tienes que ayudarme.* —La voz de Shauna suena más aguda.

Dejo escapar un suspiro. Por mucho que conozca las consecuencias de que la calle sea lo único que ocupe a alguien, no sé cómo salir de ella, cómo ayudar a nadie, y mucho menos a Marcus.

—Mira, no sé qué puedo hacer yo contra eso. —Le digo que tengo que irme, que alguien ha llamado a la puerta, aunque sea mentira, y cuelgo el teléfono con ella a media frase. El piso se queda en silencio.

Siempre intentamos ser las dueñas de hombres a quienes no podemos controlar. Y estoy harta. Harta de tener que estar pensando en todas estas personas, en todas estas cosas para mantenerme con vida, para mantenerlas a ellas con vida. No me queda aliento para nada de eso. Quizá Camila tenga razón, quizá haya llegado el momento de darme por vencida, de dejar que uno de ellos se encargue, que cuide de mí. Solo que no puedo dejar de pensar en la llamada de Shauna, en si Marcus estará bien, en si tal vez habrá ganado dinero suficiente para ayudarnos a los dos. Una parte de mí sigue enfadada con él por no haberme acompañado a ver mamá, pero, ahora que Alé no me habla, lo necesito.

Son las 02 p.m., y, a pesar de estar a principios de primavera, el calor nos ha llegado por sorpresa en forma de día cálido tras varios fríos. Sigue siendo por la tarde cuando la puerta del piso se abre de par en par y Marcus entra para dedicarme la sonrisa más gloriosa del mundo, con mi huella arrugadita bajo ella. Mi hermano se me acerca de repente, me levanta de la cintura y me da una vuelta. Al volver a dejarme, estoy mareada y no recuerdo la última vez que me hizo eso, como si fuera su hermana pequeña y todavía fuéramos jóvenes.

—¿A qué viene esto? —le digo con una carcajada y un golpecito en el pecho. Me da la sensación de que está más alto.

Se me queda mirando con una sonrisa también en los ojos, brillantes.

—Echaba de menos a mi hermanita, ¿tú qué crees? —Parece estar a punto de alzarme en brazos otra vez—. Tengo algo que mostrarte.

En cuestión de segundos, Marcus me ha dado la mano, ha sacado una mochila y su *skate* del armario y me impulsa hacia la puerta. Tira de mí con un poco más de fuerza, y casi me parece que me lo estoy imaginando. Es como si se le hubiera olvidado toda la tensión que ha ido creciendo entre nosotros estos meses. Imagino que, como no ha estado mucho en casa últimamente, quizá no me ha visto hacer todo lo posible por llenar el sobre con el alquiler del mes que viene ni ha notado que el cloro y las heces se han convertido en parte del ambiente, en el aroma natural del piso. Me pregunto si sabrá dónde he estado y qué he hecho.

Saco mi bici, la que Marcus y yo modificamos con cinta aislante y trozos de chatarra, de su soporte junto a la piscina. Solemos montar en ellas por todo East Oakland bien orgullosos, con nuestras ruedas de color neón, más brillantes que el propio cielo. Me subo y lo sigo a la carretera. Marcus me conduce a través de calles que no recuerdo haber pisado nunca, lo cual me parece extraño, porque juraría haber recorrido hasta el último centímetro de la ciudad. Quizá sea que no iba con la mirada en alto. Quizá he estado demasiado ocupada buscando.

—¿A dónde leches me llevas, Marcus? —le pregunto desde lejos.

—No te preocupes, ya casi estamos.

Puede que este sea el modo que tiene de decirme que ha sacado algo de pasta para los dos, incluso si Shauna tiene razón y ha estado haciendo algo que no debería para conseguirla. La pasta de la calle sigue siendo pasta. Oigo los coches en la autopista, y seguimos en East Oakland, por lo que la 880 debe estar cerca, por mucho que no la vea aún. En ocasiones, es posible oír o notar cosas que nunca llegan a materializarse ante los ojos. Esa es la voz de mamá en mi cabeza: algo invisible.

Marcus se detiene de sopetón debajo de un paso a nivel, tan de golpe que casi pierdo el control de los pedales y me estrello contra él. Freno, derrapo y me bajo. Debajo del paso a nivel está bastante oscuro y del todo vacío, salvo por dos tiendas de campaña: una ciudad en miniatura. Aquí es donde acabaremos dentro de nada si Marcus no me ayuda: durmiendo en tiendas de campaña, con las caderas abiertas donde ninguna cremallera pueda mantenerme a salvo. Ni siquiera el ego de Marcus sería capaz de rescatar mi cuerpo de las noches más frías en las tiendas de campaña, y nada podría escondernos durante la temporada de incendios, cuando el humo nos llegue.

—¿Qué hacemos aquí? —le pregunto a Marcus, apoyando la bici contra una pared.

No me contesta, sino que se limita a quitarse la mochila, agacharse y abrirla. Dentro hay lata tras lata de pintura en aerosol, de esas de la caras que a veces nos llevamos de la ferretería cuando nos sentimos más invencibles de la cuenta. Las dispone todas en una fila en el suelo hasta formar un arcoíris entero.

—¿De dónde las has sacado?

—No te preocupes por eso. Mira, te las he traído de regalo, y hasta te voy a hacer de ayudante. Tienes una pared entera; puedes hacer lo que quieras. Dime qué pintar y me pondré a ello. Hoy es tu día, Ki. —Marcus se me queda mirando, agachado y con una expresión radiante.

Pese a que una parte de mí quiere objetarle algo, seguir sonsacándole información, en su lugar, le devuelvo la sonrisa, tomo el aerosol verde primero y le indico a él que se ponga con el amarillo. Empiezo a trazar la silueta y le voy dando instrucciones; a pesar de que Marcus nunca me hace caso, hoy sí y resigue mis trazos. Hoy es mi hermano.

Cuando me pongo a pintar, cierro los ojos. Marcus y Alé se ríen de mí cuando lo hago, porque creen que hay que ver para poder pintar, pero la vista no es nada más que una distracción de lo que de verdad hace falta para transformar una imagen en arte. Dejo que la pintura fluya de mis dedos, que se escape con mi aliento, y no tengo ninguna necesidad de ver con los ojos, pues lo hago con el cuerpo.

Llevo pintando grafitis desde los trece años, aunque por entonces no los habría llamado así, dado que solo tenía un par de rotuladores y ganas de dejar mi nombre grabado en cada manzana. Más adelante, Alé me compró un aerosol de pintura azul cuando cumplí los catorce, y pasé un mes entero como loca hasta que un día lo agité y vi que estaba vacío. Y desde entonces se convirtió en una tradición: un nuevo color para cada cumpleaños.

Marcus era quien me llevaba con la bici y me decía que no hay ninguna diferencia entre los murales y las firmas con grafiti que vemos por el camino, que el arte es el modo en que dejamos huella en el mundo para que nadie nos pueda borrar. Dice que sus letras son para eso mismo.

Cuando yo tenía quince años, en aquellos primeros meses que pasamos los dos solos, solíamos ir en bici a por la compra más barata, la metíamos en mochilas y volvíamos al piso. Yo siempre me encargaba de cocinar, si era que habíamos podido comprar algo que valiera la pena cocinar. Marcus se llevaba sus Skittles al sofá.

Un día, alrededor de un mes después de haber pasado a ser de Marcus, decidió que íbamos a tener que innovar si queríamos tener dinero suficiente para permitirnos la compra del tipo sano en vez de la de la tienda de ofertas, así que dijo que íbamos a empezar a vender nuestro arte. Todavía no había conocido a Cole, por lo que no tenía ningún modo de grabar su música, lo cual quería decir que iba a tener que ser yo quien empezara a pintar cartones con pintura que comprábamos por un dólar el tubo en la tienda de manualidades recicladas de East Bay. Esa era la única razón por la que nos molestábamos en ir a Temescal, un barrio que presume de su helado de pistacho como si no estuvieran ocupando la tierra y llamándolo «espíritu emprendedor».

Solía volver a casa después de clase y me encontraba a Marcus sentado en nuestro lugar de la moqueta, con mi cartón y la pintura de segunda mano delante de él, listo para darme un pincel. Fue lo mejor que Marcus podría haber hecho por mí: darme colores. A veces incluso me atrevía a pensar que podría llegar a ser algo más en la vida que su hermana, que podría convertirme en una artista cuyas obras de arte estuvieran enmarcadas.

Empezamos a sacar mis cuadros durante los fines de semana y los ofrecíamos a veinte dólares cada uno. Marcus dijo que aquel era el precio de mercado, aunque nadie los compraba. Pasábamos fin de semana tras fin de semana aguantando el sol abrasador y regateando con el precio hasta que por fin le dimos lástima a un par de ancianas que nos compraron unos cuantos a cinco dólares cada uno. Me disculpé ante Marcus, y él no dejaba de decir que no sucedía nada, por mucho que yo supiera que no era cierto. Después de eso, pasó un par de noches en casa de Lacy y regresó con una sonrisa forzada. No he vuelto a pintar nada desde entonces, más allá de alguna que otra firma garabateada en una parada de autobús o retratos de Alé con mi pintura de cumpleaños.

Levanto el color verde hacia la pared, a una distancia suficiente como para ver las gotitas flotar en el aire durante ese milisegundo antes de que entre en contacto con el cemento. Suena como el océano si se lo pudiera fabricar, como si pudiéramos controlar una ola. Al sostenerla, la lata metálica puede ponerse muy caliente bajo esta ola de calor de principios de primavera, pero nunca me he sentido más cómoda que ahora mismo. Pinto mi sueño recurrente, ese en el que estoy en un prado en el que todo está maduro y es como si cada célula de cada hoja de hierba hubiera cobrado vida. Le digo a Marcus que pinte las flores de amarillo, pétalos sobre pétalos sobre pétalos hasta que no se distinguen unos de otros.

Encima de la hierba, o, mejor dicho, en su interior, me pongo a pintar a la chica. Agito el aerosol, lo acerco a la pared, y me lo pienso mejor. Me cambio la lata de mano, me acerco a la pared y trazo la silueta de esa chica que soy yo y que es otra persona al mismo tiempo. La chica es más joven y tiene la boca abierta, muy abierta.

Le digo a Marcus que le pinte un vestido a la chica, también amarillo. Quiero que parezca que se está fundiendo con las flores. En mi armario no hay nada tan colorido, pero mi sueño me dice que este es el color con el que me enterrarán, con la boca abierta. Tengo las manos hechas un desastre verde, marrón y amarillo, y ahora añado azul, con el aerosol más lejos de la pared. Como no soy lo bastante alta como para llegar adonde quiero, Marcus me levanta de las piernas para que sea más alta que él incluso, y llego al cielo en el techo del paso a nivel.

Detrás de nosotros, se abre la cremallera de una tienda de campaña. Marcus me deja en el suelo al oírlo, y nos damos la vuelta para ver a dos chicas que salen de su refugio. Me quedo plantada con las manos arriba, como si la pintura fuera un rastro de sangre.

—¿Qué hacéis? —nos pregunta una de ellas, y entonces me doy cuenta de que el trapo que lleva atado al cuerpo es un fular portabebés y no una bufanda. Un niño pequeño llora en voz baja.

—Nada malo, solo pintamos —responde Marcus, y pone las manos delante de él. Siempre les mostramos las manos a los demás, como si tuviéramos que demostrar que somos humanos.

La otra mujer entorna los ojos, y no sé si es por nosotros o si el sol la está deslumbrando.

—Pues acabad y no volváis más por aquí; mira que despertar al bebé y todo.

Marcus y yo nos disculpamos en voz baja y volvemos a mirar hacia la pared. Me parece algo mancillado ya, como que estamos invadiendo un espacio que no es nuestro.

—Venga, acabemos —me dice Marcus en un medio susurro.

Me vuelve a levantar, y pinto el resto, hasta que toda la pared es un cielo entero. Marcus me baja al suelo y veo la mirada de la madre, sentada en la tienda de campaña. Sonríe; es una sonrisa débil, pero una sonrisa al fin y al cabo, antes de volver a cerrar la tienda de campaña y desaparecer.

—Oye, Ki, ¿te parece bien que añada algo? —Marcus me hace devolver la atención a la pared. Está de pie, mirándola.

Asiento, y él agarra una lata de color negro y estira el brazo hasta el cielo para dibujar una sola nota musical. Luego mueve la mano más abajo para añadir otra. Y otra más. Mi hermano pinta una secuencia de música hacia la boca de la chica, donde acaba con una clave de sol que le cuelga de un labio. Parece que está a punto de gotearle por la garganta y que la pared es lo único que la sostiene.

—¿Qué tal? —Marcus se da media vuelta, con las cejas arqueadas y la expresión en pausa. No puedo evitar pensar que se parece un poco a papá.

—Queda bonito —asiento, y es lo más sincero que le he dicho a mi hermano desde que mamá nos dejó.

Marcus y yo nos echamos atrás para admirar el mural.

Creo que este es el día que he estado esperando, el día en que Marcus decidirá que se va a tomar las cosas en serio y que va a aprender a sostener un poco más de esta vida. El día en que me apoyará la cabeza en el regazo y me dejará acunarlo. Quizás incluso me dé la mano o me pregunte por qué tengo moretones por todo el pecho. Algunos días me parece que estoy atrapada entre ser madre e hija. Y otros, me parece que no estoy en ninguna parte.

Tengo algo que decirle; me prometí a mí misma que lo haría, y no recuerdo mucho de lo que mamá nos enseñó, pero sí que nos inculcó que debíamos ser fieles a nuestra palabra. Y no solo ella: la ciudad entera sabe que lo único que no se puede hacer es romper una promesa, del mismo modo que no puedes quedarte con la última alita de pollo sin preguntarle antes a cualquier persona lo bastante mayor como para ser tu madre si la quiere. Tal vez sean los modales del sur, que han viajado hasta aquí. O el protocolo a seguir en Oakland. O tal vez solo sea que hemos aprendido de nuestros errores.

Si Marcus pudiera estar conmigo, a mi lado de verdad y no solo de boquilla, podría ser capaz de sacarnos de este lío mientras seguimos lo bastante intactos como para ser capaces de querer como es debido. Abro la boca para decir algo, pero el calor se me mete hasta el fondo de la garganta, y lo último que me apetece es emitir un sonido. Trago en seco.

—Mars.

—Hace mucho que no me llamas así —responde.

La voz me sale lo bastante baja como para considerarla un susurro.

—Hace mucho que no te veo lo suficiente como para llamarte nada.

Suelta un suspiro y ladea la cabeza para apartar la mirada del mural y posarla sobre mí.

—Yo podría decir lo mismo de ti.

Me lo quedo mirando y veo que me devuelve la mirada, cuando normalmente la habría apartado. Me giro hacia la pared. Transcurre un rato sin que me diga nada más, y yo hago lo mismo.

—¿Dónde has estado, Ki?

Llevo mucho tiempo esperando que me haga esa pregunta, que quiera saber lo que necesito. Que me diga que está listo para ayudarme.

—En la calle —respondo. El cielo del mural no tiene nada más que notas musicales y color azul, un azul que parece ser infinito, como si el color cayera del cielo junto a la música y se me acercara—. No sabía a dónde más ir.

Con el rabillo del ojo, veo que mi hermano menea la cabeza.

—¿Así que se te ocurrió la genial idea de ir por ahí follándote a cualquiera como una puta? Tony me lo contó, pero no le quise hacer caso. Joder, Kiara.

—No tienes derecho a juzgarme. He estado haciendo la calle por ti, porque te has metido en una puta fantasía. Me pediste que te diera un mes para el álbum, y eso hice. De hecho, ya te he dado casi nueve meses para que hicieras tus paridas, pero ha sido demasiado tiempo, Marcus, y la situación no ha cambiado en absoluto.

—¿Y creíste que lo mejor sería hacer la calle? —La mirada de Marcus es sólida y penetrante.

—He hecho lo que tenía que hacer mientras tú te quedabas de brazos cruzados. No habría tenido que recurrir a eso si te hubieras dejado de gilipolleces y me hubieras ayudado.

—Me dijiste que no te molestaba que probara suerte. —De algún modo, cada vez me habla en voz más alta—. ¿Crees que no lo he intentado? Llevo intentando mantenerte a salvo desde que mamá la cagó. Joder, que soy el único que se ha preocupado por ti alguna vez. ¿De verdad me culpas por querer algo para mí una sola vez?

—No, no puedo culparte. Pero no vivimos en el mundo del tío Ty, y no nos sirve de nada pretender que sí. Dentro de poco, ninguno de los dos tendremos dónde caernos muertos, aunque yo al menos estoy tratando de salir del arroyo.

—Es por eso que he pensado en traerte aquí hoy, ¿sabes? Para compensártelo. —Su frente es un entramado de arrugas que me miran desde arriba. De verdad cree que un poco de pintura puede solucionarlo todo. Me pican los ojos, y me doy cuenta de que me he echado a llorar: unas lágrimas suaves y lentas, pero lágrimas de todos modos.

—La pintura no nos paga el alquiler, Marcus. No sé qué quieres que te diga, ¿que te perdono? Da igual si te perdono o no cuando no tenemos dinero para poner un plato en la mesa.

—¿Y qué quieres que haga yo para solucionar eso? Ya probé con un trabajo. Dos veces, de hecho.

Suelto un suspiro y procuro secarme las lágrimas que me nublan la visión.

—Yo fui a ver a mamá. No tiene el número del tío Ty, pero a él siempre le has caído mejor tú. —Noto que se le tensa todo el cuerpo—. Ayúdame, Mars. Me da igual lo que tengas que hacer, pero necesito que intentes algo. Encuentra a Ty, o búscate otro trabajo o lo que sea. Por favor.

—Y una mierda. —Marcus le da una patada al suelo con su deportiva desabrochada—. Sabes de sobra que no nos va a ayudar en nada.

—Es lo único que se me ocurre.

Cuando Marcus cumplió los trece años, después de que papá volviera a casa, empezó a faltar a clase para quedar con el tío Ty. Aquello fue antes de que Ty se fuera de la ciudad, antes de que una discográfica importante lo contratara y de que se comprara un Maserati, cuando todavía era el hermano pequeño de papá, el bebé de la familia, nuestro único vínculo con algo más grande.

El tío Ty es de esas personas a las que te apetece acercarte todo lo posible, es magnético. Y ni siquiera tiene que decir nada; es casi como si se pudieran ver sus pensamientos salir volando de su cabeza, la intensidad de cada creencia que sostiene, el modo en que se queda mirando algo sin apartar la vista. Cuando éramos pequeños, creíamos que el tío Ty era un ser mágico, y mamá consideró que lo mejor sería que no habláramos mucho con él. Dejó de visitarnos por Navidad cuando cumplí los nueve años. Marcus se pasó esa primera Navidad sin él llorando, hecho un ovillo en el suelo de nuestro piso, con las manos en el estómago, como si la distancia le provocara un dolor físico. Quizá haya sido así.

Ninguno de nosotros supimos que Marcus estaba faltando a clase para pasar más rato con el tío Ty hasta que nos llegó el aviso por correo. Durante un semestre entero, habían compartido la mayoría de los días. Cuando nuestro tío se fue de la ciudad después de que arrestaran a mamá, mi hermano recorrió todo el piso para hacer añicos todo lo que le recordara al tío Ty.

Después de que Marcus oyera la canción del tío Ty en el club el año pasado y se enterara de que se había hecho famoso, volvió a casa borracho y berreando y me acarició la frente mientras me contaba lo que habían hecho durante el tiempo que habían estado juntos. Además de llevar a mi hermano al *skatepark,* el tío Ty se reunía con un montón de hombretones con collares enormes, se drogaban, bromeaban entre ellos y les reproducía su música. Marcus se quedaba sentado en un rincón, inhalaba el humo y esperaba a que el tío Ty lo llevara de vuelta al *skatepark*. Me dijo que a veces iban a unos casoplones donde los ricos le ofrecían puros, y el tío Ty le instaba a que los probara. Y mi hermano los inhalaba, cuando se supone que no hay que respirar el humo de los puros, por lo que acababa vomitando en el baño. Incluso si el tío Ty solo le provocaba dolor a Marcus, mi hermano lo quería más que a nada en el mundo. Lo idolatraba, a decir verdad.

—Tendrás que espabilarte tú sola —dice Marcus meneando la cabeza.

—¿En serio? ¿No puedes hacer ni eso por mí?

Marcus me dedica la misma mirada llena de miedo que vi en su expresión cuando papá intentó darme la mano en el círculo de tamborileros y vuelve a negar con la cabeza.

—Lo siento.

Voy a por mi bici, con la única idea de ir a un lugar que no sea tan azul.

He tomado la decisión incluso antes de haberla puesto en palabras, al mirar a mi hermano y verlo negar con la cabeza todavía.

—Papá se habría decepcionado mucho al ver en lo que te has convertido. Eres libre de seguir probando suerte, Marcus, pero no pienso darte un techo cuando vuelvas a casa con las manos vacías después de todas tus gilipolleces de niño mayor. ¿Quieres ir por libre? Pues búscate otro sitio donde vivir. Si quieres quedarte conmigo, entra en razón y ayúdame.

Me subo a la bici, con el sillín todavía cálido, y me pongo a pedalear cada vez con más fuerza, hasta que mis piernas se convierten en una mancha de músculos, mujer y sudor. Sé que he partido algo entre nosotros, que he hecho pedazos el tratado que era nuestro piso al decir esto justo después de algo tan sagrado. Quizás el mural conmemore este día y nos lleve de vuelta al pasado, de vuelta el uno al otro.

CAPÍTULO DOCE

El sol de Oakland ha vuelto a su color tenue de siempre. Alé no me atiende el teléfono desde aquel último día en el *skatepark,* y me da demasiado miedo preguntarle si me sigue queriendo como me quería antes. Cada día que paso sin verla, me da la impresión de que nos alejamos de reconocernos la una a la otra. Seguro que ya se ha hecho algún tatuaje nuevo. Quizás incluso huela distinto.

Marcus se ha ido. Ya ha pasado una semana desde lo del mural, y ayer recogió la ropa que le lavé. Debe estar quedándose con alguno de sus colegas, y tengo la sensación de que soy la última superviviente de la familia, la única que resiste en el piso.

No puedo dejar de pensar en la fiesta a la que Camila me invitó, en una discoteca. Seguro que ni siquiera hay discoteca, pero los destellos hacen que quiera ir, solo para comprobar si el brillo me acabará mareando o si esta será de verdad la vida para mí. Quizá pueda darle la mano a Camila cada noche, ganar suficiente dinero como para que Trevor nunca tenga que preocuparse de nada, dejar de lado la comodidad por algo más estable y duro.

Me encuentro con Trevor en la parada de bus después del cole la mayoría de los días y vamos a la cancha de baloncesto, donde tenemos toda una serie de apuestas. Después de que ganáramos a Bahía, ella les dijo a todos sus amigos del instituto que más les valdría darles una lección a ese niño pequeño y a su canguro mayor. Pensaba que se estaba marcando un farol, pero resulta que son lo bastante jóvenes como para desperdiciar todo su dinero en apuestas que ya sabemos que vamos a ganar. Hemos conseguido dinero suficiente como para cubrir el alquiler de marzo, con ayuda de las ganancias de los polis.

Algunas noches, Trevor y yo salimos a practicar, cuando Dee vuelve y estalla en sus carcajadas salvajes. Llama a la puerta de mi piso y sacamos el balón para perfeccionar nuestros botes junto a la piscina. En ocasiones lo imagino presentándose en mi puerta y llamando cuando no estoy ahí, a la espera de una respuesta que nunca llegará.

Se está haciendo de noche, y la fiesta empieza en cuanto se pone el sol. Me preparo, me pongo el único vestido en mi haber, que es más un camisón que otra cosa; se trata de un regalo de uno de los polis, y me recuerda a cómo he vivido un siglo entero en cuestión de unos pocos meses. El tiempo se mueve en demasiadas direcciones.

En el baño, me quedo mirando mi reflejo en el espejo. Toda yo soy distintos matices de marrón. Mi cabello tiene unos restos de color rojo, de la única vez que intenté teñírmelo de castaño, y me maquillo con rímel y sombra de ojos aguada que no sé usar del todo. Al final acabo pareciendo una versión mayor de mí misma; más angulosa. Mi rostro está más marcado que antes, y mis hombros resaltan la simpleza del vestido más aún, porque se me ve el esqueleto. No es que sea muy delgada, pero mis hombros parecen creer que es así. El resto de mi cuerpo tiene un ligero acolchado que me aísla los órganos, que me los protege.

Ya son las 10 p.m., por lo que me pongo mis tacones nuevos. Estos son plateados, y el tacón en sí es cinco centímetros más corto que el de los zapatos viejos que Hombre Metálico tiró a la calle. No me pongo chaqueta, porque sé lo húmeda que estará la casa, la cabaña o el almacén en el que se vaya a celebrar la fiesta, y lo único peor que pasar frío es el sudor de un calor del que no se puede escapar.

Cuando Camila me dio la dirección, creo que ni se le pasó por la cabeza que iba a tener que buscarme la vida, que no tengo coche, ni siquiera un billete de autobús, después de que se agotaran los que Alé y yo robamos. Pese a que he buscado en el mapa cómo llegar al lugar antes de salir de casa, al estar en la calle High, el viaje de más de tres kilómetros que tengo por delante me parece una maratón que mis pies serán incapaces de soportar.

Cuando no queda otra opción, lo único que se puede hacer es poner un pie delante del otro. Las plantas de los pies me duelen de ese modo que ya me suena y que me indica que no solo voy a tener ampollas mañana por la mañana, sino que me van a salir unos moretones tan púrpura que se parecerán más a la nuca de mi madre que a la piel normal.

Pienso en cada paso que doy y repito para mí misma «talón, punta, talón, punta». Así se me hace más fácil. El claxon de cada capullo que pasa con su coche me acompaña los pasos, pero no les hago caso hasta que uno aparca a mi lado, con la ventana abierta. Me tenso antes de ver el coche más de cerca y darme cuenta de que es una mujer. Kehlani suena a todo volumen por el altavoz, y las pestañas de la mujer están adornadas con purpurina azul.

—¿Necesitas que te llevemos? —me pregunta.

Digo que sí con la cabeza antes de echar un vistazo al asiento trasero. Hay todo un circo ahí metido, de modo que solo el asiento central de la fila trasera está vacío. Me abren la puerta, y la chica más cerca de mí se desliza para dejarme pasar. Está claro que van a alguna fiesta, a juzgar por sus vestidos, que prácticamente tienen menos tela que el mío.

Cierro la puerta.

—¿A dónde vas? —me pregunta la conductora, mirándome.

Le doy la dirección, y la chica que tengo al lado se inclina hacia la conductora.

—¿Ese no es el piso de Demond? —Pese a que intenta susurrarlo, le sale con el volumen suficiente como para que lo oiga todo el coche, incluso por encima del estruendo de la minicadena.

La conductora asiente discretamente antes de volver a dirigirse a mí:

—Me llamo Sam. Sabes en qué clase de casa te estás metiendo, ¿no?

—Sé todo lo que tengo que saber —le contesto a voces—. Me llamo Kia.

Pasamos el resto del viaje en silencio, salvo por la música. Cuando me dejan frente a la casa, Sam se da media vuelta y me toca una rodilla.

—Si Demond intenta darte cualquier cosa, no la aceptes. —Sus pestañas azules se mecen de arriba abajo antes de que vuelva a mirar hacia el volante y la puerta se abra de par en par. La chica a mi lado me deja pasar y me tambaleo hacia la acera, donde recobro el equilibrio a pesar de que los tacones de aguja me dan la sensación de estar caminando con zancos. La casa me recuerda a cómo son las fiestas en los dibujos animados: el edificio parece que rebota sin parar, con las ventanas iluminadas por luces estroboscópicas y personas que pasan el rato en los peldaños delanteros. El resto de la calle está a oscuras hasta la parte en la que no hay salida, y, si no fuera por el fiestón de dentro, habría pensado que era la casa de unos críos, con valla de madera y todo.

Observo el coche del circo alejarse.

—Ah, ¿una de las chicas de Demond? —me pregunta uno de los hombres que fuman un cigarro de marca Backwoods en la escalera delantera.

—No, he venido a ver a Camila —le grito de vuelta, mientras me dirijo a ellos.

El miedo no hace nada más que pintarte una línea roja en la garganta que indica a los demás lo fácil que sería partirte por la mitad.

El hombre asiente, y su amigo se suma a la conversación, tras una calada.

—Camila —dice, estirando su nombre, antes de soltar una pequeña carcajada—. Lleva mucho tiempo en el negocio, seguro que esa sí que sabe lo que se hace. —No sé con quién habla, porque se ha quedado mirando hacia el cielo, como si creyera que le fuera a contestar.

El hombre que está a su lado, sin camiseta, me mira a los ojos.

—Sí, y bien cara que es.

—¿No has estado con ella? —le pregunta el Hombre del Cielo, tras volverse hacia él.

—Nadie ha estado con ella y ha vivido para contarlo. Si tienes tanto dinero como para permitírtela, también tienes a gente detrás de ti. —Se vuelve a centrar en mí—. Imagino que eres una de las chicas nuevas de Camila. Sabe bien cómo escogeros.

Posa la mirada en cada parte de mi cuerpo, y me siento tan desnuda como si acabara de salir de la ducha, antes de que la piel me haya absorbido la manteca de karité.

—Si me disculpáis, me estarán esperando —les digo, y me cuelo entre ellos para subir por los peldaños, hacia la puerta principal y la música trap a todo volumen.

—Luego me paso a buscarte, guapetona —me grita Descamisado. Y, aunque sé que es a esto mismo a lo que he venido, noto unas punzadas por todo el cuerpo, a modo de advertencia.

En el interior, el calor de la sala baja desde el techo, y me encuentro en una situación distinta de cuerpos contra cuerpos: estos bailan frotándose unos contra otros, y, en lugar de alegría, lo que veo es deseo, todo lo que mamá dice que no se debe hacer. Aun así, todos deseamos algo; la mayoría de nosotros reemplazamos lo que queremos de verdad por piel, lo cual surte efecto hasta que vuelves en ti, y el espejo es una mancha de tiempo que se te aferra a la garganta.

Me abro paso hasta la primera sala y luego hasta la segunda. Hay alguien bailando sobre la encimera de la cocina, y hasta el último rincón de la casa está ocupado por personas medio desnudas. Me dirijo hacia la mesa, camino al aroma a vodka derramado. Tras buscar la botella que me parece más limpia, me sirvo tequila en un vaso de plástico. Me lo bebo en cuanto me llega a los labios, y capto un dulzor que no debería acompañar a un licor tan fuerte, pero estoy demasiado agotada como para preocuparme de dónde puede haber salido. Bebo más de lo que debería, con la esperanza de que me dure incluso después de que haya sudado la mitad al bailar, con la esperanza de que me llegue el efecto deprisa y me quite la paranoia.

Cuando el calor de la bebida me ha llegado al pecho, vuelvo a mirar hacia el caos. Hay muchísimos ojos en esta sala, y voy intercambiando miradas con todos ellos; recibo cada guiño y cada segunda mirada, aunque respondo nada más que con una mirada fría. La estoy buscando, y sé que será más alta que la mayoría de las personas de la sala, gracias a los altísimos zapatos brillantes que se habrá puesto hoy.

La encuentro en el patio, con los brazos por encima de la cabeza, contorsionando el cuerpo al ritmo de alguna canción que seguramente no exista en este universo. Camila es más radiante de lo que puede soportar el bajo de la música que suena. Me dirijo hacia ella, más allá de un hombre bajito que parece estar de guardia en la puerta del patio. Camila me ve y cesa el movimiento de su cuello hacia su hombro para alzar las dos manos y soltar un gritito.

—¡Mija!

Y de verdad que me siento como si eso es lo que soy para ella.

Camila me rodea en un abrazo, y hoy va de naranja de la cabeza a los pies. No tenía ni idea de que el naranja fuese un color que se pudiera vestir sin que se acabe pareciendo al vestido barato de la fiesta de quinceañera de Alé, pero a Camila le queda como anillo al dedo. Lleva unos pantalones cortos y un top, los dos de un color sangre anaranjado brillante. Es como si el jugo del color le goteara a los pies, los cuales ha adornado con unas botas de color neón que se tornan más oscuras y de color más saturado conforme le suben hasta los muslos.

—¿Cómo estás? ¿Ya tienes algo para beber?

Asiento, y Camila se da media vuelta hacia el semicírculo de personas reunidas a su alrededor.

—Esta es una de mis furcias primerizas, Kia. Que nadie se meta con ella si no tiene dinero suficiente para pagarla. Mis chicas no son baratas.

La mayoría de las personas que la rodean asienten o murmuran algún saludo, pero no dejan de mirarla. Ni siquiera le miran el culo o las tetas; el rostro de Camila es suficiente para volver loca a toda una sala, con su barbilla con hoyuelo que enfatiza los demás hoyuelos que tiene en el rostro: es toda ángulos, solo que con una curva suave en cada borde. Sus ojos marrones son infinitos, y lleva las pestañas como si fueran accesorios.

—¿Has visto a Demond ya? —me pregunta.

Niego con la cabeza. Camila me dice que tengo que aprender a hablar un poco más, y me echo a reír.

Avisa a los demás del patio de que volverá pronto y me lleva de vuelta al interior, a través de la cocina y hasta una puerta cerrada que abre como si estuviera en su casa.

En cuanto entramos en la sala, me llega la peste a humo. El hedor a marihuana es apabullante, y juro que no queda oxígeno que respirar. La cama es el elemento central de la habitación, de tamaño extragrande al menos, y unas diez personas están sentadas o tumbadas en ella. Todas son chicas, salvo por el hombre del centro, quien lleva gafas de sol y tiene unos diseños de lo más delicados rapados en la cabeza. Es delgaducho, aunque también más alto que ningún hombre que haya visto en la vida real. Los pies le llegan hasta el final de la cama. No sé a dónde mira desde detrás de sus gafas de sol, pero me siento observada.

Camila me lleva hasta un rincón de la sala, a un sofá que no había visto bajo la nube de humo, y nos sentamos entre dos chicas.

—Demond, esta es mi chica, Kia. Ya te he hablado de ella.

Demond se desliza las gafas de sol hasta el puente de la nariz, de modo que le veo los ojos por fin, incluso a través del humo. Parece como si una especie de grasa le hubiera saturado los globos oculares, algo resbaladizo y húmedo. Pese a que son negros, hay algo más detrás de dicho color, como unos destellos plateados del filo del acero. Le da un par de vueltas al *piercing* que lleva en la nariz y se pone a toser.

—Es especial. —Su voz es ronca y penetrante, de modo que atraviesa la sala.

Camila me dibuja unos patrones en el dorso de la mano, con las piernas cruzadas, y se inclina hacia Demond.

—Y no tiene papi que la cuide.

Cambio de posición, incómoda, y el cuero del sofá se me pega a los muslos. No sé muy bien qué es lo que cree estar haciendo Camila al venderme así.

—Me las apaño yo sola —digo. Todas las cabezas de la sala se vuelven para mirarme, y los ojos de las chicas parecen arder.

Demond se incorpora, se quita a una de las chicas de encima y pone los pies en el suelo. Junta las manos y se me queda mirando. A pesar de que no podemos estar a más de metro y medio de distancia, el humo sigue siendo espeso.

—Nena, puedo llevarte mucho más lejos. —Su aliento es una mezcla de pimienta y maría que sale con su voz ronca.

—Escucha lo que quiera proponerte —me susurra Camila, tras mirarme—. No tienes que tomar ninguna decisión ahora mismo. Dale diez minutos y ven a buscarme.

Su torso vuelve atrás; se pone de pie, me suelta la mano, y ese color naranja y radiante me abandona. La observo desaparecer a través del humo y por la puerta hasta que solo quedamos Demond, un aquelarre de chicas y yo.

Demond estira una mano hacia la mía, la cual Camila acaba de soltar, y tira de ella. Me separa los dedos del puño que estoy formando y se queda contemplando la palma de mi mano, como si me la estuviera leyendo.

—Eres joven. —No es una pregunta—. No me molesta, pero sé que vas a liarla, ¿a que sí? —Los huesos de sus dedos se me clavan en la piel.

—No me gusta que me digan lo que tengo que hacer —respondo con voz más ronca, para ocultar el escalofrío que se ha mudado a mi estómago.

Se echa a reír ante eso, y, en cuestión de segundos, las chicas estallan en un coro de risitas. En cuanto él deja de reírse, ellas también.

Aparto mi mano de su agarre y me echo atrás en el sofá.

—No quiero ser tu putita y reírme de cosas que no tienen gracia. —El único modo que tengo de salir de esta sala es hablar como él, e intento poner una voz más gutural. Creía que esto era lo que había querido antes de venir, pero ahora, al verlo, sé que no me protegerá, que no hará que nada sea más fácil, incluso si acabo ganando más dinero. Me estaría privando de toda oportunidad de conseguir algo siquiera parecido a la libertad, de tener una vida fuera de la noche.

—De verdad eres una de las de Camila. —Me imita y se echa atrás—. ¿Cuántas noches a la semana pasas en la calle? ¿Cinco? ¿Seis? —Si bien no le contesto, es capaz de ver el agotamiento en mi interior, la fatiga, y sigue hablando—. Mis chicas solo salen dos noches, o tres tal vez, y sacan más de dos mil dólares a la semana. Lexi te lo puede contar mejor, ¿verdad?

Le está dirigiendo la palabra a la chica que está sentada a mi lado. A pesar de que no me he concentrado en ella a través del humo hasta ahora, en cuanto lo hago, me dan ganas de alejarme.

Lexi es bajita, de menos de metro y medio de altura, y no puede tener más de quince años. Su cabello tiene el mismo aspecto que tenía el mío cuando era pequeña y mamá me lo cuidaba, con unos rizos apretados que le enmarcan su rostro ovalado. Se nota que ha intentado pintarse y convertirse en una mujer a base de maquillaje, pero sigue pareciendo muy joven. Se aferra con fuerza a su bolso y juguetea con la tira.

—Hola —me dice, y, aunque no creo que haya pretendido susurrar, la voz le sale lejana. Está a punto de decirme algo más cuando un hombre abre la puerta de la sala y entra.

—Oye, Demond, hay unos negratas por aquí que intentan quitarte lo que es tuyo. —Es el mismo hombre que hacía de guardia en la puerta del patio, bajito y corpulento.

Demond se pone de pie, y resulta ser más alto incluso de lo que me había esperado, hasta casi tocar el techo.

—Hostia puta. —Con dos enormes zancadas, sale por la puerta y la cierra con fuerza.

Ya solo quedamos las chicas y yo. Las observo mirar en derredor, como si estuvieran intentando averiguar dónde están, como si no hubieran tenido ni un momento para respirar y verlo. Me doy cuenta de que ninguna de ellas se ha movido ni un ápice desde que he entrado en la sala, y ahora un par de ellas se ponen de pie y dan una vuelta por la habitación, sacan fotos de un estante o cuchichean entre ellas.

—¿Te ha traído uno de los chicos de Demond también? ¿Es tu primera parada? —A Lexi le sale la voz un poco más alta, aunque sigue sonando como si me estuviera hablando bajo el agua y el sonido tuviera que flotar hasta la superficie.

La vuelvo a mirar, entre el humo que se disipa, y no lo entiendo hasta que veo cómo sigue jugueteando con la tira del bolso y dedica miradas furtivas por toda la sala.

—No soy una de sus chicas. Nadie me ha traído.

En cuanto esas palabras salen de mí, algo en su expresión decae, y una esperanza de cuya presencia no me había percatado desaparece.

Me paro a pensar y me acuerdo de Alé y de Clara.

—¿Tienes teléfono? Puedo intentar ayudarte, darte un sitio en el que quedarte, y puedes llamar a alguien para que venga a buscarte… —Rebusco mi móvil en el bolso, pero Lexi me detiene con su mano carnosa.

—No tengo a nadie que cuide de mí. —Y me dedica una sonrisa brutal y vacía que no concuerda con su rostro antes de seguir jugueteando con la tira del bolso, ya sin mirarme.

El ambiente de la sala ha pasado de húmedo a sofocante, y lo único que tengo que hacer es salir, volver con Camila. Me pongo de pie, y, una vez más, todas las miradas de la sala se posan sobre mí conforme me dirijo a la puerta y la dejo un poco entreabierta para que puedan volver a respirar.

CAPÍTULO TRECE

Después de que yo encontrara a Camila, Descamisado, de la escalera de enfrente, ha venido a buscarme y me ha llevado al cobertizo que hay detrás de la casa de Demond. Cuando me ha preguntado *cuánto*, le he dado una cifra más alta de las que he pedido hasta el momento y ni se ha inmutado, sino que ha sacado los billetes del bolsillo y se ha bajado la bragueta. Cuando le he preguntado cómo quería que lo llamara, me ha dicho que no necesitaba que lo llamase de ninguna forma, que no le gustaba hablar.

Cuando Descamisado se marchó, su amigo, Hombre del Cielo, entró en el cobertizo y me pidió un turno. A él ni siquiera le pregunté cómo quería que lo llamara, porque en mi cabeza ya era Hombre del Cielo, y, en cuanto le pones un nombre a eso, la fantasía desaparece.

Me vuelvo a poner el vestido, ya a solas en el cobertizo, y me subo a mis tacones. Se me han hinchado los pies en el transcurso de la noche, y tengo que apretujarme para caber en ellos. Salgo del cobertizo y lo primero que veo es a Camila y su color naranja, meneándose esta vez al son de la música que sí suena, aunque todavía con más elegancia de la que yo he tenido nunca.

Subo las escaleras que conducen hacia el patio y, en cuanto Camila me ve, me obliga a sumarme a su baile. He bebido un par de chupitos más, y dejo que la chispa me recorra el pecho y me haga estar tan suelta como Camila, de modo que nos sumimos en la música. El tamborileo de mi pecho, el movimiento de cintura de un lado a otro, el giro de caderas, su cuerpo contra el mío.

Al principio creo que la vibración sale de mi pecho, que es otra oleada de tequila o algo. Solo que el ritmo es demasiado lineal, demasiado compacto como para que salga de mí o del baile. Me pongo a buscar en el bolso y me aparto de Camila para inclinarme sobre el borde del patio y contestar el teléfono. No he dicho nada y la voz ya se ha puesto a hablar conmigo; sé de quién se trata sin que tenga que decírmelo. Nunca me olvido de sus voces.

—*Me acaban de decir que estás en una fiesta. Tenemos a dos agentes encubiertos ahí, vamos a clausurarla y a hacer una redada al completo en una hora o así. He aparcado en la esquina. Sal en cinco minutos.*

Cuelga sin que me dé tiempo a contestarle. Pese a que no sé cómo se llama, conozco su número de placa: 612. Así es como lo llamo, como me pidió que lo llamara.

Ninguno de ellos me ha llamado así hasta ahora mismo, y de repente me pongo a mirar hacia todos los cuerpos de la sala para intentar averiguar quién es un policía de verdad. Vuelvo a meterme el móvil en el bolso y miro a Camila, que sigue girándose, retorciéndose y meneándose. Tiene los ojos cerrados, y, a su alrededor, todos están en trance mientras la ven. Lo que 612 me acaba de decir me llega al cerebro por fin, y la llamo con unos golpecitos en el hombro, pero no abre los ojos. Lo intento una vez más, sacudiéndola con más fuerza, hasta que me mira. Me inclino hacia su oreja para hablarle de cerca.

—Tienes que salir de aquí, es una redada.

—Pero ¿qué dices, Kia? —Se echa a reír y alza los brazos—. Tranqui.

Aunque intento explicárselo otra vez, creo que el ritmo de la música se le ha metido en la cabeza, porque deja de moverse, abre la boca y suelta una carcajada tan melódica que bien podría formar parte de la canción.

Acabo dejándola allí, en el patio, bailando. Al echar la vista atrás hacia su imagen, me doy cuenta de que las personas que la rodean no la están mirando sino vigilando, y parte de la imagen que me he formado de Camila me empieza a parecer de lo más falsa. Es una mujer que se engaña a sí misma al decirse que lo tiene todo bajo control, porque ¿qué pasaría si intentara irse conmigo? Todos esos hombres saldrían a buscarla y se la llevarían de vuelta, igual que harían con cualquiera de las chicas de la habitación de Demond. Están atrapadas.

Me abro paso por la casa, y juraría que, conforme nos acercamos a las 02 a.m., se ha vuelto más abarrotada y el volumen ha aumentado más todavía. Todas las miradas han pasado a ser de una lascivia incontenible, como si la noche las hubiera engullido y solo hubiera dejado deseo a su paso. Salgo por la puerta y bajo los peldaños, y alguien grita algo, pero no lo oigo a través de la vibración y del alivio de un aire más fácil de respirar.

Echo un vistazo en derredor en busca de sirenas, de destellos de colores, de un coche. Al otro lado de la calle, un Prius azul marino baja la ventanilla, y ahí está, tal como lo recuerdo: pelirrojo y con manchitas rojas en las mejillas. Cruzo la calle en su dirección, y me abre la puerta del copiloto. Me subo.

—¿Este es tu coche?

Se echa a reír, sin su uniforme ni su placa, sino con unos tejanos puestos.

—Sabes que tenemos vidas más allá de la comisaría, ¿no?

Pese a que intento reírme con él, no me sale ningún sonido, más o menos como cuando mamá abre la boca y deja que se le mueva la mandíbula, lejos del sonido que sale de ella.

Arranca para alejarse de la casa y echo un último vistazo atrás; pienso en Lexi con la tira de su bolso, en Camila dándole vueltas a su cuerpo hasta convertirlo en una espiral.

—¿A dónde vamos? —le pregunto a 612, mientras miro por la ventana. Es uno de esos a los que me cuesta mirar, porque una parte de mí quiere que no sea él, que esté en su casa en alguna parte leyéndole un cuento a un niño pelirrojo y no aquí en la calle conmigo. El modo en que se aferra al volante me pone de los nervios, como si quisiera hacerlo con más fuerza aún, como si estuviera a punto de arrancarlo de cuajo. Se pone a toser.

—Es tarde, te voy a llevar a mi casa.

Solía soñar con que mamá me dejaba olvidada en el supermercado. Cada vez que salíamos a comprar, tenía que averiguar cuánto dinero le quedaba en nuestra tarjeta de la beneficencia, retrocedía a una esquina para llamar a atención al cliente, porque, cómo no, había perdido el último recibo. Y yo me ponía a dar vueltas por la tienda, a veces con Marcus y otras, sola. Agarraba todo lo que me venía en gana: cajas y cajas de cereales de los caros y las pizzas que las familias de la tele meten en el horno antes de comérselas en sus mesas de roble. Luego recorría unos cuantos pasillos y lo dejaba todo donde no iba, con la esperanza de que me siguieran esperando ahí cuando volviera un par de semanas más tarde. Nunca estaban.

En dichos sueños, estoy sentada en medio de un pasillo, mirando en derredor, a la espera de que las paredes se transformen y me dejen ver a mamá. No sé si alguien se puede llegar a sentir más atrapado que cuando está rodeado de comida que no puede comer, a la espera de volver a casa y sin saber si alguien va a recordar su existencia.

Ahora me siento igual de confinada, sentada en el coche y viendo cómo las uñas de 612 se van clavando poco a poco en el volante. Me pregunto cuánto tiempo le llevará a Marcus olvidarse de mí, si la única vez que pensará en su hermana será cuando se mire al espejo y vea mi huella.

Cuando uno no tiene casi nada, una huella lo es todo.

No creo que 612 me vaya a asesinar ni nada por el estilo. De hecho, dentro de lo que cabe, es amable, tiene una especie de espuma nerviosa que hace que todo parezca pegajoso. No da nada de miedo, sino solo lástima.

Nadie me ha llevado a su propia casa hasta ahora. Ni los hombres de la calle, quienes no tienen dinero suficiente como para tener una casa a la que llevarme y que prefieren arrastrarme a su coche o a su habitación de motel; ni los policías, quienes tienen mujer en casa y prefieren mantenerme al margen o hacerlo conmigo en grupo; ni el novio que tuve a los catorce años, cuando seguía intentando vivir mi infancia, con deportivas limpias y práctica de baloncesto. Ni siquiera Alé me lleva a su casa nunca. Los únicos lugares que visito son mi piso, el estudio del sótano de Cole y la calle. No he pensado mucho en que el mundo se extiende más allá de eso, en que todo el mundo vuelve a casa, se mete entre las sábanas y se pone a soñar.

—No te preocupes, no hay nadie, solo está un poco sucia.

Asiento, me vuelvo hacia la ventana y sonrío. Le preocupa lo sucia que pueda estar su habitación. Estamos los dos en su coche a las 02 a.m. y lo que más le preocupa es que vaya a juzgarlo por su piso hecho un desastre.

Pese a que imaginaba que el viaje iba a durar más, en poco menos de diez minutos ya se ha desviado hacia la entrada de una casa. Creía que iba a llevarme a un pisito diminuto, más grande que el mío, aunque apropiado para él y su soledad. Con espacio suficiente para él y su placa. En su lugar, una casa nos mira desde arriba: recién pintada de gris, con un columpio en el porche. No creo que haya tenido ganas de sentarme en uno de esos nunca, pero, al verlo, casi me invita a hacerlo, y tengo que quitarme las ganas de columpiarme como si hubiera vuelto al parque con Alé.

Rebusca sus llaves en la oscuridad, por mucho que toda su calle esté iluminada por las farolas. Ventajas de tener dinero, supongo. No me había dado cuenta de que los polis ganaban tanto dinero hasta que 612, 220 y 48 sacaron sus billeteras. Aun así, la casa gris y grande que tengo delante lo demuestra más aún.

612 abre la puerta y me deja pasar primero, casi como un caballero. Para ser un lugar tan enorme, casi no hay muebles. Me conduce por el pasillo, y cada sala cuenta con una silla y quizás una mesa baja, pero nada más grande que la mecedora de *Buenas noches, luna,* la historia que Marcus solía leerme cuando él tenía seis años y todavía tenía que modular bien las letras, mientras esperábamos que mamá y papá volvieran del trabajo.

—¿Quieres un vaso de agua o algo? —612 se coloca en la puerta de lo que debe ser la cocina y gira el cuello, incómodo, hasta que le cruje.

—¿No tienes nada más fuerte? ¿Whisky o algo así? —Aunque sé que dicen que no se deben mezclar las bebidas, me gusta cómo se arremolinan en mi interior, y, si pretendo sobrevivir a lo que sea que vaya a pasar a continuación, necesito algo que me achispe, que me dé una oportunidad de no acordarme de nada mañana.

Asiente y se da media vuelta para ir a la cocina. Me quedo en el pasillo, sin saber muy bien si soy capaz de dar un solo paso más. Lo único que quiero es quitarme los tacones e irme a dormir. Intento parpadear con la fuerza suficiente como para recordarme que estoy trabajando, que este hombre es pelirrojo y tiene un apetito que solo podré saciar durante las siguientes dos horas, si llega. Vuelve un par de minutos más tarde, dándole sorbitos a un vaso de agua; me ofrece un licor de color ámbar y me lleva por otro pasillo hasta una habitación. La cama tiene una colcha que parece algo que papá solía intentar hacer cuando estaba enfermo y se rendía a la mitad.

—¿Puedo sentarme? —le pregunto a 612, desesperada por quitarme el plástico de los dedos de los pies.

—Claro, cómo no —me responde, aturullado, y me siento en el borde de la cama. Las luces de la habitación siguen apagadas, y rezo para mis adentros para que no quiera encenderlas; no quiero ver cómo el color rojo se le esparce por las mejillas.

Tras quitarme los zapatos, subo más a la cama. Tengo el vestido pegajoso, y casi doy las gracias por que 612 me lo empiece a quitar. Acabo con la espalda apoyada en la colcha, y esta pica más de lo que me había esperado, además de que desprende un hedor violento. Cuando se me pone encima, noto que trata de no aplastarme con todo su peso, por lo que le coloco las manos en los hombros y tiro de él un poco hacia mí, para que lo haga con más fuerza. No es que quiera tener todo su peso encima ni nada, es que no me gusta ver que intenta contenerse: lo único peor que un hombre desatado es uno al borde de estarlo.

612 gime como si fuera la primera vez que follara. Se libera con todo su cuerpo, retuerce la cabeza y frunce los ojos, como un león a medio rugido. Me agarro a la funda de la almohada y me centro en el sonido de los muelles del colchón. Ni siquiera duermo en una cama en casa, así que nunca he oído el rasgar del marco de madera y el rebotar del colchón al mismo tiempo.

Acaba rápido, tal como lo recuerdo, y se dirige de inmediato a la mesita de noche para encender la lámpara. Ojalá no lo hubiera hecho. Está sonrojado, con un tono incluso más oscuro de lo normal, y alzo las manos para cruzarme de brazos por encima del pecho, como si eso me fuera a servir de algo. Hago el ademán de recoger mi vestido del suelo, pero 612 me lo quita antes de que me lo ponga.

—Está hecho un desastre; toma. —Me lanza la camiseta que había llevado él, con manchas de sudor incluidas, como si fuera mejor. Me la pongo, y ni siquiera me llega a los muslos, me queda ancha y holgada en el pecho.

—¿Me vas a pagar? —le pregunto, mientras me dirijo a por mis tacones y ya temo la vuelta a casa.

Se echa a reír desde el otro lado de la habitación, donde se pone una camiseta nueva, limpia y gris como la casa.

—Pero si ya te he pagado. Te he contado lo de la redada, ¿no? —Se vuelve para rebuscar en un cajón y menea la cabeza. Me detengo a medio movimiento.

—No te he pedido que lo hicieras. Necesito dinero.

Soy muy consciente de la presencia de su uniforme, tirado en una silla en un rincón de la habitación, con pistola y todo. Sé que debería haberle pedido el dinero antes de hacerlo, pero también sé que no habría cambiado nada.

Me mira con las cejas arqueadas, sin hacer nada más. Como si un fantasma fuera a salirme por la boca. Quizá sea que soy mágica, o tal vez esté planeando cómo explicar que me va a arrestar o a matar o por qué esa chica bonita ya no los acompaña más.

Y entonces sonríe, y sus mejillas sonrojadas se vuelven más rojas todavía.

—A ver qué te parece esto: pasa la noche aquí y te pago por la mañana. Solo un par de horas más, y tendrás un sitio en el que apoyar la cabecita. ¿Qué me dices?

Pensar en tumbarme otra vez en esta cama y oler el moho que crece entre los puntos de su colcha, junto a los restos del perfume de otra persona, me da ganas de volver a ponerme los zapatos y caminar ocho kilómetros más. Aun así, no estoy dispuesta a desperdiciar la hora que he pasado absorbiendo sus manchas al irme sin mi dinero.

—Vale —le digo a 612.

Esta vez, cuando se mete en la cama, se me tumba al lado y nos tapa con la colcha. Me quedo apoyada en el cabecero hasta que 612 me tira del brazo para que baje a su nivel, así que le hago caso. Me pone un brazo encima y me tironea hasta que acabo apretujada contra él. Se queda dormido en cuestión de minutos, roncándome en la oreja, y el aliento le huele como si tuviera una plantación de menta en la boca. No sé cómo su cuerpo lo deja quedarse dormido así, sin más, como si nunca hubiera tenido una pesadilla.

Me quedo mirando el techo hasta que el sol lo tiñe de un color naranja glorioso, demasiado temprano como para verlo, y me recuerda a Camila antes de que la casa se viniera abajo, como sé que habrá pasado. A pesar de que no me duermo, algo detrás de mis ojos se da la vuelta, sube sobre sí mismo y emerge como un bebé recién nacido.

CAPÍTULO CATORCE

Trevor se ha subido a la encimera de mi piso para estirar las manos hacia la alacena de arriba, abrirla y volver a cerrarla. Lo hace un par de veces, como si fuera a aparecer algo de la nada.

—¿De verdad no tienes aceite? —me pregunta.

Estoy encima del único cuenco grande que tengo, removiendo con todos los músculos del brazo para hacer un torbellino de chocolate.

Se me empieza a tensar la mano derecha, así que paso a la izquierda.

—Creía que vendría con aceite. Joder, ¿por qué lo tengo que hacer todo yo? Lo he comprado todo en la misma caja por eso mismo.

Es mi cumpleaños.

Normalmente, Marcus y yo vamos en bus a San Leandro para ir a la pastelería de un amigo de la infancia de papá, y compramos una tarta enorme con flores comestibles encima. Aun así, este año no nos hablamos, y no tengo dinero suficiente en la funda de almohada para ninguna tarta con flores. Tras una noche de sudor bajo el calor del brazo de 612, lo vi despertarse por fin, volverse hacia mí y espetarme que tenía que salir de su casa. Le volví a pedir el dinero, y me dijo que ya me había pagado al haberme permitido dormir en su cama.

He pasado dos semanas más en la calle y todavía no he visto a Camila. Hay algo en el ambiente, en el modo en que todos los clientes me miran, que me dice que ha llegado el momento de volver a casa. Sobrevivo a base de Hombre del

Cielo y Descamisado, y con los ahorros que tenía escondidos detrás del espejo del baño.

La semana pasada, Trevor me preguntó si podía dormir en mi piso, y desde entonces no ha vuelto al de Dee. Nos trajimos toda su ropa, de modo que ya no me preocupa tanto pagar su alquiler, aunque, si Vernon echa a Dee, Trevor va a tener que esconderse. Me gusta tenerlo por aquí, dormidito en mi colchón, y más desde que Marcus no está.

Trevor me dijo que me ayudaría a hornear una tarta después de que le contara que no iba a tener pastel de cumpleaños, regalos ni nada. Me dijo que todo el mundo debería tener un pastel para su cumpleaños. A pesar de que no recuerdo que Dee le preparara nada durante el suyo, tampoco me sorprendería que se presentara a la medianoche de su cumple con una tarta de chocolate de tres pisos y que ni siquiera recordara quién la había elaborado. Es así de etérea ella: aparece de la nada y puede abrir la boca para hacer que toda la ciudad se convierta en una carcajada, para hacer que todo sea dulce.

Le digo a Trevor que mire en la otra alacena, así que baja, la abre y musita una bromita sobre que no sé limpiar, antes de sacar un bote de sirope de la parte trasera.

—Supongo que podemos hacer una tarta de tortitas. —Me acerca el bote a la encimera, y juro que ha crecido otro par de centímetros durante el último mes, porque ya casi es igual de alto que yo y puede quedarse mirando el cuenco sin tener que ponerse de puntillas.

—¿Cuánto le vas a echar? —le pregunto.

—Todo. —Abre el tapón—. Tiene que ser todo lo dulce que sea posible, Ki.

El bote está medio lleno, y sé que la tarta va a saber como si la tal Jemima que sale en la etiqueta hubiera estallado por toda la cocina, pero dejo que lo eche de todos modos.

Trevor acaba de remover la mezcla, y yo tomo el cuenco y echo la masa en una sartén que hemos sacado de uno de los armarios de Dee. La sartén tiene forma de corazón, y apostaría algo a que Dee la compró un día de San Valentín y se olvidó de ella, porque está oxidada y sin usar. Trevor me abre la puerta del horno, y coloco la tarta dentro.

—¿Cuánto tardará?

—La caja dice veinte minutos. Ve a por tu balón, y podemos practicar un rato o algo.

Trevor corre hacia el colchón y empieza a apartar sábanas y ropa por todas partes, en busca de su balón. Vuelve y me lo lanza. Salimos y practicamos por toda la fila de puertas hasta que la pelota acaba cayendo a la zona de la piscina. Persigo a Trevor escaleras abajo, y, por mucho que mis piernas sean más largas, ese niño sabe cómo convertirse en un bólido.

Ralentizo el paso cuando parece que él va a llegar antes que yo.

—Ahora puedo quedarme con la primera porción, ¿verdad? —me dice desde lejos.

Pese a que intento contenerme, acabo esbozando una sonrisa.

—Mejor sube ya, antes de que se queme.

Hoy cumplo dieciocho años, es el día que he estado esperando, y pienso dejar que hoy sea solo para mí y para Trevor, para nuestra tarta y las reposiciones de *Barrio Sésamo* en la tele. Trevor y su balón suben por la escalera a toda prisa, y oigo la puerta del piso cerrarse con fuerza incluso antes de llegar al rellano. Tal vez convertirse en adulto hace que uno sea más lento. O, al menos, me lo parece.

Trevor ya se ha envuelto la mano con un trapo y la ha metido en el horno para sacar el molde. Lo deja sobre la encimera, y el aroma es un fuerte puñetazo azucarado y sobrecogedor.

—¿A que huele bien? —Trevor apoya la cabeza en los brazos, junto a la tarta, para disfrutar del aroma, con los ojos muy abiertos, a la espera. Me echo a reír.

—Huele a que le has metido un bote entero de sirope. Tenemos que dejar que se enfríe, así que mejor vamos a hacer otra cosa. ¿Qué te apetece?

Le rodeo el estómago con los brazos para alzarlo y vuelvo a dejarlo en el suelo.

—¿Podemos ir a nadar? —me pide.

—Ya te dije que no pienso meterme en la piscina de mierda.

Trevor se detiene en la puerta y me mira. Su rostro le acuna los ojos, como si fueran frágiles, a punto de ponerse en blanco.

—Porfa.

Extiende una mano, entrelaza sus dedos con los míos y me da un tironcito.

—Es que ni siquiera sé flotar —le digo.

Se le ilumina la expresión entera cuando sonríe.

—Yo te enseño.

No le he dicho que sí, pero Trevor sabe que mi habilidad para negarme a lo que me pide es más bien debilucha, así que me arrastra por la puerta y por las escaleras. Pese a que intento echarme atrás, tanto jugar con el balón ha hecho que los brazos fibrosos de Trevor hayan generado suficiente músculo como para poder resistirse a mí.

Junto a la piscina, le digo que no tengo bañador.

—Nadie se baña con bañador. —Y, antes de que me dé tiempo a discutírselo, se ha quitado la camiseta y los pantalones cortos y se ha quedado en calzoncillos, como una mezcla de niño huesudo y músculos incipientes.

Las cosas que hago por este crío.

Me quito la camiseta y los tejanos y me quedo con un sujetador deportivo y mi ropa interior.

—Es mejor que saltes directamente, así es más fácil. —Trevor me vuelve a dar la mano y nos quedamos los dos de pie en el borde de la piscina—. Cuenta hasta tres.

No cuento hasta nada, pero Trevor lo hace por los dos. A la de tres, saltamos, y me da la sensación de haberme catapultado hasta el océano. Lo único en lo que soy capaz de pensar es: *Hay mierda en esta piscina.* Aun así, hace un par de días que no me ducho, por lo que el agua fresca me llega como un alivio. Hemos saltado en la parte menos profunda, por lo que toco el fondo con los pies, me quedo recta y me seco los ojos. Trevor ya flota en la superficie, con una sonrisa tan enorme que me da la sensación de que las mejillas se le van a saltar de la cara para ponerse a bailar.

—¿Y ahora qué? —le pregunto, en lo que escupo agua.

—Mueve los brazos así, como si fueras una rana. —Trevor nada hasta la parte profunda, acuna las manos y desliza el cuerpo con un gesto hacia fuera, una y otra vez, como un ángel de nieve al revés.

Tras un par de minutos, se da media vuelta y nada hacia mí.

—No sé cómo esperas que me ponga a flotar así.

Me toma del brazo y tira de mí hacia la parte más honda.

—Empieza a moverte, yo te aguanto.

Trevor me da una mano para ayudarme a mantener el equilibrio, e intento mover el otro brazo como me ha indicado, de forma coordinada y como una rana. El problema es que el brazo no me hace caso, sino que solo sabe chapotear en el agua sin ton ni son.

—No le tengas miedo al agua. No te va a hacer nada. —Trevor sigue dándome la mano.

Me permito sumergir la cabeza en el agua antes de salir a por aire. No está tan mal cuando respiras dentro; me gusta el sonido de mi aliento cuando estoy bajo el agua, ese borboteo que flota hacia la nada. Si estuviera en la bahía, estoy segura de que cualquier criatura marina oiría mis sonidos transmitirse a través de las moléculas. Nada tiene fin en el agua.

Un tiempo después, ya muevo el brazo más o menos como Trevor, solo que salpicando más agua, y mis pies no saben seguir el ritmo. Desplazo el brazo libre de arriba abajo mientras dibujo unos semicírculos violentos en el agua con los pies. Trevor me suelta la otra mano, y me quedo flotando, al menos por un instante.

Entro en pánico, y el ritmo de mis brazos se transforma en el movimiento que sea que me vaya a salvar de ahogarme. Intento nadar hasta que llego al final de la piscina, y ahí me doy media vuelta. Toco con los pies el borde para impulsarme, para flotar sobre el agua, y me da la sensación de que estoy volando. Vuelvo a hacer mis movimientos de mano, tomo aire e intento parpadear para apartarme el agua de las pestañas antes de volver a meter la cabeza. No veo casi nada, salvo por lo que me parecen ser unos zapatos. Vuelvo bajo la superficie: un atisbo de azul marino. El agua que se sumerge. Los ojos de Trevor que miran a otro lado.

Toco el fondo de la piscina con los pies y me pongo de pie para ver unos uniformes que no deberían sonarme tanto y a Trevor hundido hasta la cintura en la piscina, mirándose el estómago, como a la espera de ponerse a sangrar por una herida invisible.

Nunca he estado tan cerca de una mujer policía, pero es ella quien se ha arrodillado en el borde de la piscina. Es ella la que me mira como si quisiera decirme que lo mejor será que me vista. Por mucho que quiera volver a hundirme en el agua, sé que tengo que vestir a Trevor y ponerlo a salvo antes de que empiecen a preguntarle dónde está su madre. No tenemos espacio para lidiar con los Servicios Sociales también.

—Venga, Trev. Ve a por una muda limpia y un par de toallas. —Me mira, luego a la policía que se ha quedado observándonos y después a mí otra vez, y veo las pequeñas convulsiones en su pecho. Le asiento y alzo las pestañas, como si nada me preocupara.

Trevor apoya las dos manos en el borde de la piscina y se impulsa para salir, con los calzoncillos empapados que intentan caérsele. Los sostiene con ambas manos y se echa a correr hacia las escaleras, hacia arriba y de vuelta al piso.

—Les daremos un momento —dice la policía, tras incorporarse y dirigirse al compañero que tiene detrás. Lleva el cabello recogido en un moño tan tenso que me pregunto si le dolerá la cabeza.

Trevor vuelve unos minutos más tarde con un montoncito de toallas y una camiseta, y ya se ha puesto calzoncillos nuevos y unos pantalones cortos. Me aferro al borde de la piscina para impulsarme y agarro la toalla que Trevor me ofrece. Me apresuro a secarme lo suficiente como para ponerme los tejanos y la camiseta. Trevor se pone a su vez su camiseta, que tiene una foto de una montaña, y tiene pinta de *boy scout*. Los policías se han quedado quietos, incómodos, e intentan no mirarnos.

Me pongo de pie y le doy la mano a Trevor. Ya no suele dejarme que lo haga, pero esta vez no se lo pido: si estamos unidos por la piel, van a tener que separarnos célula a célula.

—¿Necesitan algo? —les pregunto.

Sigo goteando, con la cabeza gacha. Los dos policías se nos acercan, y no puedo mirar a otra cosa que no sean sus labios. Hay algo en el modo en el que los juntan, en lo cortados que están, que me hace pensar que han aprendido el arte de secar una frase, de dar una mala noticia con una línea recta tallada en la boca. Los labios del hombre se acercan al color rojo, y no sé si es que están ensangrentados o si se ha puesto barra de labios esta mañana.

Está claro que es la mujer quien está al mando en este caso, y avanza con el estómago por delante, con todo lo demás como algo secundario a su núcleo, al centro de su ombligo.

—Buscamos a Kia Holt. ¿Imagino que esa es usted, señorita?

Sé que ha tenido que ser uno de *ellos* quien la ha mandado aquí, porque ese es el nombre que le di a Camila, a cualquiera que me haya visto hacer la calle. Tienen que haberme descubierto. Quizá ha llegado el día en que me van a arrestar, a meter mi huella en sus ordenadores, a dejar solo a Trevor.

—A lo mejor. ¿Necesitan algo?

El hombre empieza su turno, después de que la policía ladeara la cabeza. Ni siquiera lo mira, sino que solo le dedica ese pequeño gesto, y deben haberlo ensayado, porque él abre la boca un instante después.

—Estamos llevando a cabo una investigación interna y necesitamos hablar con usted. Soy el detective Harrison, y ella es la detective Jones.

Me froto el rostro con mi mano libre para apartarme el agua que me sigue goteando por el cuero cabelludo.

—Trevor, ¿por qué no subes y empiezas con la tarta? Iré en un momentito. —Le doy un apretón en la mano y lo miro desde arriba. Su rostro muestra un miedo que tiene pinta de conducir a un ataque de pánico, pero no tengo tiempo para tranquilizarlo, no cuando los policías siguen aquí, mirándome después de haber salido de la piscina de mierda. Le suelto la mano a Trevor y le doy un empujoncito hacia las escaleras; lo observo subir hasta lo más alto y espero a que cierre la puerta.

La mujer, la tal detective Jones, frunce los labios hacia su nariz, de modo que estos se arrugan.

—De hecho, creemos que lo mejor será que nos acompañe a comisaría. Vamos a necesitar una entrevista grabada y hacer un poco de papeleo, y será más cómodo que lo hagamos todo de golpe. ¿No cree que así será mejor? —Intenta hacer que su voz suene más aguda de lo que es en realidad; lo noto porque le sale un gallo al final de cada frase y porque aprieta las comisuras de los ojos para esforzarse todo lo posible por tener una apariencia más suave. Apostaría algo a que es la poli buena en este numerito que se han montado. Apostaría algo a que no le gusta demasiado serlo.

Tendría que haberme imaginado que iba a terminar así, en la comisaría. Las esposas deben ser lo próximo.

—¿Cuánto vamos a tardar? —Me cruzo de brazos para taparme el sujetador, que se me transparenta por la camiseta, pegajoso y húmedo.

El detective Harrison pone su cara de poli malo, frunce la nariz e inclina la barbilla hacia arriba.

—Seguro que ya estará de vuelta antes de que se haga de noche. A menos que quiera complicarlo todo, entonces sí podríamos tardar más.

Aunque no sé a qué se refiere, está claro que no me lo van a contar, así que asiento y me pongo las deportivas. Jones me hace un ademán con el brazo para que siga a Harrison por la puerta, y camino tras él, atrapada entre los dos, mientras intento ver un último atisbo de Trevor en el rellano. No está.

Pese a que he vivido toda la vida en Oakland, nunca he pisado la comisaría. El edificio es más grande que ningún otro de la zona, apretujado entre la plaza Jack London, Chinatown y el casco antiguo. Flota en el centro de la ciudad, como una cámara no demasiado oculta. Montones de coches de patrulla salen del edificio y llenan la zona como un enjambre de abejas.

Aun con todo, nunca le he prestado demasiada atención al edificio, pues albergaba la esperanza de no tener ningún motivo para cruzar las puertas. En el interior, todo me parece metálico, aunque no lo sea. Hasta las ventanas me parecen hechas de metal, de uno fino que se disfraza de cristal. Quiero darle un golpecito para ver si es metálico al tacto también: frío e impenetrable.

Me han hecho ir en el asiento de atrás de camino a la comisaría, y, pese a que he estado ahí más veces de las que me habría gustado, esta vez me he sentido más como una delincuente que como una víctima o una mujer. Jones ha pasado el viaje medio girada hacia mí desde el asiento del copiloto, mirándome a través de los barrotes metálicos que separan las dos partes del coche. Sin escapatoria.

Los zapatos me rechinan por todo el vestíbulo, mientras paso al lado de uniformes y más uniformes para seguir a Harrison al ascensor. Siempre voy por las escaleras, porque, cuando una sube a un ascensor nunca sabe si las puertas se van a volver a abrir, y las piernas son algo más fiable que cualquier máquina. Sin embargo, Harrison entra primero, atraviesa el brazo en la puerta para mantenerla abierta y nos espera a Jones y a mí. En cuanto las puertas se cierran y le da al botón, me da la sensación de que se me van a saltar los ojos.

—No he hecho nada.

No he dicho nada desde que me he metido en el coche, y ambos parecen sorprenderse al oír mi voz y se me quedan mirando los labios.

—Hablaremos de eso en el despacho. —El detective Harrison intenta no mirarme. Seguramente sea parte de su papel de poli malo.

Jones sí que me mira a los ojos, pero no creo que me vea. Juro que los ojos se le han puesto borrosos, y que yo solo soy una mancha para ella, o uno de esos retratos que no tienen contornos definidos. Una chica con la boca abierta.

Aprieto las manos en puños para poder notar las uñas que se me clavan en las palmas y saber que todavía tengo garras.

—¿Me van a arrestar?

—Si fuéramos a hacerlo, habríamos empezado por ahí. —Jones ya se ha hartado de mí.

Salimos del ascensor y llegamos a un pasillo exactamente igual al de cualquier bloque de oficinas, solo que con cámaras de vigilancia por todo el techo y sumido en demasiado silencio. Oigo teléfonos sonar, pero ninguna voz. Harrison nos conduce por el pasillo, más allá de puertas y más puertas, hasta una sala con un cartel que dice ENTREVISTAS en letras bien grandes.

La sala se parece a cualquier sala de interrogatorios que haya visto en *CSI* o en *Ley y orden*. Después de que papá saliera de la cárcel, a veces nos hablaba de que los policías lo llevaban a estas salas para intentar enterrarlo y desgastarle los huesos, de que en la década de los setenta los Panteras Negras llevaban pistola por la calle.

Jones me pide que me siente, por favor, y, en alguna parte de la base de mi columna, una chispa me recorre el cuerpo, la piel entera, y me da ganas de darle un puñetazo. Si bien no me he metido en ninguna pelea desde que estuve en el instituto, si tuviera la oportunidad de ver cómo le sangraba el labio en su mueca de desdén, lo haría. Me siento en la silla que hay a un lado de la mesa metálica, y Harrison se sienta delante.

Jones se da media vuelta para acercarse al escritorio, de donde saca unos vasos de un montón y los llena de agua con una jarra. Nos trae dos vasos a la mesa y deja uno delante de cada uno. Veo que se le tensa la mano al darme el vaso, y esbozo una diminuta sonrisa al comprobar lo incómoda que se pone al servirme. Harrison se lame los labios y bebe un sorbito de agua; está claro que será él quien se encargue de hacer las preguntas hoy.

Jones le desliza un bloc de notas a Harrison por la mesa, y él saca un bolígrafo de su bolsillo.

—¿Puede decirme su nombre, edad y ocupación?

Echo un vistazo rápido por la sala, a cada rincón. Creía que iban a encender una grabadora o algo, pero he estado registrada por las cámaras desde que he puesto un pie en el edificio, y la sala de «entrevistas» no es ninguna excepción. Me empieza a temblar la rodilla y tengo que hacer caso omiso de mis ganas de volcar la mesa y salir corriendo.

—Responda la pregunta. —Harrison alza más la voz.

—Me llamo Kia. —Hago una pausa para pensarme bien cómo contestar. La verdad no existe en este embrollo—. Acabo de cumplir los dieciocho, aunque imagino que ya lo saben.

Harrison garabatea con su boli en la página y se detiene. Se me queda mirando por primera vez, con ojos sencillos y acogedores. Parece curioso, como si me estuviera estudiando.

—¿Y su ocupación?

—Desempleada. —Según los estándares federales, al menos.

Harrison se inclina hacia delante, y su pecho acaba en el borde de su vaso de agua, a punto de volcarlo.

—¿Desempleada?

—No presento impuestos, ¿verdad?

Se vuelve a echar atrás y toma su vaso. Veo que ha empezado a menear la pierna, y creo que a una parte de él le gusta que me esté resistiendo.

Jones no está muy contenta; se aferra a la silla del escritorio y la arrastra hasta nosotros.

—Mire, las dos sabemos lo que hace, y de verdad creo que lo mejor será que nos cuente toda la historia.

Me echo hacia delante, tan cerca del rostro de los policías como puedo. Observar al tío Ty a lo largo de todos estos años me ha enseñado a destrozar a alguien solo con miradas. No hace falta tener las riendas de una situación para hacer que los demás se sientan impotentes. Paso la vista de uno a otro, con los labios en una expresión serena, y no dejo que el frío de mis trenzas mojadas y de las ventanas metálicas quede de manifiesto en ningún lugar más que en mis manos, las cuales tengo escondidas bajo la mesa, mientras me dejan unas marcas de garras por toda la piel.

—¿Y qué historia es esa?

Jones y Harrison intercambian una mirada por primera vez. Él abre la boca, mientras que ella parece tensar la mandíbula más todavía. Harrison es el primero en apartar los ojos y deja la lengua fuera, como sabía que iba a hacer. De verdad se le da de pena eso de ser el poli malo.

—Tenemos informes de un posible incidente que la involucra a usted y a algunos miembros de nuestro cuerpo. —Veo cómo la lengua de Harrison se mueve de arriba abajo conforme habla, como si jugara al pilla pilla con su paladar.

Me inclino más aún hacia él, de modo que mi cara le eclipse la visión.

—¿Un incidente?

—Sobre un posible caso de explotación sexual.

La silla de Jones rechina al echarse atrás y rompe la seriedad del ambiente entre Harrison y yo.

Todo tiene sentido, entonces. Han traído a la mujer policía para guardar las apariencias cuando entrevistan a la chica a la que más adelante van a tener que enterrar en algún informe.

Jones se ha puesto a dar vueltas de un lado a otro, en busca de una ventana en una sala que carece de ellas. Se vuelve hacia mí a toda prisa, y sus labios se han puesto como locos y se mueven en todas las direcciones.

—Lo único que necesitamos es que nos diga cómo se vende a los hombres. Quizás un día se encontró con un hombre, le dijo que tenía un par de años más de los que tiene, fornicaron, y él descubrió más adelante a qué se dedica y cuántos años tiene. Quizá no lo sabía porque usted le mintió como hace siempre, ¿no es así?

—No sé de qué me habla, pero esto es una gilipollez. —Me clavo las uñas en la muñeca de tal forma que me hago sangre.

Jones sigue hablando, y su voz vuelve a su ritmo natural. Habla de un modo un tanto melódico que me penetra en cada cavidad del cuerpo, y me da la sensación de que no se va a callar nunca. La expresión de Harrison se ha tornado pétrea, y no sé si nos está escuchando o no, aunque es ella quien llena la sala.

—Cuéntemelo. —Se detiene un instante a por aire.

No sé qué es peor, si decirle lo que quiere oír, por mucho que sepa que es un delito, que podrían encerrarme si quisieran; o negarlo todo, lo cual podría enfadarlos todavía más y poner en riesgo cosas que ni siquiera sé que lo estarían.

Me tiembla el labio superior, como si no pudiera decidir cómo hablar.

—No le voy a contar una mierda.

Empieza de nuevo, una estampida de su voz, con historia tras historia, y sus palabras estallan en mi cabeza unos segundos más tarde, como si llevaran décadas ahí dentro, y poco después se me acaba el agua del vaso, y Harrison se ha marchado, y a Jones se le han cortado los labios, pero estos no dejan de retorcerse, y ya hace horas que este edificio metálico me ha engullido.

Jones se sienta, esta vez en el borde de la mesa, y yo saco las manos de debajo para apoyarlas sobre el metal frío. Están adornadas con sangre y marcas con forma de medialuna, por lo que mis uñas me han recordado que sigo viva.

—Tengo entendido que tiene una tarta esperándola en casa. Seguro que tiene hambre. —Su lengua le sale de la boca tan deprisa que casi ni la veo—. Cuéntemelo y la dejaré marchar.

He perdido la sensación de la boca; se me ha quedado dormida, al igual que el resto del cuerpo, y quizá sea que se me ha secado el cuerpo, o que sigo nadando, o tal vez me he ahogado en la piscina de mierda. De lo único de lo que estoy segura es de que el olor de esta mujer ha sofocado hasta la última molécula de oxígeno y de que tengo que salir de aquí. Me pongo a hablar. No oigo lo que digo, pero le cuento lo que dice ella, lo repito, lo dejo fluir de mi interior como dicen que pasa con la verdad. La verdad como si fuera agua. Una verdad que tiene un aspecto muy distinto cuando la encierra el metal.

Una parte de mí se sorprende cuando Jones me abre la puerta y veo a Harrison en el exterior, cuando ella se marcha y él me acompaña de vuelta al ascensor. Nos bajamos en el vestíbulo, y una mujer con un traje morado está esperando allí. Se me queda mirando más rato del que debería y luego mira a Harrison, quien murmura un saludo y pasa por su lado. Lo sigo, y la mirada de la mujer nos persigue a los dos hasta que salimos del edificio.

Durante el breve paseo que nos lleva desde la salida hasta el coche de patrulla que nos espera, oigo el sonido de megáfonos, tambores y cánticos. A unas pocas manzanas más allá, cientos de personas, por no decir miles, protestan en dirección al edificio, con las voces a coro, una llamada y respuesta con el nombre de Freddie Gray bien claro en el centro, y veo que Harrison agacha la cabeza conforme nos acercamos al coche. Me meto en el asiento de atrás y me quedo mirando por la ventana. Me pregunto si alguna vez protestarán por las mujeres también, y no solo por las asesinadas, sino por esa brutalidad particular que se practica con una pistola en la sien. Las mujeres sin bordes definidos, con el cabello apelmazado y los ojos caídos, sin nadie que las grabe para registrar lo que ha ocurrido, solo con una boca y unas cuantas cicatrices.

Harrison arranca, y me pregunto si estará pensando lo mismo que yo, que quizá no habrían tenido que sacarme una confesión a la fuerza, porque ¿a quién le habría importado? Aun así, seguramente lo que está pensando es en cómo alejarse de la protesta, en lo equivocados que están por odiarlo, en lo mucho que tiene que sacrificar para proteger a los habitantes de nuestra ciudad. Seguramente pensará que una sola vida o tal vez mil es un precio que él está dispuesto a pagar. Que destrozar a una chica triste con trenzas encrespadas desde hace tres meses es un precio que estaría encantado de pagar para poder tener este coche, esta pistola y todo su poder.

No me acuerdo de mucho más sobre el resto del viaje hasta casa, salvo que Harrison no me miraba, y creo que encendió las sirenas del coche, porque condujimos a toda prisa, como si estuviéramos en una persecución. Me dejó frente al Regal-Hi, y me pareció más grande de lo que lo había visto esta misma mañana. No se despidió de mí, sino que me miró y se mordió el labio, y algo me dijo que no habíamos acabado.

Abro la puerta de mi piso y espero encontrarme a Trevor en el sofá o botando el balón mientras camina de un lado a otro, pero está tumbado en el colchón y ronca como el motor de un camión. Mi tarta sigue en la encimera. Intacta.

CAPÍTULO QUINCE

S u nombre de contacto solo lo identifica por el número de su placa, 190, y atiendo el teléfono a regañadientes. Se trata de la primera persona con la que he hablado desde mi cumpleaños hace un par de días, salvo Trevor.

—*Otra chica nos ha dejado plantados, así que te necesitamos para esta noche. Es un regalo de cumpleaños para un compañero* —me dice. Su voz me suena fría a través del teléfono.

—No puedo —le contesto, al pensar en Jones y Harrison. Quiero salir de todo este lío.

—*El* no *no es una opción hoy. Necesitamos a una chica, a él le gustan bien jovencitas, y no tenemos tiempo para buscar a otra.* —Hace una pausa—. *No quiero tener que ponerme así, pero te arrestaremos si no estás aquí para las nueve. Te pagaré quinientos por adelantado.*

Me pregunto si se arrepiente de verdad, si no quiere amenazarme, o si todo es por guardar las apariencias como todo lo demás que hacen: los uniformes, las sonrisitas de autosuficiencia, el numerito del poli bueno y el poli malo. Estoy empezando a pensar que los polis buenos no existen de verdad, que el uniforme borra a la persona que hay en su interior.

Estoy lista para darme por vencida, para dejar que me arresten solo por alcanzar la posibilidad de no tener que notar a ninguno de ellos dentro de mí nunca más, pero entonces la imagen de la boca de Trevor cubierta de tarta de sirope reseca me llega a la mente. No puedo abandonarlo, y necesitamos el dinero. ¿Qué más da una noche más?

—Vale —digo.

Suelta un suspiro, y su voz vuelve a sonar más como la recuerdo: suave.

—*Te pasaré la dirección por mensaje.*

El teléfono emite un pitido, y me quedo pensando en todos los momentos en los que podría haber evitado acabar aquí. Me dirijo al baño para prepararme y me dejo a mí misma en el piso, junto a Trevor, desatada.

Cuando llego a la puerta de la casa, que más bien es una mansión, me reciben unos hombres con camisas de botones desabrochados y pantalones de vestir, sin uniforme, peró con la placa bien atada al bolsillo. Todos tienen una placa distinta: desde Richmond hasta Berkeley, pasando por San Francisco y Oakland. Reconozco a varios de ellos de algunas otras reuniones de estos meses.

190 me paga y me lleva de la mano por la puerta, y todos los que me ven se ponen a aplaudir y a soltar unos rugidos animados por la cerveza que me recuerdan a Marcus y a Cole cuando creen que han grabado una canción digna de disco de platino. Si bien 190 tiene la mano más fría que yo, son del mismo color, y casi parece que nos hubieran atado por la piel. Según lo que recuerdo de la última vez que vi a 190 en el Hotel de Putas, le gusta hablar. Me lleva al aparcamiento, me mete en la parte trasera de su coche y juguetea un poco conmigo, pero más que nada se limita a soltar todo lo que ha estado conteniendo en la garganta. Me contó que su padre no se alegró de que hubiera entrado en el cuerpo de policía, que era él quien había criado a su padre, en vez de al revés, y deja que los recovecos de su cuerpo se inunden. A los hombres les molesta menos ponerse a llorar si están pagando por ello, si saben que no van a tener que volver a verme si no quieren.

Aun así, no me sorprende que tenga la mano fría. Está claro que la casa tiene aire acondicionado, y las paredes están repletas de cuadros que seguro que ninguno de ellos conoce; supongo que el precio es más importante que el arte, porque yo bien podría haber pintado algo mejor que eso a oscuras, y a nadie le apetecería colgarlo en su casa.

—Caballeros, os presento a la señorita Kia Holt. —190 me alza la mano, como si acabara de ganar un campeonato, y mi brazo levantado me sube la falda un poco más, por lo que ninguno de ellos me mira a la cara, sino a los muslos.

Sueltan un coro de saludos, todos ellos sentados en sillones de cuero para ver un partido de béisbol, beber cerveza y mirarme de reojo. Hay otros más en las escaleras que quedan a la izquierda, porque los oigo aullar, y más que entran y salen de la sala con platos de comida y bebidas que se acaban de un solo trago. 190 me conduce hacia la sala con los sillones, y dos hombres nos dejan espacio. Me siento con las piernas cruzadas y la mirada gacha.

A nuestro lado está el policía que condujo el coche aquella primera vez, en el callejón de la calle 34. Suelta una risita.

—No te la quedes para ti solito toda la noche, Thompson.

190 carraspea, aparta el brazo con el que me rodeaba y se pone de pie.

—Voy a por una birra, ¿quieres algo? —me pregunta.

Niego con la cabeza. A pesar de que quiero beber algo más que nunca, una parte de mí sigue teniendo miedo de que me vayan a drogar para tumbarme en medio del salón y darse un festín conmigo.

—¿Le ha comido la lengua el gato? —le pregunta un policía de Richmond a 190.

—Será que no habla con capullos —responde 190, con los ojos entornados, antes de irse de la sala.

Me da la sensación de que 190 tiene una luna en lugar de corazón: crece y mengua y trata de decidir si está llena o no. No entiendo a los hombres como él, como Tony o como Marcus, pero parece que no sé cómo desprenderme de ellos. Quiero apoyar la cabeza en su luna y ver si late. Esta noche hay una habitación en el piso de arriba que han cerrado solo para mí, y una puerta giratoria de hombres con demasiadas ganas de quitarse el cinturón. 190 sube de vez en cuando para ver cómo estoy. Llama a la puerta, y yo me pongo bien la falda antes de que entre.

—¿Quieres venir abajo un rato a beber algo? También tenemos comida.

Me lo vuelvo a pensar, pero decido no hacerlo. Les sería demasiado fácil meterme algo, dejarme inconsciente, y luego ni siquiera pagarme por lo que me harían cuando el cuerpo se me hubiera quedado a oscuras. 190 tiene pinta de querer sentarse en la cama, pero mantiene la mano apoyada en el pomo de la puerta, y estoy demasiado agotada como para abrazarlo mientras solloza.

Me aliso el cabello con la mano e intento arreglarme los pelos sueltos.

—Solo necesito un poco de aire fresco —le digo.

Asiente y me hace un ademán para que salga por la puerta. La cierra detrás de mí. Aunque dudo al principio, acabo estirando una mano para dársela. Está bien tocar a alguien sin que me lo hayan ordenado. Me sonríe y camina un poco más recto.

En cuanto vuelvo a estar sumida en el enjambre que forman, otro molesto estallido de silbidos sale de ellos. 190 les dedica a algunos una mirada que no saben cómo procesar, por lo que se limitan a seguir bebiendo sin más. 190 me lleva a través de un par de pasillos, y juro que esta casa es tan grande e infinita como el laberinto de maíz de la Feria del Condado de Alameda. Hay más personas aquí de las que creía al principio, reunidas en habitaciones distintas o acomodadas en el umbral de alguna puerta. Veo a unas cuantas mujeres con los ojos como yo, seguramente de camino a la habitación designada de cada una, todas ellas para cumplir con el fetichismo de alguien. También veo a varias mujeres trajeadas y con uniforme, y me pregunto si sabrán para qué estoy aquí, solo que ninguna de ellas me mira a los ojos, y no sé si es porque no se dan cuenta de mi presencia o porque la evitan adrede.

Acabamos llegando a una puerta de cristal corredera, y, después de que 190 la abra, me encuentro en el jardín más grande que he visto en la vida: se extiende hasta donde alcanza la vista con lámparas cálidas, más sillones y una barbacoa. Hay unas veinte personas más por todo el porche. Inspiro y me quedo mirando el cielo. Estamos en Berkeley, al norte de Oakland, y creo que las estrellas deben ser más visibles fuera de los límites de la ciudad, porque tras un par de minutos acabo viendo la constelación de El Carro.

190 se queda a mi lado mientras observo el cielo durante un par de minutos antes de darme un golpecito con el codo.

—¿Te importa que te deje por aquí? Entra cuando estés lista.

Asiento.

Me deja sola, lo cual me alivia a más no poder, el sentir que tengo los brazos libres, y este jardín no me parece tan extraño, porque el cielo ha sido mi amigo desde que tengo uso de razón. Grande, enorme. Me parece que lo que sea que esté ahí arriba solo es reconfortante cuando es lo bastante oscuro como para imaginar que sí que hay algo.

Si bien la mayoría de los días digo que no creo en nada, hay algo en cómo la noche lo tiñe todo que me hace querer tener fe. No en el más allá, en el cielo ni en nada de eso, porque solo son conceptos para que nos sintamos mejor respecto a la muerte, y yo no tengo nada que temerle a eso. Solo creo que las estrellas podrían alinearse y trazar un camino hacia otro mundo.

No tiene que ser un mundo mejor necesariamente, porque lo más seguro es que eso no exista, pero sí creo que hay algo más. Un lugar en el que las personas caminan un poco distinto, donde quizá hablen tarareando. Donde quizá todos tengan la misma cara, o tal vez no tengan expresión. Cuando tengo tiempo suficiente como para quedarme mirando el cielo, me imagino que soy lo bastante afortunada como para captar un atisbo de todo eso. Aun así, siempre acabo de vuelta con los pies en la tierra.

No me gusta que nadie me toque cuando no me lo espero, y la mujer que tengo detrás va un paso más allá: me da la mano y tira de mí sin decir ni una sola palabra. El cielo se transforma en el rostro de esta mujer, y alzo la otra mano para darle una bofetada. Y, si no la hubiera reconocido, seguramente lo habría hecho.

El rostro de Traje Morado está grabado a fuego en mi mente, como mi huella en el cuello de Marcus. Nunca se irá de ahí. Y ahora, delante de mí, Traje Morado lleva unos vaqueros y un *blazer* y parece ser más joven que cuando la vi frente al ascensor de la comisaría. No sé si es porque no puedo verla bien en la penumbra o qué, pero parece de la misma edad que mi madre, de unos cincuenta años.

No está maquillada como lo estaba aquel día en la comisaría, y tengo que esforzarme por mirarla a los ojos en lugar de a un conjunto de cicatrices que tiene en la mejilla. Gotean hacia abajo como un retrato de la lluvia, con un color tirando a marrón que solo es un pelín más oscuro que su piel, por lo que casi pasan desapercibidas.

—¿Qué haces? —Aparto sus dedos de mi muñeca y me echo atrás. Ella estira la mano y me suplica que vuelva.

—No regreses a la luz. Solo puedo hablar contigo si vuelves detrás de la lámpara. Por favor. —Parece frenética, en un rincón del jardín, bajo la sombra de la lámpara que se cierne sobre ella desde atrás.

—No sé de qué quieres hablar conmigo, ya sabes que hablé con los tuyos en la comisaría. Creía que ya habíamos terminado con eso. —Me acerco nuevamente a ella para quedarme bajo la misma sombra. Al fin y al cabo, le veo mejor las cicatrices desde aquí.

—¿Sabes por qué te pidieron que fueras a hablar con ellos?

—Querían interrogarme por no sé qué investigación —le respondo.

—Es por un suicidio.

Me pongo de lado hacia ella.

—No sé nada de ningún suicidio.

—El suicidio no es el problema, es que dejó una nota. Un agente se suicidó y dejó una nota en la que hablaba de ti. Hablaba de ti y de más hombres del cuerpo de policía de los que puedo contar, y, cuando encontraron la nota, abrieron una investigación interna. Trabajo en Asuntos Internos, y todos recibimos una transcripción de tu entrevista, en la que dijiste el equivalente de «es culpa mía» y te fuiste en menos de una hora. La cosa es que te vi salir de ese despacho seis horas después de que las cámaras te grabaran al entrar, y me atrevo a decir que lo que dijiste no fue la verdad.

Un suicidio. Sumida en la oscuridad del jardín, me cuesta procesar lo que dice, pero eso se me queda grabado. Esa palabra. Lo breve y simple que parece, tan inocente, por mucho que sea la imagen más sangrienta que he visto en la vida. Aunque mamá no lo consiguió. Me imagino a un hombre cualquiera cerrando los ojos con fuerza, a la espera de que el mundo se cerniera sobre él, y todo por mi culpa. Me pregunto cómo lo hizo, si fue más listo y rico que mamá y se metió unas pastillas en lugar de intentar desangrarse. Me cuesta creer que alguno de ellos se haya arrepentido de lo mucho que me aprietan la nuca o de cómo se abrochan el cinturón, abren la puerta del coche, me sacan a empujones y me dicen que debería darles las gracias por no arrestarme. Me cuesta creer que alguno de ellos haya sangrado por mí.

Traje Morado sigue plantada delante de mí, me mira y espera que le cuente lo que pasó aquel día en la comisaría, cuando me dejaron en aquella mesa, con marcas de medialuna en las muñecas.

—Les dije lo que tuve que decir. Da igual lo que sepan o lo que no sepan; contarles la verdad no me aporta ningún beneficio. —Me cruzo de brazos y apoyo el peso sobre la cadera. Quiero que se vaya, que se lleve la escena llena de sangre y el suicidio consigo. En su lugar, asiente.

—Ese es el problema: puede que el resto del Departamento de Policía no sepa lo que es la ética, pero yo sí. Y apostaría algo a que se están aprovechando de ti más de lo que crees incluso. ¿Por qué crees que esperaron a que cumplieras los dieciocho para interrogarte? Ahora ya no eres menor, y harán lo que tengan que hacer para ocultar tu edad, pero no es ético ni justo, y te respeto demasiado como para permitir que archiven el caso y se olviden de todo. Un hombre murió, y, en sus últimas horas, escribió sobre ti.

Me imagino a un policía sin cara garabateando, lleno de pánico, un nombre que cree que es el mío. Traje Morado tiene que cerrar el pico antes de que eso sea lo único que sea capaz de ver, antes de que me den ganas de ponerme a sangrar también solo para no tener que cargar con el peso de otra muerte.

—No sé nada de eso. Y da igual, porque es mi trabajo. Me pagan o me dan información que también me vale como pago.

—Y una mierda. —No tarda en contestarme. Me vuelvo a echar atrás, ya con medio cuerpo iluminado por la lámpara.

—¿Por qué has venido a decirme todo esto?

Se queda mirando el suelo unos instantes antes de volver a mirarme. Los ojos no se le dejan de mover en las cuencas y habla en voz baja:

—Solo se hará justicia si lo que ha pasado se hace público. Te llamas Kiara, ¿verdad? Te llaman Kia, pero ¿te llamas Kiara? —No contesto—. Kiara, voy a filtrar lo que ha pasado.

El espacio que hay entre mis pulmones y el estómago se tensa, y me dan ganas de vomitar como si estuviera en un barco, como si la bahía me hubiera entrado en el pecho cuando estaba distraída. Me acerco más a ella de nuevo y hablo entre dientes.

—Si haces eso, me joderás la vida.

—Si no lo hago, también te la estaré jodiendo, a ti y a todas las chicas con las que les apetezca jugar cuando se harten de ti. Las dos sabemos que lo más seguro es que se hayan hecho con otras chicas más jóvenes que tú sin que nadie se entere. Esta es nuestra oportunidad para salvarlas. —Sus ojos parecen húmedos, solo que no por las lágrimas. Sea por lástima o por culpabilidad, se le han quedado vidriosos—. Te lo digo porque puedo retirar tu nombre. Creo que lo mejor es que lo sepa todo el mundo, para que puedas hablar tú misma, pero es decisión tuya.

Espera. El calor que desprende la lámpara me ha empapado la frente de sudor, y aprieto tanto los dientes que me da la sensación de que se me van a romper. No la miro. Aunque sé que cree que está haciendo lo que necesito, no es nada más que otro uniforme con un complejo de Dios, y desde luego no me va a salvar de nada. Los hombres que hay en esta casa me matarán antes de permitir que les arruine la vida.

—¿Qué saco yo de todo esto? —le pregunto. Traje Morado se encoge de hombros.

—¿La sensación de que se ha hecho justicia? No sé qué puedo ofrecerte a estas alturas, pero estaré ahí para ayudarte si lo necesitas. Este es mi número de teléfono —responde, y me da su tarjeta—. De verdad, Kiara, lo voy a filtrar lo quieras o no. Es lo mejor, así que solo he venido a darte una opción: ¿quieres que incluya·tu nombre o no?

Niego con la cabeza, sin poder creerme que me esté acorralando al tiempo que me dice que puedo decidir.

—Ni se te ocurra decir mi nombre —le espeto. Me alejo sin molestarme en despedirme.

Me resguardo en el interior, a través del laberinto de pasillos, hasta la sala que me pertenece durante estas horas, donde vuelvo a empezar. Con la cabeza en la almohada y el rostro apretujado contra la tela. Dejo que las lágrimas me caigan por las mejillas. Qué más da, si nadie me mira a la cara.

CAPÍTULO DIECISÉIS

E stos últimos días, una serie de cosquilleos me han pasado por la frente, como esa sensación cuando tienes los ojos vendados y el cuerpo los sigue notando. Trevor y yo vamos a la cancha de baloncesto para los partidos del jueves por la tarde, y sé que están por ahí acechando. No sé dónde, pero la frente me indica que me están observando.

Perdemos el primer partido, y el rostro de Trevor es un amasijo de nudos. No me dedica más que un par de palabras. Ganamos el segundo, y el cerrojo que se había echado en la lengua se abre por sí solo.

La frente me pica en espirales, y la hierba se desvanece hasta convertirse en un color verde apagado. Echo un vistazo por todas las esquinas: de la calle a la cancha a la hierba, y esos ojos deben estar bien escondidos, porque no los encuentro. Agarro a Trevor del hombro para dirigirlo de vuelta a casa.

—¿No podemos quedarnos un ratito? —me pregunta Trevor, y ni siquiera se da cuenta de que los ojos se le están clavando en la espalda—. Ramona dice que van a ir a por helados.

Echo un vistazo en derredor y me inclino hacia él para solo tener que susurrarle y que nadie más me oiga.

—Tenemos que volver a casa, Trev. Alguien nos está siguiendo, y no estás a salvo donde te pueden ver.

Empiezo a empujarlo para que corra más, y se vuelve para gritarme en un susurro.

—¿Tú también estás mal de la chaveta? Igual que mamá.

—No tengo tiempo para permitir que el rostro de Dee se me

aparezca en la mente. Dee nunca ha intentado proteger a su hijo como lo hago yo.

Volvemos a echarnos a correr, como de costumbre, solo que esta vez no es ningún juego. Hay momentos a lo largo de la carrera en los que no noto el cosquilleo, breves atisbos de calle en los que volvemos a ser libres. Solo que luego regresa. Algo nos persigue. Trevor pasa todo el viaje de vuelta gruñendo y quejándose de que lo estoy echando todo a perder, y yo me quedo callada, pero, en cuanto entramos por las puertas del Regal-Hi, me aferro al cordel de su sudadera y tiro de él hasta que está tan cerca que podría saborear mi aliento.

—Ni se te ocurra volver a decir que soy como tu madre cuando soy yo quien está aquí protegiéndote. Vete para arriba y ponte a leer un libro antes de que haga como tu madre de verdad y saque el cinturón.

Trevor corre escaleras arriba, con su trasero huesudo que sobresale de sus pantalones cortos. Lo sigo, entro en el piso, cierro la puerta y bajo todas las persianas hasta que nos quedamos sumidos en la oscuridad.

—¿Cómo voy a ponerme a leer si lo dejas todo a oscuras? —se queja desde tal vez un metro y medio de distancia.

—Piensa un poco y enciende la luz, anda.

La nota de suicidio tardó menos de veinticuatro horas en aparecer en todas las noticias locales, y un artículo tras otro salta en la búsqueda de Google. Tal como me prometió, Traje Morado tachó la línea que mencionaba mi nombre. Aun así, han pasado menos de dos días, y las miradas me rastrean y me siguen cada vez que salgo. Debería haber sabido que los policías acabarían atando cabos y que sabrían que se trataba de mí, que no iban a dejar que me fuera de rositas. Seguro que no tardarán mucho en dejarse ver. Papá siempre decía que por él que se jodieran los policías, pero que nunca los jodiera yo a menos que tuviera un buen motivo. Supongo que podría decirse que he jodido a algunos polis, en los dos sentidos de la palabra, y ahora me he convertido en una paranoia con patas.

Me da demasiado miedo salir de noche, y ya no me queda más dinero del que le debe quedar a mamá. Llamé a Lacy y le pregunté si podía darme algún trabajo, pero me dijo que no, no después de lo que había hecho Marcus. Dee todavía deja veinte dólares en la encimera cada semana o así, y Trevor y yo hemos empezado a comprar solo cereales y ramen. El estómago se me ha transformado en una esponja que espera en la oscuridad. Trevor se ha quedado dormido en cuanto se ha puesto a leer, y yo me he quedado sola, acostumbrándome a la oscuridad poco a poco.

Aunque no quiero acercarme demasiado a las ventanas por si están ahí fuera, observándome, tengo hambre. Hambre como para zamparme un pollo entero.

Me quedo mirando el móvil un rato antes de atreverme a llamar a Alé.

—*Hola* —dice, tras contestar.

—Hola. —Sé que no habla mucho, pero el silencio hace que se me revuelva el estómago—. Me alegro de que hayas respondido. —Intento sonar tranquila, solo que no hay ni un gramo de tranquilidad en mi interior, por lo que se me quiebra la voz.

—*Ya.* —Tose—. *¿Qué quieres, Kiara?*

Me lo pienso. Quizá no debería ir corriendo a Alé cuando todo lo demás se rompe en mil pedazos; ya ha recogido esquirlas suficientes.

—Tengo hambre —susurro hacia el móvil, casi con la esperanza de que no me oiga.

La carcajada de Alé es una melodía que me suena mucho, antes de transformarse en su voz.

—*Así que tienes hambre. Bueno, vale, vente y te preparo algo.*

Contengo la respiración.

—No puedo salir de casa.

—*¿Qué dices?*

—Mira, me están siguiendo, y no puedo salir, así que necesito que vengas, porque no tengo dinero y tengo que darle de comer a Trev y tengo mucha hambre, Alé. Por favor. —Las palabras me salen tan enredadas que no sé si me habrá oído bien.

—*Dame veinte minutos.* —Cuelga, y no me atrevo a decir *te quiero* antes de que lo haga.

Veinte minutos se transforman en una hora en un abrir y cerrar de ojos, y mi visión se ha vuelto más nítida en la oscuridad que cuando hay luz. Me quedo sentada junto a la puerta, con las rodillas en el pecho, y observo a Trevor al otro lado de la sala, dormido y hecho un ovillo.

Cuando alguien llama a la puerta, me tiembla el diafragma, y alzo la mano tan deprisa que le doy un golpe a la pared. Suelto una maldición, sacudo la mano hasta que el dolor inicial del impacto se reduce y me pongo de pie.

—¿Quién es? —pregunto, con la oreja en la puerta.

—Alejandra, ¿quién va a ser? —Su voz se reduce a un murmullo que seguramente no crea que puedo oír—. Ya está con sus huevadas.

Abro la puerta lo justo como para que entre. Lleva una bolsa que huele como la cocina de su madre, y lo único en lo que pienso es en quitársela y ponerme a tragar, pero me doy un segundo para mirarla mejor. Alé es una imagen pintoresca de sí misma, y el blanco de sus ojos es lo más brillante de la sala. Está asustada.

—Joder, ¿no vas a encender ni una luz por mí? —Camina despacio, con los brazos extendidos, como si pasara por una cuerda floja, y estoy segura de que cree que la oscuridad la oculta, pero yo la veo con tanta claridad como siempre. Casi me es demasiado fácil verla. Sostiene la bolsa de papel arrugada con fuerza—. No puedo sacar la comida si no veo nada. —Ni siquiera mira en mi dirección, sino que se ha quedado de cara a Trevor, al otro lado de la sala, y está a punto de chocar con la encimera. Enciendo la lámpara que me queda más cerca, y una luz tenue y anaranjada ilumina medio piso.

Alé se endereza y se da media vuelta para mirarme. Debe ser la primera vez que me ve de verdad, porque las líneas de su rostro apuntan hacia abajo, y su piel se convierte en algo suave y tierno, con arrugas y aspecto de bebé.

—Me alegro de verte —le digo, todavía junto a la lámpara del rincón. Los rincones son más seguros, o eso me parece. Tienen dos paredes, en lugar de una.

—Ya. —Suelta un suspiro—. ¿Decías que tenías hambre?

Asiento, y coloca la bolsa en la encimera para abrirla, con lo que sale un torbellino de vapor que huele a pescado, a carnitas y a la comida con la que he estado soñando desde que mis días «normales» se convirtieron en esto. Saca tres cajitas de plástico.

—Lo he sacado a escondidas delante de mi madre, como si fuera a hacer una entrega a domicilio, y ni se ha enterado. —Se echa a reír, y unas pequeñas burbujas de sonido escapan de su boca.

—Pero si La Casa no hace entregas a domicilio. —Me río con ella.

Alé vuelve a meter la mano en la bolsa y saca una lata de pintura morada en aerosol.

—Feliz cumpleaños, por cierto.

—Gracias —le sonrío.

—¿No vienes? —Sigue en la cocina, con las cejas arqueadas.

—¿Puedes traerlo todo para aquí? —Me quedo mirando las grietas de la pantalla de la lámpara, con unos atisbos de luz más intensa que quiebran la calidez sutil que emite.

—Me estás asustando, Ki —me dice, con un suspiro. Apila las cajas y el bote de pintura para cargarlo todo en brazos y se me acerca—. Al menos siéntate. —La ligereza que tiene su voz en todo momento, esa nota ocurrente al final de sus palabras, ha desaparecido, y suena más que agotada.

Me siento en el suelo, y ella me imita. Solo quiero la comida y ponerme a tragar, pero la tiene bien sujeta, y sé que no me dejará comer hasta que hable. La chica más callada que conozco quiere hablar. Señalo a Trevor con la barbilla y me llevo un dedo a los labios para indicarle que no debemos hacer ruido, para que no se despierte. Asiente.

—Te vas a ir otra vez si te lo cuento. —Lo único que puedo hacer es mirarme las manos. Las líneas que Alé solía leer están llenas de cortes: algunos de ellos todavía sangran, otros tienen costras y algunos son tan profundos que no se deciden a curarse. He estado arañándome después de morderme tanto las uñas que ya me es imposible.

Alé deja las cajas a un lado y se inclina hacia mí, con las piernas cruzadas, hasta que se acerca tanto que nos rozamos las rodillas. Ladea la cabeza para que quede directamente delante de mis manos, para mirarme a la cara. Se asegura de que le devuelva la mirada, y eso hago.

—No tendría que haberme ido. Si me dices que me quede, me quedaré. Dime lo que tengas que decirme, y me quedaré. Siempre. —No parpadea ni una sola vez.

—¿Oíste lo que pasó? —Suelto una tos—. Lo del poli que se suicidó.

Alé arquea las cejas un instante, y los ojos se le ponen un poco borrosos.

—No me jodas.

Sé que quiere apartar la mirada, veo que parpadea sin parar, como si no quisiera mirarme a los ojos, y no la culpo, porque esto es todo lo que me ha dicho que no hiciera, y seguro que le estoy haciendo añicos los huesos como mi madre me hizo a mí. Ojalá unos zapatos de misa y un funeral pudieran hacernos llorar por todo esto y sanarnos.

—No quería que pasara. Me encontraron, y era la cárcel o eso, y ya sabes por lo que ha pasado mi madre. No pensaba dejar que me encerraran. —Alé cierra los ojos, y yo, el pico—. Lo siento —añado en un susurro.

—¿Por qué lo sientes? —Sigue con los ojos cerrados.

—Sé que no querías que me metiera en estos líos, y…

—¿Lo sientes porque crees que me has decepcionado? —Algo ronco suena en su garganta, y no sé si está enfadada o triste o si es lo más gracioso que ha escuchado desde hace mucho tiempo.

—Supongo. —No sé qué decirle. Me mira y me sonríe, y el color marrón de sus ojos me parece algo magnético.

—Solo quería que estuvieras a salvo, Kiara. —Se encoge de hombros, y me pregunto si estará pensando en Clara—. Y si me he decepcionado por algo es porque nunca queremos lo mismo al mismo tiempo. —Tose, tal vez para ocultar la desnudez de su voz, o quizá para llenar la sala con otro sonido—. Menos cuando nos ponemos a comer, quizá.

Alé abre las tapas, veo tres tacos en cada caja, y las desliza en mi dirección. Se echa atrás para que dejemos de rozarnos, y saco un taco de gambas de la caja y lo engullo en tres bocados. Voy a por el siguiente. Ella debería estar comiendo, pero, en su lugar, me mira con una sonrisa traviesa. Veo el nuevo tatuaje que se ha hecho en el cuello: una colmena, solo que no creo que esté llena de abejas. Me acerco más, mientras unas gotas de salsa me caen por la comisura de los labios. El enjambre resulta ser un grupo de mariposas volando. Aunque quiero tocarlas y ver si aletean de verdad, porque parece que sí, hay tacos que comer, y es demasiado peligroso entrar en contacto con la piel de Alé cuando hay tan poca luz.

—¿Queda algo para mí? —El estómago me da un vuelco al oír la voz de Trevor, y las dos nos volvemos para ver que se incorpora en la cama. Debemos haber hecho más ruido de la cuenta.

Alé le hace un gesto para que se acerque, y él lo hace casi en una carrera. No recuerdo cuándo se ha quitado la camiseta, pero ya no la lleva, y su torso desnudo me da ganas de acunarlo, por larguirucho que se esté poniendo. Ese crío es una maravilla. Es mi lluvia otoñal. Mi última foto del sol antes de que se ponga. El día no es posible sin Trevor. De hecho, no creo que el sol fuera a salir si no fuera por Trevor.

Se sienta al lado de nosotras y agarra un taco. Dejo de comer para ver cómo da un bocado y se pone a masticar con la boca abierta, tal como sabía que iba a hacer. Se me queda mirando, a la espera de que le diga que coma con la boca cerrada, solo que hoy no le digo nada. Si quiere comer con la lengua fuera, ¿acaso no se merece ese capricho? De todos modos, hay demasiada poca luz como para que nadie más se dé cuenta.

Trevor hace una pausa antes de su siguiente bocado y echa un vistazo en derredor, en la penumbra.

—¿Creéis que hay fantasmas por aquí?

Alé se queda mirando el techo, como si fuera ahí donde podría encontrarlos.

—No, solo arañas.

CAPÍTULO DIECISIETE

Alé duerme como una fusión entre cadáver y estrella de mar. Aunque no me dijo que iba a pasar la noche aquí, las dos lo supimos en cuanto apoyó la cabeza en mi regazo. Nunca he visto a nadie dormir sobre un suelo de madera con esa pose: con las extremidades abiertas y sin moverse ni un milímetro, con la boca abierta lo suficiente como para ver que tiene dientes, pero no lengua.

He pasado la noche mirándola, a la espera de que mi cuerpo se sumiera en el mismo sueño, solo que ese momento no ha llegado. Después de habernos zampado los tacos, Trevor volvió al colchón y se quedó frito. Entonces le conté a Alé lo de los policías, Traje Morado y el cosquilleo, y ella me dijo que debería tener a Tony o a Marcus conmigo, por si el cosquilleo se acababa convirtiendo en un terremoto con todas las de la ley y ni siquiera las persianas lograban mantenerme a salvo. Se lo discutí, le conté lo que había pasado con Marcus, pero se negó, así que llegamos a un acuerdo: iré a casa de Cole por la mañana, y ella se llevará a Trevor a la taquería para asegurarse de que coma bien.

Ahora espero a que su cuerpo vuelva a mostrar señales de vida. Ya es de día; lo sé porque las persianas dejan pasar unas rendijas de luz que dibujan patrones por todo el suelo. La luz se esparce por el cuerpo dormido de Alé, de modo que entreteje la luz y la oscuridad.

Empieza con su mandíbula. Se abre un poco al principio, antes de temblar de lado a lado, dar una vuelta completa y acabar en un bostezo. Cuando parpadea, quiero tocarle la cara. Es como si todo mi cuerpo quisiera ponérsele encima y tocarle la curva de la mejilla.

—Buenos días. —Su voz cambia de tono un par de veces y acaba saliendo como un gruñido.

—Buenos días —me río.

—¿Trevor sigue durmiendo? —me pregunta.

Echo un vistazo hacia Trevor, todavía hecho un ovillo y mirando en dirección a la otra pared.

—Ajá —respondo.

El pelo de Alé se le ha escapado del todo de su moño de siempre; lo sostengo y lo aliso con las manos y lo vuelvo a ordenar, aunque se escapa un solo mechón negro. Miro cómo le acaricia el rostro, y me gusta pensar que a veces le hace cosquillas y ella se ríe de la nada, con lo que sus mariposas se ríen con ella.

Se incorpora y me mira un segundo antes de gatear por el suelo, como una niña pequeña por grande que sea, hasta colocarse junto a Trevor y sacudirlo un poquito.

—Buenos días —canturrea, y su voz vuelve a ser un gruñido, pero me alegro de oír otro sonido en este piso, después de tantas horas de silencio, tanto que quiero que siga hablando y cantando todo el día.

Trevor rueda sobre sí mismo y se tapa los ojos con los brazos. Alé se los aparta, se inclina en su dirección y le vuelve a dar los buenos días a gritos, así que él se pone en pie como un ninja y corre hacia mí para darme un placaje. Me caigo al suelo, entre carcajadas, y veo que sus ojos de recién despertado son brillantes y están muy abiertos. Me lo termino apartando con un empujoncito.

—Quita de encima.

Se retira y se pone de pie.

—Tengo hambre —se queja.

—¿Cuándo no tienes hambre? —respondo con una risita. Alé ya se está poniendo los zapatos.

—Ve a cambiarte, Trev. Nos vamos a La Casa.

Trevor corre hasta la pila de ropa que tiene en un rincón y se cambia a mayor velocidad de la que creía posible. Se pone sus deportivas y se coloca junto a la puerta mientras yo sigo en el suelo, junto a la lámpara. Alé se me acerca y se agacha a mi lado para poder hablar conmigo sin que nos oiga.

—¿Estarás bien? —me susurra, y yo asiento.

—Solo asegúrate de que esté a salvo, ¿vale? —Señalo a Trevor con la barbilla.

Alé me sonríe y me toca una rodilla. Su calidez me recorre el cuerpo.

Los veo marcharse, y de verdad espero que los ojos me estén esperando a mí y no a él, que me vayan a seguir a mí y no a él. Cuando cierran la puerta, la imagen de Marcus y sus puños de la última vez que lo vi se graba a fuego en mis recuerdos, y lo último que quiero hacer es salir de casa para arreglar algo tan roto. Aun así, no me queda otra. Alé tiene razón: si me encuentran a solas, estoy bien jodida.

Busco el móvil y marco. Shauna contesta al primer tono.

—¿*Qué quieres ahora, Kiara?* —Suena tan enfadada como me figuraba que iba a estar.

—¿Todavía tienes ese coche? —La madre de Cole le dio a Shauna su coche antiguo cuando nació el bebé. Es la única persona que conozco que quizá quiera pasarse a buscarme.

—*Sí* —contesta, tras una breve pausa—. *¿Por qué?*

—Estoy metida en un lío y tengo que ver a Marcus, pero no puedo salir a la calle sola. Necesito que alguien me venga a buscar. —Añado un par de *por favor* y me ofrezco a cuidar de su hija alguna vez. Se pasa un rato sin contestarme.

—*Puedo estar ahí en diez minutos, pero que sea la última vez. Dios sabe que tú no moviste un dedo por mí cuando era yo quien necesitaba un favor.* —Cuelga, y, por mucho que me duela, Shauna nunca ha estado más en lo cierto.

Llega en menos de diez minutos y me llama para decirme que está fuera. Aunque ya me he puesto los zapatos, todavía no he subido las persianas, así que, cuando salgo por la puerta, la luz me sienta como el primer sorbo de vodka con el estómago vacío, y no sé si me duele o si es la mejor sensación que me ha proporcionado el sol en la vida. Me parece que mi piel lo absorbe. No noto ningún cosquilleo mientras bajo por las escaleras y paso junto a la piscina de mierda, pero, en cuanto salgo a la calle, empieza. Se me esparce desde la coronilla hasta los pies. Corro hasta el coche de Shauna, una camioneta Saturn antigua, entro y cierro la puerta del lado del copiloto con fuerza.

Un llanto estalla en el asiento trasero, y me giro para ver a la bebé en su sillita.

—Joder, ya la has despertado. —Shauna estira una mano y le da palmaditas en el estómago a su hija hasta que deja de chillar y se vuelve a quedar dormida.

Carraspeo un par de veces.

—De verdad que no podemos quedarnos aquí quietas. —Intento no decirlo en voz demasiado alta, como si el volumen fuera a hacer que Shauna no pusiera los ojos en blanco ni que el calor se mostrara en sus cavidades. Aunque sé que no le gusta que le digan lo que debe hacer, vuelve a centrarse en arrancar el coche, y partimos hacia la casa de Cole.

Nos permito quedarnos en silencio durante un par de minutos, mientras la culpabilidad me carcome el estómago, como si me hubiera metido una mano por la garganta y estuviera apretando. No lo soporto; sumado al cosquilleo que no deja de seguirme, es demasiado. No dejo de mirar por la ventanilla, hacia atrás, pero no veo de dónde salen los ojos, sino que solo sé que están ahí. Al menos eso significará que no están con Trevor y con Alé.

—Oye, siento mucho lo que pasó la otra vez. Tendría que haberte hecho caso, pero tienes que entender que yo también las he pasado putas, y no estaba en la mejor situación para ayudar a nadie. Aun así, eso no es justo para ti, así que lo siento. Y de verdad te agradezco mucho que hayas venido a buscarme.

Oigo un chasquido intermitente en algún lugar bajo el capó del Saturn, y tamborileo con el dedo sobre mi muslo a su ritmo.

Shauna me mira de reojo cuando para en un semáforo en rojo.

—No lo habría hecho si no tuviera que hablar contigo.

Vuelvo a ver el hambre en sus ojos, igual que hace tantos meses, cuando no dejaba de quejarse y de limpiar y tenía los pezones agrietados. No es un hambre de depredador, sino que más bien es como un pajarillo enfermo que espera que le den de comer antes de que se haga de noche, antes de que sea demasiado tarde.

—¿Hablar de qué?

Si bien ya estamos cerca de la casa de Cole, Shauna reduce la marcha y aparca a un lado de la carretera antes de mirarme. Poso la mirada sobre su hija, que se ha despertado y nos mira con unos ojos que relucen, casi como una de esas ventanas con un espejo unidireccional. Sabes que hay todo un universo detrás de ellas, aunque lo único que puedes ver es tu propia cara.

—Ya no trafican solo con drogas blandas. —Oigo el acento de Tennessee, con sus palabras arrastradas, en la voz de Shauna, temblorosa y aguda—. Y se juntan con unos tipos que dan miedo, y a ellos les dan igual sus familias. Kiara, tengo una nena. Tengo una nena, coño.

Entonces Shauna empieza a gemir. Esta vez, sus gemidos son más bien un alarido que sale del coche. Juraría que surgen de su boca y se me meten directamente en la garganta, porque me siento como si me hubiera tragado toda la sal del lago Merritt, y no sé diferenciar entre el cosquilleo, las punzadas y las náuseas.

Shauna sigue sollozando, y la bebé se nos ha quedado mirando, con las dos manos estiradas hacia nosotras, sin moverse, a la espera. Le coloco un dedo en su manita. Cuando Shauna me ve hacerlo, todavía lamentándose para sacar todo lo que lleva dentro, se gira para colocarle un dedo en la otra palma. Uso la mano derecha para acariciarle la nuca a Shauna, con delicadeza, como mamá solía hacer cuando tenía una pesadilla que me hacía castañear los dientes. Formamos un círculo de gemidos internos. Shauna los suelta en voz alta, a gritos. La nena solloza en voz tan baja que casi no la oigo con todos los quejidos de su madre. Por mi parte, no sé qué es lo que me sale de la boca, solo que suena como un tarareo, una canción o una nana a la inversa.

La hija de Shauna nos suelta cuando los sonidos se vuelven un leve murmullo, y Shauna me mira con la cabeza ladeada, como si intentara solucionar un rompecabezas cuyas piezas hubiera perdido.

Empiezo a notar unos pulsos en la frente, unos pulsos muy fuertes, como si los latidos del corazón se me hubieran subido a la cabeza.

—Mierda. —Miro por el espejo retrovisor y no veo ningún movimiento en la calle, salvo por la red de una canasta que se mece con el viento en el exterior de un piso.

Shauna vuelve a mirar hacia el volante, pero no arranca el coche.

—¿Se puede saber qué te pasa?

Aunque la he oído hacer esa pregunta millones de veces y nunca ha ameritado que respondiera, esta vez parece que sí quiere que le conteste.

—Me he metido en un lío y creo que me están siguiendo.

No capto ningún indicio de susto, sorpresa ni ninguna otra emoción que habría esperado en su rostro. En su lugar, se limita a preguntarme:

—¿Quiénes?

—Policías, creo.

Ante eso, Shauna inclina el torso hacia delante, hacia el volante, y agacha la cabeza.

—¿Cómo coño hemos acabado aquí, Ki? —Nunca la he oído hablar así, sin ninguna de sus barreras, sin defensas, y me hace pensar en cuando éramos más jóvenes, en lo fría y confiada que era.

Cuando conocí a Shauna, Alé me estaba enseñando a ir en monopatín, y estábamos en la avenida 88, al este de Oakland.

Shauna estaba sentada en la escalera del porche de su tía, haciéndole trenzas a su hermana pequeña, y Alé se subió a su *skate* y pasó a toda prisa por delante de ellas, conmigo persiguiéndola corriendo, como si pudiera seguirle el ritmo. Shauna, a sus trece años y ya toda una mujer, nos habló en voz alta desde lejos.

—Si seguís así vais a levantar viento, y a estropearle el pelo. —Y ralentizamos el paso para mirarla, porque nunca habíamos oído a una chica hablar así o ponerse la mano en la curva de su cintura como si fuera en serio. En serio de verdad.

Y yo, que era una listilla, no pensaba aguantárselo, así que le dije:

—¿Y qué vas a hacer para impedírnoslo? —Y Shauna se nos acercó como un sabueso en plena caza, con gruñido incluido. Yo seguía siendo delgaducha en todos los sentidos, sin carne en los huesos con la que golpear a Shauna, quien era todo vientre suave y caderas que se mecían como si ya hubieran sabido que iba a quedarse embarazada unos años más tarde.

Alé estaba dando media vuelta para colocarse a mi lado, pero ni siquiera sus hombros anchos bastaban para competir contra Shauna. No era que ella fuera alta ni nada, sino que ya se había hecho mayor que el cuerpo que nosotras todavía estábamos mudando. Ya se había pasado a su siguiente cuerpo, con tetas que querían salirse de su camiseta de tirantes y que rebotaban cuando caminaba pavoneándose con sus deportivas desgastadas que todo el mundo le había dicho que ya era hora de cambiar. Shauna siempre contestaba que antes preferiría ir descalza, por mucho que su tía nunca la hubiera dejado salir de casa así. Al final se acabó rindiendo y dejó que uno de los chicos que estaban coladitos por ella le comprara unos zapatos nuevos, y se notaba que no le habían gustado.

Cuando nos conocimos, Shauna estaba lista para pelearse. Yo no sabía ni dar un puñetazo, y a Alé no le gustaba pelearse con nadie, sino que se limitaba a estar a mi lado y a quererme. Shauna estaba empezando a despotricar cuando los chicos llegaron en bici. Creíamos que tan solo estaban pasando por allí, los diez o así que eran, tal vez un par de años mayores que nosotras, y entonces uno de ellos me tocó el culo, pero Shauna lo vio venir, se abrió paso a mi lado, alzó una pierna, con el muslo temblando y los músculos hinchándose, y propinó tal patada que tiró de la bici al chico que me había tocado el culo.

Pese a que los demás se habían puesto a dar vueltas a nuestro alrededor, la patada de Shauna los hizo poner pies en polvorosa, entre los chirridos de sus ruedas. El preludio de nuestra pelea se disipó en sus resoplidos y en lo maravillada que me quedé.

—Gracias —le dije.

—No es nada. —Se dio media vuelta y volvió a su porche, donde su hermana pequeña se había quedado observando la situación como si nada. Shauna se sentó detrás de ella una vez más y volvió a trenzarle el pelo. Alé y yo seguimos patinando y pasamos por aquella misma manzana un par de veces, siempre para volver al porche, donde ralentizábamos la velocidad y nos la quedábamos mirando. La tercera o la cuarta vez que hicimos eso, Shauna nos gritó:

—Si tantas ganas tenéis de quedaros mirándonos, sentaos y tomaos una Coca-Cola al menos.

Observamos cómo Shauna retorcía hasta el último cabello de la cabeza de su hermana, dando sorbitos a nuestro refresco, hipnotizadas. Para cuando se quedó embarazada a los diecisiete y dejó el instituto, ya no nos parecía una maravilla, sino tan solo una más de nosotras, una chica que intentaba sobrevivir. Su tía se casó con un fulano cualquiera, se fue a vivir al oeste de Oakland y no quiso que Shauna fuera con ella, con la bebé y todo, por lo que Shauna acabó mudándose con Cole y su madre, y todos los sueños que hubiera tenido se transformaron en gemidos, y ahora estamos aquí sentadas en un coche para huir de esas cosas de las que no se puede huir, intentando olvidar que en otros tiempos fuimos niñas pequeñas que solo querían patinar y pasear descalzas.

—No sé —le respondo, por mucho que sí lo sepa. Aunque todo me parezca muy claro, como un largo camino que siempre nos iba a conducir hasta donde estamos—. A veces todos hacemos lo que tenemos que hacer por las personas por las que debemos hacerlo. —Me inclino para mirar hacia la sillita del coche, hacia esos ojos como espejos—. Como has dicho, tienes una nena.

Shauna se enjuga su última lágrima y arranca el coche de nuevo. No me responde, y no hace falta. Las dos lo sabemos. En cuestión de dos minutos más, aparcamos en casa de Cole, yo todavía con mis pulsos en la cabeza. Le digo a Shauna que tenemos que entrar corriendo, que no podemos quedarnos demasiado tiempo en la calle, y saca a su hija de la sillita para colocársela en la cadera. Nos dirigimos a la casa a toda prisa y bajamos al sótano. Parece que Shauna ha dejado de intentar recogerlo todo, porque hay juguetes y ropa sucia de Cole por todo el suelo. Si bien una parte de mí quiere recogerlo, también me parece apropiado que la sala esté así, que sería incongruente que estuviera todo ordenado y limpio cuando la vida misma nunca lo está.

Se oye el ritmo desde el otro lado de la puerta del estudio.

—Cole ha salido, pero volverá pronto. No te lo impediré si te apetece darles una buena tunda a los dos —me dice Shauna. Se ha sentado en el sofá y hace botar a su hija con una sonrisa. No con los dientes, sino con la curva de sus hombros. Sigo caminando y abro la puerta de par en par. Pese a que Marcus no está en la cabina de grabación como de costumbre, la música suena a todo trapo. Está solo en la sala, sentado en el suelo, con los ojos cerrados y estrujándose las manos.

—¿Marcus?

Me acerco a él para parar la música de la consola, y la sala se queda en silencio. Me agacho al lado de mi hermano, y él menea la cabeza y abre los ojos, rojos y anegados en lágrimas.

—¿Qué te pasa? —le pregunto.

—A ti qué te importa —me espeta, y me pregunto si debería irme y dejarlo ser la misma persona egoísta que ha sido desde que se dio por vencido conmigo. Entonces suspira y añade en un susurro—: Perdona.

Me mira, y asimilo la situación.

—Te contaré lo mío si tú me cuentas lo tuyo.

—Ya no estamos en el insti, Ki. —Menea la cabeza otra vez—. Esto no es un juego.

No le hago caso.

—No sé si lo habrás visto en las noticias, pero llevo meses acostándome con policías por dinero, y parece que uno de ellos se ha suicidado y me nombró en su nota de suicidio, y ahora están investigando. Hay polis que me siguen cada vez que salgo de casa.

La expresión que pasa por el rostro de mi hermano es nueva para mí; nunca lo había visto así. Esperaba que se enfadara o se avergonzara, que no quisiera tener que lidiar con mis problemas. Quizá le temblaría la ceja izquierda, como le suele pasar, o le vería las venas del cuello. Quizá mi huella empezaría a bailar. En su lugar, la expresión de Marcus se abre de par en par y clava los ojos en el techo.

—Joder. —Se produce un momento en el que ninguno de los dos dice nada, y entonces se pone a mirar el estudio como si fuera la primera vez que lo ve. Se le entrecorta la voz cuando me susurra—: No va a pasar nunca.

—¿Qué dices? —Parece muy pequeño.

—Que tenías razón. Nada de esto es real, ninguna discográfica quiere contratarme, no me salen conciertos, y la única razón por la que tengo dónde caerme muerto es porque Cole y yo hemos estado trapicheando. Y ni siquiera he hecho lo que te dije que haría, protegerte y eso. Debería haber estado contigo para mantenerte a salvo.

Marcus parece que se está ahogando en su propio rostro, y, por mucho tiempo que lleve esperando que me dijera eso, me habría gustado que no fuera necesario. Ojalá todas esas palabras pudieran arreglarlo todo. Me inclino hacia él y le doy un beso en el cogote. Me abraza, y noto que tiembla.

—Seguimos siendo familia, Mars.

No deja de sollozar en mi pecho, y miro por encima de su hombro para encontrarme con Tony, apoyado en el marco de la puerta. Transforma su mueca en una sonrisa.

—Necesito que me ayudes con algo —le susurro a Marcus. Él se aparta de mi pecho lo justo para mirarme y asentir—. Y tú también, Tony. —Él asiente a su vez y ni se molesta en pretender que no nos había estado escuchando.

Tony se nos acerca y se sienta en el sofá, mientras que Marcus y yo seguimos sobre la moqueta dorada. Todo el estudio parece haber cobrado otro aspecto, con todo reluciente: sofá nuevo, moqueta dorada con una «C» gigante en el centro. También hay equipamiento nuevo, los altavoces y la consola. La mesita está ocupada por un teclado, por mucho que ninguno de ellos sepa tocarlo, así que no sé qué pinta aquí, apoyado en la mesa como si alguien fuera a sentarse y a ponerse a tocar.

Respiro hondo.

—Necesito vuestra ayuda. Ya se lo he contado a Marcus, pero me he metido en un buen lío y hay polis siguiéndome. Ya no estoy a salvo cuando salgo a la calle sola, y no tengo a nadie más a quien pedírselo.

—Claro —responde Marcus.

Miro a Tony.

—¿Qué es lo que pasa? —me pregunta.

No quería contárselo y que los dos me miraran como si estuviera más mancillada de lo que ya estaba, pero no me queda otra.

—Los polis que me están investigando todavía no me han arrestado, y dicen que no lo van a hacer, pero me llevaron a comisaría para interrogarme, y ahora sé que hay polis que me siguen.

—¿Por qué te investigan? —me pregunta Tony. Aparto la mirada antes de contestar.

—He estado quedando con algunos de ellos. En moteles y eso.

Aunque Tony no dice nada, sé que me está mirando, que se imagina lo que he hecho y que trata de perdonármelo.

Marcus me pone una mano en la rodilla y me da una pequeña sacudida.

—Seguimos siendo familia, Ki. —Y creo que lo dice en serio, más allá de las palabras, de este momento, de todo lo que hicieron nuestros padres para rompernos.

Asiento y, por primera vez, pienso en lo que hice, en el pánico que se instala en mi interior cada vez que alguien me toca como acaba de hacer Marcus, en todas las pistolas que he tenido contra el cráneo, en todos los dedos que me han rascado la piel, en las manos que se han cerrado en puños en mi pelo. En esta sala, con estos chicos dorados, todo lo que he hecho me parece vulgar, desolador, como si ya no mereciera el amor de nadie.

—Le mandaré un mensaje a Cole para que venga a buscarnos y podamos llevarte a casa, ¿vale? —Marcus ya se está recomponiendo, vuelve a su expresión de siempre y saca el móvil del bolsillo.

—Cole debe tener un bate de béisbol o algo así en el garaje. Iré a buscarlo y os veo delante de casa —dice Tony, antes de ponerse de pie y salir del estudio.

Marcus también se pone de pie y me ayuda a hacer lo mismo, antes de rodearme los hombros con un brazo. Salimos al sótano, donde Shauna acuna a la bebé, y pasamos por su lado para subir por las escaleras hasta el porche. Me lleva unos instantes procesar que he vuelto a la calle, que el ambiente está húmedo y caldeado y que alguien me sigue.

Cole está aparcando cerca de la casa, con su Jaguar llamativo, cuando Marcus y yo salimos a la acera. Baja la ventanilla para gritar:

—Kia, nena, ¿cómo tú por aquí? —Sale del coche, con el motor todavía en marcha. Echa una carrerita hasta Marcus para darle una palmadita en la espalda y se da media vuelta para abrazarme.

Es entonces cuando el coche se para cerca de nosotros, liso y negro, con luces que parpadean desde el interior; cuando los hombres del coche salen de un salto, se llevan una mano a la cintura y sacan placas y pistolas. Veo el número de las placas, 220 y 17, ambos del Hotel de Putas, ambos mirándome a los ojos mientras le ponen las manos detrás de la espalda a Marcus y luego a Cole, los esposan y les murmuran algo sobre sus derechos, algo sobre registrarles el vehículo. 220 deja que 17 los meta en el asiento trasero de su coche de policía encubierto mientras él abre el maletero del Jaguar de Cole y extrae unos sacos de polvo y rifles automáticos.

Veo a Marcus a través del cristal tintado del coche, lo veo llorar, llorar de miedo como cuando se llevaron a papá, y me pongo a gritar por él, a él, a suplicarle a 220, quien me dedica una sonrisita, se me acerca tanto que le huelo el aliento y me sujeta de un brazo.

—Ni se te ocurra decir mi nombre o me aseguraré de que todo el mundo sepa el tuyo. Te estamos vigilando. —Me suelta, vuelve al coche y se mete en el asiento del copiloto.

Ya no le veo la cara a Marcus, y de repente Shauna sale corriendo hacia el coche para aporrear el cristal, entre sollozos. El coche arranca con un chirrido, y ella se vuelve hacia mí, hecha una furia. Tony se me pone detrás, aparece en cuanto deja de haber peligro, y me da un abrazo. No recuerdo que Tony me haya abrazado así antes, no como si me estuviera atrapando y no pudiera soltarme. Una parte de mí quiere que me apriete hasta que se me rompa alguna costilla, hasta que deje de sentirme como si estuviera flotando; quiere que apriete tan fuerte que el cosquilleo desaparezca y que sus brazos sean lo único que merezca la pena notar.

Sin embargo, la otra parte de mí no soporta el hecho de que se haya quedado plantado en la puerta mirando cómo se llevaban a mi hermano sin mover ni un dedo, y empiezo a notar un peso en el pecho. Lo empujo con fuerza y le clavo las uñas en la camiseta hasta que me suelta.

—Perdona —me dice. Me he quedado sin aliento. Me lo quedo mirando, y el estómago se me sacude como si me hubiera traicionado, pero ¿qué es lo que me ha hecho en realidad? Los hombres me han hecho cosas mucho peores que abrazarme durante demasiado rato.

—¿Por qué no has hecho nada? —le grito, con otro empujón, y de mis ojos brotan lágrimas sin parar al tiempo que la boca suelta saliva.

Tony se echa atrás, como si tuviera fuerza suficiente como para tirarlo al suelo de un empujón, y me da la sensación de que está a punto de ponerse a discutir. Balbucea algo que le sale demasiado entrecortado como para que lo entienda y niega con la cabeza.

—No quería que me arrestaran a mí también —dice, sin dignarse siquiera a mirarme. Entonces se me acerca e intenta darme la mano—. Lo siento. —No deja de disculparse, una y otra vez, solo que eso no cambia nada, así que le digo que no me apetece verlo ahora mismo y me doy media vuelta, de repente sin ningún miedo del cosquilleo, de los policías y los hombres que puedan encontrarme, porque se acaban de llevar a mi hermano, y ya me parece que no tengo nada más que perder.

Me subo al bus y no hay ningún asiento libre, por lo que cada vez que damos con un bache me choco con la persona que tengo al lado, mientras el cuerpo me da volteretas por dentro. Lo veo todo borroso. Al menos no noto el cosquilleo en el bus, detrás de estas ventanas. Incluso cuando me bajo en mi parada, el cosquilleo sigue sin hacer acto de presencia. El problema es que lo que sí lo hace es el rostro de Marcus lleno de pánico, y tengo la sensación de que no se va a ir nunca.

La Casa Taquería es un lugar pequeño y reconfortante, con su toldo azul y el ruido de las obras eternas. Alé está en la caja registradora, con Trevor sentado en un taburete delante de ella, haciendo aviones de papel, y los dos me parecen un milagro que se me ha otorgado en medio de tanta desgracia. Cuando Alé alza la mirada, sé que ve el pánico en mi interior en cuanto me mira a los ojos, porque le dice a Trevor que vaya a ayudar a la cocina.

Me acerco a ella, y me da las dos manos.

—¿Qué pasa? Tienes mala cara.

—Han arrestado a Marcus.

Alé me abraza de modo que me apoye contra su pecho.

—Lo siento mucho —me susurra—. El ajetreo de la hora de la comida ya casi ha acabado, así que creo que se pueden encargar los demás. ¿Quieres venir arriba conmigo?

No recuerdo que Alé me haya invitado nunca a su piso. Siempre he creído que tenía miedo de que la juzgara o de que pensara que era un desastre o algo. Asiento y espero que Alé vaya a la cocina para decirles a Trevor y a su familia adonde vamos. Vuelve y me hace un gesto para que la siga a través de la otra puerta y por las escaleras.

Intenta empujar la puerta del piso, pero no cede.

—A veces se atasca —me explica, y procede a usar todo su peso para empujar la puerta hasta que se abre.

La sala que hay al otro lado está llena de color, tanto como en un aula de parvulario: océanos de rojos y azules y de cada tono de marrón. Nunca he visto tantas mantas, cortinas y cachivaches juntos. Tienen manteles y bordados a mano en las paredes. Hay una cama en cada rincón de la sala, y luego una puerta que conduce a otra habitación con dos camas más, además de una nevera. El baño conecta con esa habitación, y me llega el aroma a jabón, uno que sé que han debido fabricar ellos mismos, porque huele como algunas de las cosas que Alé mete en su maría.

Las camas no son camas de verdad, sino más bien unos sofás que han convertido en reinos mágicos de ensueño. Los cojines exigen a gritos que los toque, y algo más que eso, que los mire: son imágenes de personas a media historia. Fábulas familiares plasmadas con bordados. Es algo que me gustaría mucho saber hacer, el convertir el arte en algo en lo que apoyar la cabeza.

—Es precioso —le digo.

Alé murmura un «gracias», como si se avergonzara de ocupar un lugar tan perfecto, pero ha centrado toda su atención en mí.

—¿Qué ha pasado? —me pregunta.

—Me han estado siguiendo, y, cuando Marcus y Cole estaban allí, supongo que les ha encantado tener la oportunidad de meterse conmigo. Los han atrapado con gramos de droga, armas y Dios sabe qué más.

Alé entra del todo en la sala y se dirige a una de las camas. Esta es toda azul, con cojines con imágenes de niños. Me hace un gesto para que la acompañe, y me siento. Debe ser su cama, los cojines en los que apoya la cabeza. Suda en estas sábanas cada noche y tira de los hilos sueltos de los cojines. Pues claro que es suya: azul para la bebé de la familia.

—¿Estás bien? —Me mira de arriba abajo.

—No. —Me apoyo en ella, permito que comparta parte de mi peso—. Todo es culpa mía, y no puedo hacer nada para arreglarlo. —Me pregunto si mamá se habrá sentido así también.

—Te sacaremos de todo esto. Y a Marcus también, ya se nos ocurrirá algo.

—Vale. —No sé qué más decir, no tengo ninguna promesa que hacer, ninguna solución que encontrar.

—Seguramente ni lo hayan procesado aún, pero, cuando sí, te llamará. O ya llamaremos nosotras. —Me abraza con más fuerza—. De momento, tengo algo para ti.

Se inclina para meter una mano debajo de la cama y sacar unos tarros. Tarros llenos de maría. Me río de lo difícil que se me ha hecho recordar cuando todo esto era normal, tan solo un día más para las dos. Abre dos de los tarros y empieza a moler y a enrollar.

—¿Aquí? —le pregunto, mirando hacia la puerta como si su madre fuera a entrar en cualquier momento, y ella se echa a reír.

—Tranqui, que no vendrá nadie. Además, mamá se fumó un porro conmigo la semana pasada.

Pienso en su madre e intento imaginármela colocada y llena de carcajadas, pero lo único que me viene a la mente son sus dedos delicados trenzándole el cabello a Alé y las arrugas que le salieron en la frente después de que Clara desapareciera.

Alé abre la ventana que tiene al lado, y eso hace sonar la campanita de su atrapasueños. Quiero estirar una mano y sostenerlo, sostener todos los sueños de Alé en la palma de la mano.

Enciende el primer porro y me lo pasa.

—A esta mezcla la llamo «chava» —me dice.

Lo sostengo con dos dedos, me lo llevo a los labios y doy una calada. Sabe a miel y a menta, como consumir un paseo en el agua. El humo sale en un flujo perfecto, y toso hasta sentirme colocada. Ya ha encendido el otro porro, y nos lo cambiamos. Le doy una calada y lo reconozco de inmediato: zapatos de misa. Lavanda. El día de funeral y ropa con agujeros que lloramos como si fueran el finado.

Cuando nos colocamos, todas las barreras que he erigido a mi alrededor durante estos meses se derrumban, y las arrugas de mi cuello se llenan de lágrimas. Alé me mira llorar delante de ella por primera vez desde hace varios años.

—Lo siento mucho, Ki —me susurra.

Intento tragarme las ganas de ponerme a sollozar de verdad, pero se me escapa de todos modos, y me siento como una mujer adolorida, como si fuera vieja y arrugada y me doliera la espalda y no tuviera espacio en la vida para sentir nada más y, aun así, aquí estoy, sobrepasada. Desatándome. Alé me frota la espalda, entre los omóplatos.

—Solo quería una familia. Algo que funcionara, algo que fuera mío.

—Lo sé, Kiara. Lo sé.

Me vuelvo a apoyar sobre el pecho de Alé, ya en la cama del todo. Nos quedamos tumbadas hasta que mis sollozos paran, y se nos acaban los porros, y estamos confusas, con los brazos y las piernas entrelazados, y olvidamos que nuestra piel es algo que debe ser solitario. Cada centímetro de la cama es un consuelo, suave, y huele a cada sueño que desearía poder tener. Huele a Alé, a maría, a no tener que preocuparme nunca de los ojos que me siguen. Lo siento como una calidez, esa que hace que mi cuerpo entre en frenesí. Y quizá la historia que recordaremos será nuestra siesta, o tal vez su boca contra la mía, o a lo mejor ella al marcharse y yo al despertarme sola, sin estar muy segura de qué ha sido real y qué no.

Cuando recibo la llamada, el colocón ya casi se me ha pasado del todo, y sigo tumbada en la cama de Alé, intentando averiguar cómo es que el techo se ha agrietado tanto. He decidido que seguramente sea culpa del terremoto, aquel tan grande que transformó San Francisco en un desierto e hizo que cada uno se refugiara en sus propias pesadillas. Seguro que la madre y las tías de Alé lo vieron temblar y fracturarles el techo en un laberinto de grietas.

Puede que sea culpa del colocón que sigue en mí el hecho de no captar del todo el significado de la advertencia automática que suena cuando contesto el teléfono, pero me limito a pulsar el número que me indica la señorita robot. Tengo que oír la voz de mi hermano para despertarme del sobresalto.

—*Kiara*. —La voz de Marcus suena como si existiera en otra dimensión. En esta ocasión parece distorsionada y débil. El mismo dolor que he visto en él antes sigue ahí, enmascarado tras la fatiga, pero, por encima de todo, suena asustado. Me imagino su cara, todo concentrándose en una expresión del más puro terror, como cuando encontramos a mamá en la bañera. Como en el funeral de papá o la primera vez que fuimos a ver a mamá en chirona.

—¿Dónde estás, Mars?

—*Nos han metido en la cárcel del condado, en Santa Rita.* —Solloza con tanta fuerza que mi huella debe estar nadando en sus lágrimas.

Quiero decirle que lo voy a solucionar todo, que derretiré los barrotes de la celda en la que lo tienen encerrado si hace falta, que me lo llevaré en el coche que no tengo.

—Lo siento.

Se aclara la garganta antes de contestar.

—*Puede que hayan estado ahí por ti, pero son mis cosas las que han encontrado. Mira, no quiero que te preocupes por mí, ¿vale? Necesito que te asegures de estar a salvo y que hagas algo por mí. ¿Podrás hacer eso, Ki?*

—Claro.

—*Necesito que vayas a buscar al tío Ty, ¿vale? Sabrá qué hacer, ya ha pasado por esto y me lo debe. Tráelo aquí; me da igual lo que tengas que hacer para conseguirlo. ¿Estamos?*

—No sé, Marcus, ya intenté…

—*No quiero morir aquí. Por favor.*

Incluso después de todo lo que me ha hecho pasar, eso es lo único que necesito para ponerme a ayudarlo. Si está dispuesto a pedirme algo en lugar de exigirlo sin más, iré hasta los confines de la Tierra por él.

—Vale. —Quizá sea la maría, la cama, los zapatos de misa, o la culpabilidad. Porque no pensaba volver a ver al tío Ty. Aun así, le digo «vale» y Marcus cuelga, y mis extremidades siguen en su sitio.

CAPÍTULO DIECIOCHO

Marcus tiene miedo. Lo noto en cómo le tiembla la voz, en cómo se le quiebra. Aun así, es algo más que eso: que haya nombrado al tío Ty me ha dicho todo lo que tenía que saber, que sus entrañas se están recolocando. Efectos del calor metálico, supongo. O de las sirenas. Estoy tan perdida como Marcus sobre cómo encontrar al tío Ty, en especial luego de haber sabido que mamá no tenía su número. He llamado a Shauna después de que la voz de Marcus hubiera dejado de resonar en mi mandíbula, y me ha mandado a la mierda y me ha dicho que ha sido culpa mía que se hayan llevado a Cole y que no quería meterse más en mis líos. Los ojitos de cristal de su hija han aparecido en mi imaginación, bien enormes, para mirarme a la cara. A mi cara que se ha convertido en una lámina gris.

Si Marcus dice que el tío Ty es la solución, no me queda nada en mi interior que me diga que no es así. Nadie cree en Dios por tener alguna prueba de su existencia, sino solo porque no hay pruebas que demuestren lo contrario.

Alé me ha dicho que se quedará a Trevor un par de días mientras trato de solucionarlo todo, y ahora le estoy dando un beso al crío en la frente, por mucho que se resista y se aparte.

—Bueno. Nos veremos en un par de días —digo, con una sonrisa lo bastante curvada como para parecer reconfortante. Trevor asiente, y Alé me acaricia una mejilla con un pulgar antes de dejarme ir.

Salgo por la puerta y paso por las sombras durante mi largo viaje de vuelta al Regal-Hi. El mismo trayecto que recorrí con

Marcus el último día que me acompañó a ver a Alé, cuando nos empezamos a separar como las cuentas de mi pulsera vieja, cuando el elástico se estiró más de lo debido. Cuando llego a la puerta del Regal-Hi, no dejo que la piscina me detenga con su color azul, por mucho que intente atraerme a ella, con su aroma tan fresco que parece real. Entonces me llega un atisbo de sulfuro detrás del cloro, y recuerdo que no se puede confiar en nada que sea tan saturado.

Marcus y yo solíamos pelearnos por ver quién decidía qué dibujos animados veíamos por la mañana. Librábamos guerras por el mando de la tele, gritábamos, llorábamos y suplicábamos, cualquier cosa que se nos ocurriera para quitarle el mando al otro hasta darle un golpe en la cabeza por el impulso del agarre. El que recibía el golpe acababa sangrando o con un chichón, y mamá reñía a quien lo hubiera asestado y le daba el mando al herido. Cuando la culpable era yo, me sentaba en un rincón y me echaba a llorar. No por haberme quedado sin el mando, sino de puro arrepentimiento. Quería volver atrás en el tiempo e impedir que aquel cacho de plástico chocara contra los huesos de mi hermano. Quería volver atrás.

La sensación que me invade ahora es muy parecida, y me siento igual de impotente. Como si estuviera en el camino que conduce hasta donde me encuentro y me percatara de la presencia de un sendero que no sabía que existía y, aun así, no pudiera tomarlo. Como si el camino que me ha llevado aquí no hubiera sido el único que existía, como si el paso del tiempo me hubiera hecho olvidarme de eso, hasta estos momentos cargados de sollozos en los que me acuerdo, cuando la niebla se disipa y vuelvo la vista atrás y estoy ante una bifurcación, una posibilidad distinta.

Entro en el piso, vacío sin la presencia de Trevor, y me siento en el borde del sofá para llamar al número que me dio Traje Morado mientras me muerdo todas las partes blancas de uña que me quedan hasta hacerme sangre. Contesta al segundo tono.

—Han arrestado a mi hermano.

—¿Hola? ¿Quién es?.

—Kiara Johnson. Unos policías se han llevado a mi hermano y ahora está en Santa Rita y no sé con quién más hablar.

Traje Morado se queda callada durante unos instantes. Cuando vuelve a hablar, suena tensa.

—Lo siento mucho, Kiara. De hecho, tengo que contarte algo más, si es que no te has enterado ya.

—¿Qué pasa?

—Alguien dio tu nombre a la prensa ayer. Solo tu alias, por el momento, pero no tardarán en tener tu nombre de verdad y tu dirección. Está en todas las noticias, y más aún en la zona de la bahía, pero esta mañana ha llegado al *L. A. Times*. Lo siento.

Pienso en la amenaza de 220, cuando me dijo que me delataría si yo lo delataba a él, y, aunque no le he dicho nada a nadie, debería haber sabido que uno de ellos iba a hablar de mí, que no iba a poder salir de esta con mi anonimato intacto. Traje Morado suelta una tosecita.

—Quiero ayudarlos a tu hermano y a ti, pero no tengo jurisdicción sobre los arrestos, Kiara.

—No es eso lo que quería pedirte. Tengo que hablar con mi tío, pero no tengo su número, y he pensado que quizá tú sabrías cómo encontrarlo, que podrías investigar o algo.

Casi noto a Traje Morado asentir en su despacho de la comisaría.

—Tengo acceso a una base de datos de conductores; si se sacó el carné en California, tendré acceso a sus datos de contacto. Puedo echar un vistazo, pero necesito que hagas algo por mí también.

—¿Es que no he sufrido bastante por tu culpa ya? ¿De verdad quieres algo más de mí?

—Solo intento ayudar, Kiara.

Aunque estoy harta de que los demás me pidan que haga cosas, si Traje Morado me va a dar lo que más necesito ahora mismo, no me queda otra.

—Vale.

—Tengo una amiga abogada, Marsha Fields, que puede ayudarte con todo lo que va a pasar con la investigación. Quiero que la llames, ¿vale? —Suena como si estuviera intentando convencer a alguien de que no se lance por la ventana.

—Vale.

Me da su número, y lo anoto en una hoja de papel.

—Y en cuanto a tu tío, ¿puedes darme su nombre completo y su fecha de nacimiento?

Casi no he llamado al tío Ty por algo que no sea su apodo, así que tengo que pensarme durante un instante cómo se llama de verdad.

—Tyrell Johnson. Nació el 8 de agosto de 1973.

Recuerdo que Marcus solía escribirle postales para su cumpleaños y que solía llevarlas al buzón él mismo. Espero a que Traje Morado escriba algo en su ordenador y oigo el traqueteo del teclado a través del teléfono.

—Me salen tres resultados en California.

Traje Morado me da los tres números de teléfono, y los garabateo bajo el de la abogada.

—Gracias —le digo.

—No es nada. No te olvides de llamar a la señorita Fields.

Cuelgo y echo un vistazo por la sala, hacia las mismas paredes en las que hemos vivido los dos desde que nacimos, desde que nuestros padres se encontraron y creyeron estar formando el milagro de una familia antes de que pusiéramos rumbo hacia la hecatombe. Una familia más muerta y encerrada que libre.

Llamo a cada Tyrell Johnson en orden. En la primera llamada me salta el buzón de voz, pero sé que no es él por la voz del mensaje. Llamo al siguiente. Me da la sensación de estar intentando recaudar fondos, a sabiendas de que el desconocido que hay al otro lado de la línea no tiene nada de ganas de comprarme nada. Me sorprende recibir una respuesta y oír su voz, la misma de siempre, una imitación más grave de la de papá. El tío Ty es más joven que papá, incluso que mamá, y creo que intenta hacer que su voz suene más joven también, al enlazar cada palabra con la siguiente.

—¿Tío Ty?

Silencio.

—¿De dónde has sacado mi número? —No suena demasiado contento al oír mi voz, pero no me cuelga.

—Tranquilo, no te llamo para pedirte dinero ni para que vengas a cuidar de nosotros ni nada. Marcus y yo nos hemos metido en un lío y no sé a quién más acudir. —Hago una pausa, con la esperanza de que meta baza, de que me diga que estaría encantado de ayudarnos, que se arrepiente de haberse marchado, pero no dice nada—. Marcus dice que se lo debes.

—¿Y por qué no me llama él, entonces? —Su voz suena más suave, como si mencionar a Marcus lo hubiera ablandado.

—Porque está en Santa Rita.

—¿Es que esta familia no se sabe otra? Ya le dije a tu madre que no quería saber nada después del juicio.

Recuerdo el día en que el tío Ty se fue, cuando ni se molestó en decirnos que se marchaba, sino que dejó de contestar al teléfono, se cambió de número y le pidió a mi madre que nos lo dijera la próxima vez que fuéramos a verla, solo que mamá estaba tan ida por aquel entonces que ni siquiera recordaba haber mantenido aquella conversación. Al principio, Marcus estaba convencido de que lo habían matado o secuestrado, pero yo sabía que no era así. La voz del tío Ty hizo acto de presencia en aquel club, y más tarde lo escuché en la radio, y era inconfundible, con un ritmo de fondo que ocultaba la mitad de sus palabras. Lo buscamos en internet, y de repente tenía una página de Wikipedia y había firmado un contrato con una discográfica cuando antes había sido una página en blanco, imposible de rastrear.

Marcus siguió buscándolo durante varios meses, leyendo los artículos que se publicaban sobre él, viendo las fotos que le tomaban sobre la alfombra roja. Aunque no esperaba enfadarme tanto, oír la voz del tío Ty al otro lado de la línea, con tanta superioridad, me hace querer cantarle las cuarenta y decirle que no tiene derecho a juzgar a una familia de la que ya no forma parte.

—Me importa una mierda por qué te fuiste, solo sé que Marcus te necesita, y me ha dicho que tienes que venir a verlo a Santa Rita. No te lo pido yo, ya sabes que nunca he querido nada de ti, pero Marcus lo necesita.

El tío Ty no dice nada, sino que se limita a respirar en voz alta, como si estuviera haciendo silbar el aliento en la boca antes de soltarlo.

—*Vale. Compraré un billete de avión para ir ahí mañana, pero no pienso quedarme. Tengo una vida a la que volver. ¿Seguís en el Regal-Hi?*

—Aquí sigo.

El tío Ty me dice que alquilará un coche y que se encontrará conmigo en el Regal-Hi por la mañana, que nos llevará a ver a Marcus porque no quiere verlo a solas. Si bien parece que quiere colgar, no se lo permito.

—No lo entiendo. ¿Por qué no quieres verlo? Creía que era el único que te caía bien.

El tío Ty carraspea antes de contestar.

—*Ya te lo he dicho, ahora soy alguien aquí.*

—¿Y? ¿Ya no te importa Marcus? —No sé por qué le estoy dando la oportunidad de explicarse, pero tengo que oír su respuesta.

—*Claro que me importa; es que no quiero verlo así, ¿vale?*

Su voz todavía suena demasiado fría, y, por alguna razón, no creo lo que me dice. No tiene relación con ver a Marcus encerrado o herido, sino que es algo suyo, que no quiere arrepentirse de la buena vida que se está dando ni aferrarse a su arrepentimiento. Después de colgar, de que mi ira se evapore en el aire vacío, no puedo evitar preguntarme si el tío Ty hará aquello que habíamos dejado de esperar que hiciera: salvarnos, llevarnos con él a Los Ángeles, o incluso solo empezar a llamarnos cada semana, comprarle a Marcus su propio micrófono y una consola para que pueda soñar sin necesidad de juntarse con Cole, ayudarnos a vivir una vida que no escogimos. Sin embargo, no soy idiota, y no confío lo suficiente en el tío Ty como para permitirme albergar la esperanza de que vaya a cambiar su forma de ser.

Doy vueltas dentro de la puerta del Regal-Hi, observando el brillo de la piscina de mierda bajo la luz matutina. El tío Ty está de camino; me ha mandado un mensaje hace media hora para decirme que acababa de aterrizar y que se pasaría a recogerme delante del edificio. Ni siquiera se molesta en salir del coche, sino que le da al claxon del sedán negro, por lo que abro la puerta del Regal-Hi, salgo a la acera y subo al coche para encontrarme con ese rostro que nunca había esperado que volviera a aparecer en mi vida.

Se ha dejado crecer el pelo en unas rastas cortas que cuelgan de su cabeza como una corona, y sé que su camiseta blanca cuesta más que sus zapatos, porque tiene unos agujeros de diseño en ella. El tío Ty me sonríe con los dientes, como si fueran la parte más importante de una sonrisa, le da una palmadita al asiento del copiloto y, cuando ya he entrado del todo en el coche, me pone una mano en el hombro. Puede que sea la primera vez que me toca, y sé que solo lo hace con la intención de disipar la incomodidad del viaje que tenemos por delante, de ese mundo en el que ha vuelto a hundirse por un instante.

—Qué grande estás. —Se mete en la carretera, acelera por la rampa y se sumerge en el río de coches de la autopista.

—Es que ha pasado bastante tiempo —contesto.

El tío Ty no parece haber envejecido ni un solo día, pero sé que una parte de él sí lo ha hecho. Tiene el móvil enchufado a la radio del coche, y suena una canción en la que participa, por lo que un aluvión de egocentrismo llena el espacio. Aun así, su cara no me engaña, no cuando pasa la mirada por toda la carretera y aprieta los labios. Carraspea antes de seguir hablando.

—Tengo que decirte que he leído los artículos sobre lo de la pasma y sé que eres tú. —Vuelve a toser—. Creo que alguien tiene que decírtelo, así que supongo que voy a tener que ser yo. Tu padre se habría decepcionado mucho.

Giro la cabeza de golpe para mirarlo.

—No tienes ningún derecho a decirme nada sobre mi padre después de haber abandonado a sus hijos. No tienes ni puta idea de lo que hago, de mi vida ni de lo que habría querido mi padre.

El día en que arrestaron a papá, mamá nos estaba peinando. Fue la primera vez que me hizo unas trenzas africanas de verdad, unas que me caían más allá de los hombros. Marcus tenía nueve años por aquel entonces, y ella todavía lo peinaba, normalmente con *twists* o trenzas por aquellos tiempos, cuando no lo llevaba rapado. Era una actividad que nos llevaba todo el día, por lo que mamá nos sentaba en el suelo delante del sofá y nos dejaba ver dibujos animados en nuestro televisor antiguo.

Cuando ya pasaba del mediodía, dos de los amigos de los Panteras Negras de papá vinieron a ver el partido de fútbol americano, por lo que nos quitó los dibujos, y yo me puse a hacer berrinche hasta que papá me prometió acostarme esa noche. Siempre suplicaba que lo hiciera mi padre, porque mamá no hacía nada más que darme un beso en la frente, mientras que papá se quedaba conmigo hasta que me dormía y me contaba historias variopintas sobre épocas anteriores a mi nacimiento, cuando solo habían estado él y el tío Ty.

Ese día, los amigos de papá se sentaron al lado de mamá en el sofá, y uno de ellos se me acercó con su barba larga y retorcida para decirme que el peinado me quedaba bien. No teníamos ninguna razón para sospechar que aquel día iba a ser distinto a los demás días de peinarnos, hasta que alguien llamó a la puerta con fuerza, papá fue a abrirla y, en un abrir y cerrar de ojos, apuntaron a papá y a sus amigos con pistolas, los esposaron y los acusaron de ser cómplices en tráfico de drogas, por mucho que papá insistiera no saber de qué drogas hablaban. Mamá les suplicó que lo soltaran, mientras que Marcus y yo nos escondimos detrás del sofá con el peinado a medias y esperamos a que cerraran la puerta por fin, a que mamá nos llevara al baño a toda prisa por si volvían los policías y a que llamara a todo el mundo para intentar contactar con papá. Esa noche, esperé que volviera a casa para cumplir su promesa y arroparme bien, pero nunca lo hizo.

Papá sabía lo que era decepcionar y que te decepcionasen, y nunca he pensado que pudiera mirarme y decirme que le he fallado, decirme cualquier cosa que no fuera que me quería.

—Tenía que decirlo. —El tío Ty menea la cabeza.

—A mí no tienes que decirme nada, estamos aquí por Marcus. —Mantengo la mirada fija en la carretera e intento no hacer caso de la presencia del tío Ty en esa música que se parece demasiado a la que Marcus estaba tratando de crear.

El tío Ty intenta hablarme de Los Ángeles, pero no lo escucho, no mientras nos acercamos a la cárcel, con su larga entrada llena de coches de policía hasta alcanzar un enorme edificio de cemento, una trampa igual a la que encerró a papá durante tres años, solo que más pequeña. Aparca, y salgo del coche, después de dejar el móvil en el asiento. El tío Ty hace lo mismo y me sigue por la rampa para dirigirnos al edificio en el que nos presentamos y esperamos a nuestra cita con Marcus.

Nos hacen pasar, y el tío Ty es el primero en ponerse de pie, temblando, con pintas de que va a empezar a jadear de puros nervios mientras seguimos a un guardia por el pasillo y hacia una sala grande repleta de mesas, con distintos hombres vestidos de gris frente a sus respectivos visitantes. Marcus está sentado ahí y mira a todas partes para buscarnos. Alza la cara entera al ver al tío Ty y a mí, y luego al tío Ty otra vez.

Nos sentamos frente a él, y me da un apretón en una mano. Ninguno de nosotros abre la boca, y a mi hermano le tiembla la mano que me sigue dando. El tío Ty clava la vista en la mesa antes de mirar a Marcus y decir algo por fin.

—He venido hasta aquí solo para verte.

Niego con la cabeza, al pensar en que estos hombres nunca aprenden, en que lo único que tenía que hacer el tío Ty era estar ahí e interesarse por nosotros, y, en su lugar, es así como empieza.

Fulmino con la mirada al tío Ty antes de mirar a mi hermano.

—Dile lo que tengas que decirle, pero quiero que sepas que tengo una abogada y que voy a ayudar a sacarte de aquí.

Marcus asiente, y me encantaría que estuviera más enfadado, pues, en su lugar, parece resignado o herido. Su mirada flota por toda la sala antes de posarse sobre el tío Ty.

—Estoy aquí por tu culpa. —Marcus lo dice con calma, como si le estuviera contando lo que ha desayunado hoy. El tío Ty parece sorprendido.

—Pero si no hice nada más que ayudarte, llevarte conmigo cuando me lo pedías, enseñarte a rapear mejor. Así que no me vengas ahora con milongas, porque todo esto es culpa de tu madre. —Le da un golpe a la mesa.

—Nunca he confiado en que mamá hiciera algo por mí; fuiste tú el único que me crio, y entonces me dejaste y no me quedó nada más de ti que tu música, así que me he metido en un lío solo para poder seguir viviendo como habrías vivido tú. Pero no soy como tú. —Se le arrugan los párpados como le pasa siempre que está a punto de echarse a llorar—. Dejé a Ki sola por ti, y ahora estamos aquí y quiero que lo veas. Mira bien, Ty, mira bien.

El tío Ty mira en derredor por un instante, pero Marcus espera a que se dé media vuelta y capte las rodillas embutidas en chándales, sin dejar de sacudirse debajo de la mesa; dos niños pequeños que se persiguen hasta el detector de metales y de vuelta; dos cañerías del techo que gotean por turnos. Vuelve a mirarme, sentada en esta silla para tratar de aferrarme a la poca familia que me queda; a Marcus conteniéndose; a los dos mirándolo a él, a ese hombre que ya no nos pertenece.

218

El cuello del tío Ty pierde la capacidad de sostenerle la cabeza, por lo que la agacha, un hombre sumido en la vergüenza. Alza la mirada. Me quedo observando cómo Marcus y él se miran a los ojos, y el tío Ty lleva una mano adelante para intentar dársela a mi hermano, pero este la aparta a su regazo. No me parece apropiado estar aquí sentada y presenciar esta última ruptura entre los dos.

—Tienes que entender que pasé tanto tiempo cuidando de tu familia que, cuando murió tu hermana, me di cuenta de que no tenía nada que fuera mío. Que no eras hijo mío, que tu madre no era mi mujer y que no tenía ningún lugar ahí. Así que, cuando un amigo me propuso irme a vivir con él a Los Ángeles, me pareció que me había llegado la oportunidad de tener algo mejor, y tú ya habías cumplido los dieciocho, así que pensé que lo mejor sería dejarte vivir tu vida. ¿Cómo se suponía que iba a cuidaros a vosotros y tener mi vida al mismo tiempo? —El tío Ty tiene los brazos sobre la mesa, con la cabeza apoyada en ellos, y nos mira con sus ojos grandes, que se le han puesto rojos—. Empezasteis a recordarme a vuestra madre, y ya no soportaba veros igual, no después de lo que hizo, de en quien se convirtió, así que os ayudé una última vez al pagarle la fianza y luego me tuve que ir. Me tuve que ir.

Marcus no deja de negar con la cabeza, mientras le caen lágrimas por las mejillas, y me aprieta la mano con tanta fuerza que se me están poniendo los dedos amarillos.

—Da igual lo que quisieras hacer o no, porque eso fue lo que hiciste. —Marcus da un golpe en la mesa con su mano libre, y las vibraciones hacen que el tío Ty se incorpore de golpe.

—Lo siento. —Echa un vistazo en mi dirección antes de volver a mirar a Marcus—. ¿Qué puedo hacer para arreglarlo?

Todavía no me fío un pelo de él ni de su disculpa, pero sí que noto lo desesperado que está, las ganas que tiene de que lo perdonemos.

—No puedes. —A Marcus se le quiebra la voz.

El guardia que tenemos más cerca nos avisa de que nos quedan cinco minutos, y el tío Ty se inclina más sobre la mesa en dirección a mi hermano.

—Haré lo que sea.

Marcus asiente poco a poco.

—Llévate a Ki a Los Ángeles.

El tío Ty me mira de arriba abajo, como si estuviera valorando si Marcus vale la pena o no.

—Ya sabes que no puedo hacer eso, Marcus. Tengo familia por allí, no puedo llevarme a ninguno de los dos.

Marcus esboza una sonrisa que es más bien una mueca de dolor, la misma cara que pone Trevor cuando pierde un partido.

—Entonces ya no hay nada más que hablar.

Marcus hace el ademán de ponerse de pie y me suelta la mano.

—Espera. —El tío Ty se pone de pie también, y casi iguala la altura de Marcus—. Al menos deja que te pague la fianza. La han puesto a cien mil, ¿no? Puedo pagar el diez por ciento.

Veo que Marcus niega con la cabeza, me mira y vuelve a mirar al tío Ty.

—Paga la de Cole McKay, no la mía. He pasado demasiado tiempo pensando solo en mí. Lo menos que puedo hacer es devolverle el padre a su hija.

Los ojos de la hija de Cole vuelven a aparecer en mi mente, y esta vez veo a Cole en ellos, cuando le brillan al echarse a reír. No sé si Marcus lo hace por mí, por Cole o por su hija, pero creo que nunca he estado más orgullosa de él; incluso lo he mirado y he pensado: *Qué buena persona*. Todavía tiene mucho que compensar, y no sé si lo llegaré a perdonar del todo por lo que ha hecho este año, pero ver un atisbo de la persona que sé que es mi hermano me da esperanzas cuando creía que ya las había perdido todas.

El guardia se acerca a Marcus para llevárselo de vuelta a su celda, a los túneles de este lugar, y, por primera vez, no mira al tío Ty ni a ninguno de los otros rostros de la sala, sino al mío, y me deja con un último vistazo de la sonrisa que reconozco de hace tanto tiempo, cuando no sabíamos lo solos que íbamos a estar. Entonces se lo llevan de la mesa, y el atisbo de mi huella desaparece por el pasillo.

El tío Ty aparca delante del Regal-Hi y para el coche para mirarme por primera vez desde que estábamos en la mesa con Marcus. No ha puesto su música durante el trayecto de vuelta ni ha dicho nada, pero ahora abre la boca para hablar de nuevo.

—Sé que tomé mi decisión hace años, cuando me subí a aquel coche y ni os di mi número de teléfono. Lo sé. —Todavía tiene los ojos rojos, aunque no llora ni espero que vaya a hacerlo—. Y vosotros también habéis tomado vuestras decisiones, pero quiero que sepas que sigo cargando con las consecuencias.

—Tienes más de un coche y vives en un casoplón, tío Ty. No tienes ni puta idea de las consecuencias.

—Tengo un coche y una casa lo bastante grande para mi mujer y mis hijos, ¿vale? No sé de dónde os habéis sacado que soy rico, pero estoy a punto de gastarme el dinero que tenía apartado para las vacaciones en la fianza de vuestro amigo, así que no me hables de pasta. Además, las peores consecuencias no tienen nada que ver con el dinero. —Mira más allá de mí, hacia el Regal-Hi—. La última vez que vi a tu madre estaba en la cárcel y era una persona completamente distinta a la que conocía. Toda la mierda por la que pasó, por la que pasamos todos, te cambia, y no pude soportarlo, ¿vale? Todavía no sé cómo hacerlo. En vez de odiar a tu madre por no haber cambiado, debería haber conocido a quien pasó a ser, pero decidí irme y ahora no os conozco a ninguno, no como antes. Esas son mis consecuencias.

—¿Y ahora te vas a subir a un avión para irte otra vez? ¿No nos volverás a ver? Y encima tienes la cara de decirme que habría decepcionado a papá cuando tú eres el único que lo habría decepcionado de verdad.

El tío Ty vuelve a mirar en dirección al volante.

—Ya he tomado mi decisión. Y tú has tomado la tuya.

No vuelve a mirarme, ni se despide de mí ni nada, sino que solo espera a que salga de su coche para arrancar otra vez y marcharse hacia donde la arena está calentita, donde no tiene que pensar en su sobrino, en todo lo que tendría que haber hecho distinto, en lo que significa tener una vida de la que no puedes huir en un coche.

CAPÍTULO DIECINUEVE

Abro la puerta del piso y Trevor está ahí, de pie en el colchón, en calzoncillos y bailando al ritmo de una canción de los Backstreet Boys que suena por la radio. Me mira de reojo y me saluda con la barbilla: un niño haciéndose pasar por un hombre.

—¿Qué haces aquí? —le pregunto—. ¿Dónde está Alé?

—Me ha traído hace una hora o así y me ha dicho que te llamaría.

Saco el teléfono del bolsillo y veo el parpadeo de una llamada perdida de Alé. Debe haberme llamado mientras estábamos con Marcus.

—Espera que la llamo —le digo a Trevor; vuelvo a la cocina y me llevo el móvil a la oreja. Alé contesta en el segundo tono y se lo noto en la voz: tiene el corazón tenso.

»Hola. ¿Todo bien?

—*Nos han dicho que han encontrado el cuerpo de Clara.* —Le tiembla la voz—. *Nos han llamado para que fuéramos a identificarla, pero no tenía su cara ni nada. Era otra veinteañera muerta y llena de moretones.* —No suena como si fuera a echarse a llorar, sino como si quisiera irse a dormir, como si tuviera que bloquearlo todo antes de romperse—. *Mamá no puede más y tengo que cuidar de ella, encargarme del restaurante y de todo, así que no puedo quedarme con Trevor.* —Lo dice con un tono duro, no como si no le importara, sino como si no supiera cómo hacerlo todo ahora mismo. No sé qué contestarle.

—Lo siento mucho, Alé. Pero, si no era ella, eso significa que Clara todavía podría estar por ahí. Todavía hay esperanzas.

¿Necesitas algo? Podría encargarme de un turno en el restaurante o...

—*No. No sé cómo estar contigo ahora mismo, no cuando tú lo has escogido por voluntad propia. Ella no lo decidió, Kiara, y ahora bien podría estar muerta. Necesito tiempo, ¿vale? Es demasiado: lo tuyo, mamá y Trevor. No puedo más.* —Alé cuelga antes de que tenga la oportunidad de despedirme, y tengo a Trevor delante, mirándome a la cara, así que no puedo ni ponerme a pensar que Alé debe tener el rostro húmedo y con manchas de lágrimas. Que no puede soportar ni oír mi voz.

Recobro la compostura.

—Solo estamos los dos, chico —le digo, según me quito las deportivas y me acerco hacia el colchón en el que sigue balanceándose, con su estómago en forma de montañita y el resto todo huesos. Intento olvidar la voz de Alé, ponerla detrás de todos los demás problemas en los que tenemos que pensar.

—¿Podemos preparar tortitas? —me pregunta, con una expresión radiante.

Como siempre, lo único que soy capaz de responderle es «sí». Diez minutos más tarde, ya estamos cubiertos de harina, y él tiene la mano metida en una bolsa de M&M's. Los saca porque no tenemos grageas de chocolate y los mete en el cuenco de la masa. La sartén sisea en el fogón, y Trevor ya es lo bastante alto como para echar la masa. Cuando lo hace, echa tanta que la llena entera y forma un círculo perfecto.

—Ya está bien. —Le quito el cuenco antes de que añada toda la masa a la tortita gigante que sisea por todas partes menos por el centro—. Va a tardar diez años en hacerse, ¿sabes?

Trevor se encoge de hombros, y yo sonrío antes de menear la cabeza. La canción que suena por la radio es un nuevo baile tecno, y no me parece que tenga demasiado ritmo, pero el crío se pone a saltar, retorcerse y sacudirse por toda la sala hasta que se lanza a la cama. Sube el volumen de la minicadena, y el piso se llena del ritmo de la música electrónica, tanto que no oigo que alguien llama a la puerta. Es la luz que entra cuando se abre de par en par lo que hace que me dé la vuelta.

Vernon está plantado en la entrada, tal como lo recuerdo: pelo a lo afro en un corte cuadrado y pantalones cargo manchados de lo que podría ser grasa, pintura o agua. Para ser tan bajito, parece mucho más alto de lo que es en realidad, y sus pasos suenan con fuerza en el suelo. Lo veo captar la imagen que formamos, con la tortita, la minicadena, y yo con las manos llenas de harina. Con Trevor a medio bailecito.

—¿Está Dee por aquí? —Se vuelve hacia mí y habla con su voz ronca que resuena contra la música electrónica.

Fulmino con la mirada a Trevor para que baje el volumen.

—No está, no —respondo, y me cruzo de brazos para poder esconder las manos en el pecho—. ¿Por qué no pruebas en su casa?

Asiente poco a poco y echa un vistazo por la sala una vez más.

—Ya me he pasado por ahí. Por casualidad no sabrás cuándo va a volver, ¿no?

—Estoy de canguro, ¿por qué me preguntas a mí? —Me resisto a las ganas de darle un cabezazo, empujarlo por la puerta y cerrársela en las narices.

—Creía que lo sabrías. Estoy recogiendo el alquiler. —Hace una pausa—. Pero bueno, ya que estoy aquí, debería decirte que mi protocolo de trabajo establece que tengo que avisar a las autoridades si creo que hay un caso de abandono de menores. ¿Entiendes lo que te digo? —Habla poco a poco, como si lo que quisiera decir en realidad estuviera oculto en el espacio entre palabra y palabra.

—No veo por qué tendrías que avisar a nadie. Estoy segura de que Dee volverá pronto, y ya le diré que necesitas el dinero del alquiler. —Sigo apoyada contra la encimera, esperando que se vaya. Me mira a los ojos durante un instante antes de salir y cerrar la puerta. Me doy media vuelta, y Trevor me está mirando, todavía de pie en el colchón, y no lo veo parpadear.

El olor me hace girar la vista de vuelta al fogón, donde el centro líquido de la tortita ya se ha puesto duro y los lados, negros.

—Mierda —suelto, en busca de la espátula. Apago el fogón, pero la sartén conserva el calor suficiente como para seguir cocinándolo. Clavo la espátula debajo de la tortita e intento levantarla; solo una parte se levanta, torcida.

Trevor viene a mi lado en un instante, tenedor en mano.

—Me quedo con un lado si tú te quedas con el otro —dice, y coloca la punta del tenedor bajo la masa de la tortita. Dejo la espátula debajo del otro lado, mientras cuento atrás, y a la de uno levantamos el brazo para darle la vuelta.

La tortita se parte en dos, con la parte chamuscada ya hacia arriba, más que negra. Miro a Trevor, y veo que el rostro se le ha llenado de dolor, con un puchero.

—No pasa nada. Lo llenaremos de sirope y sabrá igual de bien. —Si bien todavía no está llorando, sé que las lágrimas están listas para caerle por las mejillas—. Ve a sentarte y ya lo arreglo yo.

—¿Igual que arreglas lo que pasa con mamá? —me espeta.

—¿Qué has dicho?

—Siempre me dices que lo vas a arreglar todo y seguimos igual.

Trevor niega con la cabeza y se aleja, se va a sentar en el suelo, delante del colchón. Intento encontrar una respuesta mientras busco el sirope en la alacena, uno de marca Aunt Jemima en la alacena más alta, donde reemplazamos el bote vacío de mi cumpleaños. Saco cada mitad de la tortita de la sartén y las junto en un plato. Puede que esté quemada y partida por la mitad, pero sigue formando un círculo perfecto.

Echo una capa espesa de sirope encima y sale poco a poco, viscoso. Esa es la magia de Aunt Jemima: siempre desprende el mismo aroma empalagoso, la mezcla perfecta de azúcar y algo demasiado penetrante como para ser natural. No capto nada amaderado, nada de arce, sino tan solo el crujir de los gofres de tostadora cubiertos de algo dulce.

Llevo el plato y dos tenedores adonde Trevor se ha sentado, en el suelo, y lo coloco cerca de él. Le doy un tenedor y me siento enfrente. Tiene la mirada gacha, y no sé si está mirando a la tortita o al interior de sus propios ojos.

Antes de que tenga la oportunidad de decirle algo, se pone a hablar. Balbucea, y nunca lo he oído hablar así, sin claridad, con tan solo el rastro de una voz.

—¿Cómo dices? —Me inclino hacia él para estar más cerca.

—¿Mi madre volverá a casa?

—No lo sé —le digo.

Sé que debería decirle algo más, que esconde más preguntas debajo de la lengua, pero no sé cómo darle a un niño respuestas que lo van a romper. ¿Cómo se le dice a un niño que está solo? No existe ningún modo de explicar esa soledad que se asienta en el estómago, que te hace pensar que debes tener algo escondido en la carne, algo que hace que el resto del mundo te dé la espalda. Como cuando papá murió y mamá me dijo que iban a reducir su cuerpo a cenizas después del funeral. Mi padre, hecho una tortita requemada. Pasé una semana entera sin mirar a mi madre a los ojos. ¿Cómo podía hacerlo? El mundo entero se me estaba desmoronando, y ella quería que pensara que se iba a quedar ahí, que iba a ser la excepción.

—¿Dónde está Marcus? —Trevor sigue sin probar bocado, sin mirarme a la cara.

—Ya no está —respondo, más que nada porque me da demasiado miedo decirle otra cosa.

—¿Por qué? —Trevor me mira de reojo, y en sus ojos veo una ira que no creo haber presenciado nunca.

—Porque está en la cárcel.

—¿Es ahí donde está mamá?

—No.

Casi es peor decirle eso, ver que se le arruga el rostro al intentar entender cómo alguien puede ser capaz de abandonarlo sin una celda o una tumba que lo obligue a ello.

—¿Regresará a casa? —me vuelve a preguntar, y esta vez no deja de mirarme a los ojos.

—No lo creo —respondo, y Trevor echa atrás la cabeza para apoyarla en el colchón, de modo que solo ve el techo.

Una hora más tarde, Trevor está roncando, lleno de tortita. Llamo al número de teléfono que le prometí a Traje Morado que llamaría, porque no tengo otra opción, porque estos dos chicos rotos me necesitan, y no tengo cuerpo suficiente para darles lo que necesitan y seguir respirando. Marsha Fields contesta con alegría y me pongo a hablar; no me queda nada más que hacer que dejar salir las palabras.

CAPÍTULO VEINTE

Marsha es rubia. Y no solo eso, sino que tiene los ojos más azules que he visto en la vida y, pese a ser bajita, es alta con sus tacones de aguja y su falda de tubo, tal como me esperaba por todas las series de la tele en las que salen abogadas. Aun así, ahí está, de pie junto a la piscina de mierda e intentando pretender que no le molesta: el rastro del olor, el sulfuro que sigue enlazado a cada molécula a pesar de los productos químicos que Vernon echa una vez al mes.

Cuando llamé a Marsha, no esperaba que me dijera que iba a presentarse aquí a primera hora de la mañana, ni tampoco que esa primera hora fueran las 09 a.m., que su cara sea así de angelical, sin una sola mancha. Tiene el cabello tan fino que me apostaría algo a que podría arrancárselo todo de un solo tirón, y la blusa que lleva bajo su *blazer* tiene unos gatitos diminutos, un atuendo informal de domingo metido en su falda de tubo.

Marsha avanza hasta acercarse lo suficiente como para extenderme una mano, y yo me la quedo mirando un instante, lo largos que son sus dedos, antes de estrechársela. Marsha comienza su discurso de «encantada de conocerte». Parece brillar, con una base de maquillaje que le cubre la cara, y, según lo veo, se lo pasa la mar de bien mientras a mí me meten a empujones en salas llenas de hombres, trajes y uniformes, mientras me llaman desde la cárcel. Quiero ser agradecida, creer que Marsha es una deidad, pero todo lo que tengo en mi interior está resentido con ella, con sus tacones, con cómo entra y sale de una sala sin pedirle permiso a nadie. Seguro que gana un pastizal, para colmo.

Habla más rápido que ninguna otra persona a la que conozco, como si su lengua estuviera en una carrera de relevos con las palabras que suelta. Capto fragmentos de todo ello y digiero solo las palabras que entiendo de verdad. Marsha añade un montón de tonterías legales que sabe muy bien que solo son entendibles para quienes han estudiado Derecho.

Mueve las manos según habla para gesticular lo que dice. Cada vez que se refiere a «ellos», alza una mano y la lanza por el hombro mientras pone los ojos en blanco. No sé si habla de los policías, de los detectives o del Departamento de Policía en sí; joder, quizá hasta se refiera a todos los blancos de esas salas que juegan a policías y ladrones con sus pistolas. Aunque lo más seguro es que no, porque entonces Marsha también sería una de «ellos», y parece creer que es parte de «nosotros», como si fuera a entrar en mi piso y sentirse cómoda con lo vacío que está, con sus paredes desnudas, sin su somier.

Cuando acaba con su discurso, se vuelve hacia la puerta, ansiosa por salir del Regal-Hi, como si el edificio fuera a perseguirla a rastras. Tiene el coche al otro lado de la calle y camina rápido, con unos pasos agigantados que no deberían serle posibles con las piernas cortas que tiene. Intento imitarla, relajo los puños y sacudo los brazos en un gesto más amplio. Me pregunto por qué lo hace, el extender las piernas más de lo que debería poder.

Sigue caminando así, de modo que asumo que debe ser cómo se mueve y ya. Me he quedado sin aliento, y dejo que el cuerpo vuelva a su andar de siempre, encorvada y sin meter la tripa. Marsha se detiene junto a un coche negro que debe ser suyo y saca las llaves. Pulsa un botón, y el coche se ilumina al abrirse.

No sabe estarse quieta, así que se pone a conducir de inmediato mientras sigue hablando.

—No suelo trabajar los domingos, pero hablé con Sandra la semana pasada y me explicó tu situación y me dijo que me ibas a llamar. —Pese a que al principio no sé de quién me habla, me acabo dando cuenta de que Traje Morado debe llamarse Sandra—. No suelo encargarme de ningún caso *pro bono*, pero eres especial, querida. Imagino que te va a costar encontrar a alguien más que te represente. La próxima vez que unos detectives quieran sentarte a solas para interrogarte, pide un abogado. Menos mal que me has llamado.

—Creo que no lo entiendes; no soy yo quien necesita que me represente nadie. Es mi hermano, Marcus, el que necesita abogado —digo. Marsha me sonríe.

—No, cielo, eres tú quien necesita abogado. ¿No te lo explicó Sandra? Pronto tendrás que ir al juzgado, y tener un buen abogado es un buen comienzo.

—Pero es mi hermano el que está en la cárcel. ¿Me estás diciendo que me van a arrestar a mí también?

Marsha deja de sonreír, y parece haberse hartado de mí.

—No, no lo creo, pero eso no significa que estés a salvo. Podemos hablar de tu hermano también, porque quizá pueda hacer algo, pero tenemos que empezar contigo.

Marsha sigue hablando, y su cháchara me da tiempo para quedarme mirando por la ventana, para disfrutar de la velocidad de la autopista de la bahía que se expande hasta el infinito, interrumpida solo por el puente conforme nos dirigimos hacia el centro, más cerca del agua que por las rutas que suelo tomar. Me acuerdo de la sala de interrogatorios, del metal, de lo que podría haber soltado después de todas aquellas horas, cuando solo quería volver a casa con Trevor.

Cada vez que miro a Marsha, me dan más ganas de alejarme de ella, de saltar por la ventana y tirarme al agua. Nunca he estado tan cerca de una mujer blanca y que se espere que me crea lo que dice. No es que no parezca de fiar; tiene ojos agradables que se mueven demasiado y es un poco errática, pero es más bien del modo en que Trevor se anima después de ganar un par de partidos, cuando se acumulan las apuestas y bastan para pagar una factura o dos. Lo más probable es que Marsha nunca piense en sus facturas, sino que solo quiera sentirse como si estuviera ganando, subiendo de nivel para comprarse otro coche.

Pone el intermitente para salir de la autopista.

—Cuando volvamos al despacho, tendrás que firmar algunos documentos para que tengamos privilegios entre abogada y cliente, acuerdos contractuales. Entonces podremos hablar de tu caso con más detalles. Aunque suelo ser abogada defensora, a estas alturas no parece que vayas a ser la acusada. Te garantizo que vas a necesitar a un abogado de los mejores, con todo lo que están sacando; puedes esperar que se monte un buen lío. Es un caso mediático, o lo será, y debemos tener mucho cuidado con las apariencias. A partir de ahora, todo lo que hagas tendrás que hablarlo conmigo primero.

Ante esas palabras, aprieto el cuerpo contra la ventana.

—No he pedido nada de eso —digo, y mi aliento empaña la ventanilla—. Solo quiero ayudar a mi hermano.

Marsha sigue gesticulando mientras habla y suelta el volante un segundo o dos antes de volver a sujetarlo.

—Nadie lo pide. Si no quieres mi ayuda, no puedo prometerte que no vayas a ser la acusada dentro de un par de meses, semanas o incluso días. Como he dicho, puedo intentar ayudar a tu hermano también, pero nada de lo que diga servirá si no me haces caso.

No conseguiré nada poniéndome en contra de Marsha, por lo que sigo mirando por la ventana y espero a que deje el coche en el aparcamiento de un edificio de oficinas enorme. Estamos en la plaza Jack London, en la parte más fría de la ciudad, junto al agua. Abre la puerta del coche, y yo la mía, y sigo el tintineo de sus tacones a través del laberinto de coches hasta la entrada del edificio.

Saca una llave del bolso para abrir la puerta y me la sujeta. Hay un guardia de seguridad sentado a un escritorio, mordisqueando un palillo. Le dedica un ademán a Marsha para saludarla.

—Me alegro de verte, Hank —le dice ella. Hank se ruboriza al instante y se remueve en su silla.

Marsha se dirige derecha al ascensor.

—¿Tenemos que subir por aquí? —pregunto, y el corazón me da un vuelco al pensar en quedarme atrapada en otra caja metálica. Marsha me mira, y el cabello rubio se le mueve al girar la cabeza.

—¿Prefieres subir seis pisos por las escaleras?

Sé que cree que es una pregunta retórica, pero no me importa sudar un poco si eso me otorga la libertad de caminar con mis propios pies.

—Eres tú quien lleva tacones —contesto. Se me queda mirando como si estuviera confusa, como si quisiera descifrar mi expresión. Entonces se quita los zapatos, se queda con las medias que le cubren los pies y se dirige hacia una puerta al lado del ascensor. Esta da a unas escaleras de hormigón que resultan incongruentes en un edificio tan corporativo como este.

Marsha me deja ir por delante de ella, seguramente porque espera que me dé por vencida en el segundo piso. Pero no. Para cuando llegamos al sexto, el cabello fino de Marsha está húmedo, y su maquillaje gotea. Jadeo, aunque no más que después de jugar con Trevor. Marsha dice que tiene que pararse un momento en el rellano, y la veo recobrar el aliento, sacar un pañuelo del bolso y enjugarse cada gota de sudor que puede.

No solo es bajita, sino que también es corpulenta, con unos hombros musculosos que se esconden debajo de su *blazer* hasta que se lo quita para no estar tan acalorada. Si no supiera que no puede ser, pensaría que Marsha hace ejercicio, que pasa por el gimnasio de vez en cuando, pero los músculos que tiene solo son su estructura natural, y dudo que haya pisado un gimnasio desde la universidad.

Me agacho un poco, para darles un respiro a las rodillas, y apoyo los brazos en ellas antes de mirarla.

—Tengo que volver a casa pronto, ¿vamos ya?

Marsha se agacha para ponerse los tacones y alza el cuerpo como si estuviéramos en una clase de yoga. No dice nada, seguramente porque sigue sin aliento, pero emprende la marcha por el pasillo. Los pasillos de este edificio son iguales a los de la comisaría de Oakland, solo que con moqueta. Me dan ganas de quitarme los zapatos y pisar la moqueta para notar algo suave bajo la piel.

Abre su puerta y me indica que me siente en una silla naranja, el único color brillante de la sala. La oficina de Marsha se parece a cómo me imagino que son las de los terapeutas: carteles enmarcados con citas en la pared, todo de un tono azul celeste suave, como si lo hubiera sacado directamente de Pinterest. Tiene cuadros de flores colgados en las paredes, y su escritorio reluce. Detrás de este, unas puertas correderas de cristal dan a un patio con vistas a la bahía.

Marsha mira en derredor, como si también fuera su primera vez en aquella sala, suelta un suspiro y dice:

—Quería un espacio tranquilo, ¿sabes? Todo lo que hay en el mundo es demasiado pesado ya de por sí.

Seguro que Marsha buscó «cómo ser la mejor versión de ti misma» en internet y le salió un artículo de *Cosmo* sobre alcanzar su potencial. Y seguro que le está funcionando, además.

La silla naranja me parece una nube, como si estuviera sentada en un diente de león. Marsha no se ha sentado todavía.

—¿Te apetece un té? ¿Un café?

—¿Y una hamburguesa?

Se echa a reír más de lo que debería.

—Si todavía no son ni las diez.

—En serio, me muero de hambre. —Y es verdad: no he comido nada desde la tortita que compartí con Trevor, y él se comió la mayor parte.

—Ah. —Marsha echa un vistazo por todas partes, como si pudiera sacar una hamburguesa de un cajón—. Puedo pedir que nos traigan algo.

—¿Lo pagarás tú?

—Claro. —Sonríe al ver que por fin accedo a algo—. No sé qué estará abierto ahora, quizás el restaurante italiano que hay en esta calle.

—¿Italiano?

Marsha me dice que no conoce muchos otros restaurantes con entrega a domicilio, así que le digo que pida una pizza, y, cuando me pregunta cómo la quiero, le digo que la que tenga más carne. Se ríe como si estuviera incómoda, como si quisiera averiguar cómo soy. Le digo que pida una familiar para que podamos compartir, y ella me cuenta que está intentando dejar los carbohidratos, a lo cual le digo que se deje de tonterías, porque Dios sabe que le vendría bien un plato de verdad.

Veinte minutos más tarde, Hank llama a la puerta con la pizza.

Marsha se sienta por fin en la silla que hay al lado de la mía. Me sirvo un par de porciones en mi plato de papel y un par más en el de ella. Intenta negarse, pero le digo que no hablaré si no come, de modo que se coloca el plato en el regazo y empieza a comerse el queso, con cuidado de no consumir nada de masa.

Veo la meticulosidad con la que va quitando el queso.

Mientras esperábamos que llegara la pizza, Marsha me ha hecho firmar el contrato que me había comentado antes: página tras página de letra pequeña, pero me ha obligado a leérmelo todo, me ha dicho que nunca debería firmar nada sin haberlo leído antes. Entonces ha sacado las fotos. No sé de dónde las ha sacado tan deprisa, pero tiene la cara de cada policía impresa y clara, con sus uniformes y las placas con su número. Lo único que le falta son las voces y los habría reconocido al instante. Aun así, me acuerdo de todos, de su piel, de cómo retorcían los dedos, de sus hoyuelos, de sus calvas.

Tiene sentido. Eso es lo único que se me ha pasado por la cabeza al verlo: tiene sentido. Las manchas de 612 eran más rojas en su foto, como si se estuviera sonrojando en medio de su falta de color habitual, y todavía sonreía con los dientes. Parecía una sonrisa forzada. Todo en él parecía forzado. Jeremy Carlisle me miraba desde la foto del mismo modo en que no me miró aquella mañana que me desperté en su cama.

612 fue el que escribió mi nombre en su nota de suicidio. El que me puso el mundo patas arriba.

No le he contado nada de esto a Marsha porque me ha pedido que no dijera nada hasta que me lo indicase.

Después de preparar cada porción para comérsela, vuelve a prestarme atención.

—Voy a grabar nuestra conversación para poder transcribirla y añadirla a tu archivo. Será solo entre nosotras, así que puedes decir lo que quieras. —Coloca una grabadora en la mesa y pulsa el botón rojo—. Vale. Primero, necesito que me expliques qué relación tenías con cualquier miembro del Departamento de Policía de Oakland, en concreto con los agentes Carlisle, Parker y Reed.

Me hace gracia oír sus nombres, unos nombres a los que no puedo ponerles cara porque nunca fueron eso para mí. Nunca fueron ramas de un árbol familiar ni hombres que les hubieran dejado el apellido a su esposa; eran números, placas, fauces. Le digo a Marsha que no sé muy bien quiénes son Parker y Reed, que lo único que sé es que los policías me encontraron aquella noche en la calle 34 y que me metieron en su coche. Cada vez que se negaban a pagarme, que me decían que ya me estaban pagando con su protección. Le hablo del día en el que los detectives se presentaron en la piscina, de aquella sala que se me venía encima, de los ojos y del cosquilleo. Le hablo de 612, el tal Carlisle, y de cómo me tocó, de que su casa parecía estar hecha para cinco personas por mucho que solo lo cobijara a él y a su pistola. Le cuento cómo fueron a por Marcus y Cole.

Marsha me pide fechas, horas y nombres, como si me acordara. Lo único que sé es que los detectives se presentaron allí el día de mi cumpleaños, que el calor nos siguió.

Cuando le digo eso, duda un instante y me pide que lo repita.

—¿Los agentes contactaron contigo en algún momento antes de que cumplieras los dieciocho?

Me da la sensación de que estoy a punto de decir algo que me va a meter en un lío más grande, por lo que dudo.

—Todo es confidencial, Kiara —me recuerda.

Le doy un bocado a la pizza para hacer más tiempo. Después de tragar, contesto:

—Sí.

—¿Y sabían cuántos años tenías?

Me paro a pensar y doy otro bocado.

—No sé. Algunos de ellos me lo preguntaron, y suelo decir que soy lo bastante mayor, pero no creo que quisieran saberlo. Así se pueden imaginar lo que les venga en gana, ¿sabes? Satisfacen su fetichismo por las niñas pequeñas sin sufrir las consecuencias.

Marsha me hace más preguntas que nunca se me habría ocurrido que debían preguntarse, y poco a poco me queda más claro que esto no va a ser un pequeño incidente que va a hacer que Trevor y yo acabemos en el juzgado en cosa de una semana. Pese a que me da miedo preguntárselo, ya tenemos los platos vacíos y nos acercamos al punto en el que me va a decir lo que no quiero oír.

—¿Qué va a pasar ahora?

Marsha se cruza de piernas, se limpia las últimas miguitas de la falda y ladea la cabeza.

—Con lo mediático que se ha vuelto el caso, lo más seguro es que empiecen una investigación penal.

Suelto un resoplido.

—¿Van a arrestar a media comisaría?

Marsha arquea una ceja y niega con la cabeza más veces de las necesarias.

—Ah, no, no funciona así. No con los agentes de la ley. Si todo va como espero que vaya, no arrestarán a nadie, al menos no al principio. Lo que se organizará será un gran jurado.

Pese a que no sé muy bien qué significa eso, he visto las noticias lo suficiente como para saber que un gran jurado solo aparece cuando alguien de uniforme azul ha disparado a un negro y el gobierno quiere aparentar que le importa. Nunca acaba en otra cosa que no sea un chico negro en las noticias, con la capucha puesta, y un reportaje sobre que una vez se fumó no sé qué flor cuando tenía doce años. Yo he hecho cosas peores.

—Entonces, ¿iré a juicio?

Marsha respira hondo y habla según suelta el aliento.

—Tienes que entender que un gran jurado no es un juicio, sino lo que pasa antes de uno. Si el jurado decide imputarlos, lo que dicen es básicamente que existen razones suficientes para ir a juicio. Así que no arrestarán a nadie, y, aunque lo hicieran, no deberían arrestarte a ti. Tú eres la testigo clave, así que tú serás la base de los testimonios. Como he dicho, es un caso muy mediático, por mucho que se suponga que un gran jurado no debe ser nada público.

—¿Y en mi caso?

Marsha hace rebotar uno de sus pies con tacones.

—En tu caso, la prensa se asegurará de que no haya nada privado, salvo por lo que ocurra en los tribunales. Eso sí que es privado del todo. —Hace una pausa—. El tráfico de personas es un delito muy grave, Kiara.

—No han traficado conmigo —le espeto.

—Llámalo como quieras: eras menor, y ellos son hombres adultos en una posición de autoridad.

El azul de la sala se vuelve más llamativo con cada palabra que sale de la boca de la abogada. Cierro los ojos un par de segundos, con la esperanza de que cuando los abra la sala sea rosa, amarilla o cualquier otro color menos hundido que el de esas paredes azules y extrañas con el cartel enmarcado de esos que dicen MANTÉN LA CALMA Y SIGUE ADELANTE.

Abro los ojos, todavía delante del azul en todo su esplendor, y me vuelven las náuseas sin control; la pizza amenaza con salir por donde ha entrado. Debo haber puesto mala cara, porque Marsha me pregunta si estoy bien, y yo le pregunto si la puerta del patio se abre, y creo que dice que sí, aunque me da igual: me tambaleo hacia la puerta y tiro de ella hasta que se abre, y ahora estoy en el borde del patio, mirando hacia la bahía que hay más abajo.

Si existe la sensación opuesta a la de marearse en un barco, eso es lo que me pasa: todo se calma en mi interior en cuanto capto el aroma de la sal, la brisa marina me acaricia mi cintura expuesta y el viento me enreda mi cabello ya enredado de por sí. No es que me sienta libre, pero sí me siento como en casa. Seguramente sea más mi hogar que ningún otro lugar, lo cual resulta irónico, porque también es azul, y sé que me ahogaría en cuanto me hundiera una ola.

Marsha me sigue al exterior y me pregunta un par de veces más si estoy bien, solo que me faltan fuerzas para responderle todavía. Abro la boca lo suficiente como para que el aire cargado de bahía me llegue a la lengua. Quiero saborearlo, saber que la bahía existe más allá de todo lo que está pasando. Da igual si todo se va a la mierda mañana, porque la bahía seguirá ahí, con su sabor a sal, a tierra y a la madera de los barcos que llevan demasiados cuerpos.

Busco los barcos en el océano y veo uno que pasa por debajo del puente. Me imagino que en algún lugar de su interior hay una chica como Clara, de cabello más oscuro que el de Alé; o como Lexi, de la fiesta de Demond, menuda y temblorosa, apretujada entre montones de cajas. Con el sonido del agua, las olas y el vaivén como la única constante.

Y aquí estoy yo, por encima del agua. Pienso en lo que me dijo Alé, que yo escogí vivir así y que Clara no, y que, aun así, yo sigo aquí y ella no está y el mundo no es justo. La muerte siempre es posible en la calle, pero no me ha parecido algo real hasta ahora, al pensar que Alé bien podría estar planeando el funeral de su hermana y que yo solo soy un recordatorio de lo que le podría haber pasado.

Lo menos que puedo hacer es sentirme agradecida por seguir respirando. Si tengo la suerte suficiente como para no quedar sumergida, puede que Marcus también tenga esa misma suerte. Me doy la vuelta hacia Marsha, quien se ha quedado mirándome, incómoda.

—¿Y qué pasará con mi hermano? —le pregunto. Nada importa si no me devuelven a mi hermano, y, sin el tío Ty, no me quedan más recursos. Tengo que volver a estar con él para que pueda cambiar, ser mejor.

Marsha se da un minuto para mirar por encima del agua y se coloca a mi lado, junto al borde.

—La situación pinta bastante fea para el departamento, peor de lo que te van a dejar ver. Si lo hacemos bien, podemos usar a tu hermano como ventaja, para hacer un trato.

—¿Qué clase de trato? —Ya me he metido en demasiados negocios que me han dejado con los bolsillos vacíos, con un nudo en el pecho, expuesta. Marsha me sonríe.

—Eso es lo mejor: somos nosotras quienes estamos al mando. Te van a hacer creer que no, que son ellos, pero no eres tú quien se lo está jugando todo.

A mí me parece que sí que lo soy.

—¿Y si decido no testificar?

—Te van a citar al juzgado lo quieras o no, así que eso sí que no lo puedes decidir. Lo único que controlas es lo que dices.

—¿Y si miento?

Marsha suelta un suspiro y se muerde un poco el labio inferior.

—Estarás bajo juramento, y nunca te aconsejaré que lo rompas. Aun así, si decides mentir, lo más seguro es que tu hermano pase bastante tiempo en la cárcel y que el gran jurado no los impute, lo cual significa que todos los agentes que están involucrados en tu caso podrán seguir haciendo lo que les venga en gana sin sufrir ninguna consecuencia.

—¿Y si digo la verdad? —El sol por fin ha llegado al punto álgido del cielo, por lo que Trevor debe estar despertándose, al ser domingo.

Marsha relaja todo el cuerpo y deja caer los hombros por primera vez desde que la he visto.

—Si dices la verdad, tenemos la posibilidad de que los imputen, de hacer que este tipo de cosas cambien. Después de eso, podemos demandar al Departamento de Policía para que saques el dinero suficiente como para no volver a tener que hacer eso. —Suspira—. Por el momento, nos preparamos. Van a venir a por ti con todo lo que tienen. En cuanto el fiscal del distrito nos avise de que te han citado, vas a tener que estar lista para cualquier pregunta, para cualquier cosita que quieran saber. Solo el fiscal del distrito, el jurado y un secretario judicial estarán presentes para tu testimonio, porque el gran jurado es algo privado. Eso significa que tendremos que prepararte bien para que ni siquiera me necesites cuando estés allí. Por el momento, tienes que pasar desapercibida. No quiero que estés en la calle ni que te acerques a ningún policía pase lo que pase, ¿entendido?

Asiento, y sé que, al confiar en Marsha, estoy renunciando a la calle, a mucho de lo que ha pasado a ser mi mundo, al menos por el momento. Imaginaba que me iba a parecer una celebración, y en cierto modo lo es, pero también me parece algo por lo que llorar, pues sigo intentando entender los meses, los hombres y lo que he tenido que dejar para conseguir la sensación de estar al mando, de que soy dueña de mí misma aunque sea por un instante, antes de que todo se haga añicos y me acuerde. Cuando estoy cansada y tengo frío y solo me apetece hacerme un ovillo en una cama que no sea un sofá o comer algo que no haya pasado por el microondas. Marsha me dice que soy libre, pero sigo viviendo con las consecuencias de la calle, del trabajo que se suponía que solo iba a ser un trabajo hasta que se convirtió en mucho más.

Marsha parece lo bastante satisfecha y dice que me llevará a casa. Todavía queda la mitad de la pizza, y me dice que me la puedo llevar. Trevor se la va a zampar entera, a llenarse la panza hasta que le deje de ver las costillas. Pensar en ello me hace sonreír de verdad por primera vez en toda la semana.

Antes de que me deje salir del coche, Marsha estira una mano para darme un apretón en la mía. La suya es tan pequeña que seguro que sus dos puños son del mismo tamaño que uno de los míos.

—Si haces como que sabes lo que haces, los demás creerán que es verdad. Y ya está, así es como ganarás contra esos cabrones. —Oír a Marsha soltar un taco es como oír hablar a un perro, y sé que es justo como ha querido decírmelo, para que no pueda pasarlo por alto. Asiento, salgo del coche y me acerco a la puerta.

La piscina de mierda me da la bienvenida, y esta es la última vez que paso por su lado sin los gritos de los periodistas, sin los destellos de las cámaras, sin los guardias de seguridad que Marsha contrató y que me dicen que han venido a acompañarme. Es la última vez que veo el agua turbia, ese movimiento sutil, el torbellino acuático que hay junto a mi puerta. La citación me llega a la mañana siguiente, y casi se me olvida lo que es despertarme con el sonido de las carcajadas de Dee, con Marcus en el sofá, con un día entero que se vuelve borroso con las farolas.

CAPÍTULO VEINTIUNO

Trevor quiere aparecer en la tele. Cada vez que salimos de casa, se enfada porque vamos por detrás, por la ruta que ninguno de los periodistas conoce. Se queja y dice que, si yo voy a ser famosa, él también debería serlo. No sabe lo que dice, pero verlo sujetar el balón me recuerda a las ganas que tengo de agarrarlo de la muñeca para mantenerlo a mi lado.

Hoy estamos encerrados, porque Marsha me ha llamado y me ha dicho que no saliera y que no le abriera la puerta a nadie. Sonaba aterrada y hablaba deprisa, y me ha parecido que quizá fuera porque iba a pasar de verdad, que estaban preparando las esposas para mí y que me iban a meter en el árbol genealógico entre rejas que es mi familia. Marcus me llama cada día, más apenado que nunca, y sé que perder al tío Ty le ha afectado mucho. No dejo de decirle que estoy en ello, pero Marsha no me dice nada de él, y la mayoría de los días me parece que debería dejar de contestar cuando me llama. Solo que entonces tendría que contarle la verdad a Marcus, que lo más seguro es que no pueda salir de esta. Y también tendría que contarme la verdad a mí misma: que estoy tan sola como Trevor.

El crío está sentado en la cama, con todo un mazo de cartas esparcido delante de él, feliz por no tener que ir al cole. No sé a qué tipo de juego cree que está jugando, pero a mí me parece el modo en que solía barajar yo antes de que Alé me enseñara. Aunque no he dejado de llamarla, hace días que no me contesta, y soy demasiado orgullosa como para volver a llamarla y encontrarme con su buzón de voz al otro lado de la línea.

Marsha me pidió que me reuniera con ella en la puerta de atrás a las once. Son las 11:03 a.m., y le digo a Trevor que ya vuelvo, bajo por las escaleras y me acerco a la puerta trasera. Oigo el murmullo de los periodistas en la calle High, al otro lado de la piscina. Cuando abro la puerta, veo a Marsha con una mano en la cintura, la cabeza ladeada y las cejas arqueadas, como cada vez que se enfada conmigo.

—Llegas tarde —dice.

No me molesto en contestar, porque sé que no cambiará nada, y Marsha ya debería haberse dado cuenta de que no debe esperar que llegue a tiempo. La llevo por las escaleras hasta la puerta de casa. Esta mañana le he dicho a Trevor que una señora blanca iba a venir a hablar conmigo, así que está ahí sentado, con la cabeza apoyada en una mano, sin mirar hacia sus cartas, para esperarla. Se le ilumina la mirada nada más verla, como si fuera un juguete nuevo, y no lo culpo.

La observo al entrar: pisa con el talón primero, con sus tacones, mientras que nosotros vamos descalzos y pisamos fuerte. En nuestro piso, parece perdida, con miedo a que el suelo vaya a ceder bajo sus pies.

—¿Quieres sentarte? —le pregunto, y señalo hacia la mecedora.

Me subo a la encimera para poder ver tanto a Marsha, cuando se sienta en la silla, como a Trevor, que no cesa de mirarla desde el colchón. La abogada deja caer su peso en la mecedora y da un respingo cuando se le mueve el asiento. Atrás y adelante. Atrás y adelante. Se acomoda en el vaivén y cruza una pierna sobre la otra.

—No se han quedado de brazos cruzados durante estas semanas —me explica, y me da la sensación de que es una presentadora de las noticias que está a punto de hablar de un reportaje trágico—. El Departamento de Policía ha cambiado de jefe tres veces esta última semana, y nos han pedido que fuéramos a hablar con la jefa de policía interina, Sherry Talbot.

—Vale. —No sé por qué está así de nerviosa, con los hombros tan tensos que le llegan a la altura de las orejas. Me cuenta toda la historia, de cabo a rabo, y le va dando emoción como hace siempre. Miro a Trevor de reojo y veo que no deja de mirarla sin parpadear.

Según parece, hay fotos de uno de esos jefes en la misma fiesta en la que trabajé, aquella en la que Traje Morado, o, mejor dicho, Sandra, me encontró, así que lo han vinculado al encubrimiento. Así lo llaman: encubrimiento. No sé si se refiere a mí o a ellos, si están encubriendo el hecho de que ocurrió o el hecho de que todos lo sabían. Marsha dice que no está muy claro, que todo son rumores de prensa amarilla.

—Bueno, la cosa es que la jefa nueva nos ha invitado a que vayamos a hablar con ella, y te aconsejo que le hagamos caso.

—¿Por qué? —Balanceo las piernas atrás y adelante sobre la encimera—. Si no te cae bien y no estamos obligadas ni nada, ¿por qué quieres que vayamos?

—Tiene contactos; lo que sea que quiera decirnos podría afectar a la investigación o a tu testimonio. —Marsha me dice que no está muy segura de que los vayan a imputar al final, aunque me explica que la mayoría de los grandes jurados sí que suelen acabar imputando al acusado. Lo que pasa es que la mayoría de ellos no intenta ponerle la soga al cuello a las mismas personas que lo componen. La preocupación se le nota en la mirada, y entonces añade—: También podría ayudar a Marcus.

Vuelvo la vista de repente ante esas palabras y me bajo de la encimera.

—Vamos, entonces. ¿Cuándo es?

—La reunión empieza al mediodía. Tengo el coche aparcado fuera.

Asiento, ya poniéndome los zapatos, y me acerco a Trevor.

—Volveré en un par de horas. Hay comida en la nevera, ¿vale? No salgas de aquí ni hagas tonterías. —Le doy un beso en la coronilla, y se aparta.

A Marsha le cuesta salir de la mecedora. Recobra el equilibrio, se alisa la falda y abre la puerta, de modo que la luz invade el piso. La sigo por las escaleras y tardamos bastante, dado que tiene que detenerse en cada peldaño para asegurarse de estar pisando bien con sus tacones.

Salimos por detrás, con la mirada gacha, pero, justo antes de llegar al coche, el enjambre de periodistas nos da alcance y me pregunta qué opino de que el jefe Clemen dimitiera tan solo unos días después de que el jefe Walden hiciera lo mismo, si había hablado con ellos, si el alcalde estaba involucrado en el encubrimiento, si conocía a la nueva jefa.

Marsha me hace pasar al asiento del copiloto y corre todo lo deprisa que puede con su falda de tubo hasta el del conductor, sube y arranca.

Estas dos últimas semanas han sido un torbellino. He dado las gracias a cada dios que pueda existir por poder contar con Marsha y he deseado que se metiera los tacones por la garganta a partes iguales. Marsha se puso en contacto con una organización benéfica para que me entregaran un fondo de emergencia para poder pagar las facturas y hacer la compra. Dejé de pagar el alquiler de Dee, y hace unos días oí los golpes en su puerta, el nuevo aviso de desahucio pegado a la pintura. Vernon va en serio esta vez y no va a posponer echarlos ni una sola vez más. Dejará todas sus pertenencias en la calle en una semana. Nadie ha venido a buscar a Trevor todavía, pero algunas noches, cuando lo veo hecho un ovillo en el colchón, me preocupa que sí lo hagan.

Cuando Marsha se presentó con el cheque del fondo de emergencia, una culpa me removió el cuerpo entero, y me entraron ganas de gritarle, por mucho que lo único que hubiera hecho fuera mantenernos con vida. Son los efectos secundarios de haber dependido solo de mis pies y del balanceo de mis caderas durante tanto tiempo: ya no puedo soltar nada, dejar que la bahía fluya.

Marsha tiene una lista de delitos por los que dice que vamos a tener que denunciar al Departamento de Policía y a la ciudad en cuanto acabe lo del gran jurado. Intenté decirle una vez más que no era eso lo que quería, que solo quería volver a mi vida de antes de haberme cruzado con las sirenas. Ella me dijo que sería de ahí de donde sacaría el dinero, y nunca me había imaginado que una señora blanca menuda podría parecerse tanto a mi hermano.

Después de eso trajo a Sandra, para convencerme de que es para que se haga justicia, para dejarles claro que no pueden hacer algo así e irse de rositas. Por mucho que sepa que una mujer puede ser tan peligrosa como los hombres —la detective Jones, sin ir más lejos—, cuando encuentras a las que tienen cicatrices pintadas en la piel, como constelaciones, consigues algo mejor que la luna, mejor que ninguna otra cosa. Alguien que sabe qué es aferrarse a algo que le ha pasado, quiera hacerlo o no. Dudo que conozca las calles como lo hago yo, pero hay algo en su forma de hablar que me hace sentir como que me conoce.

En la autopista, de camino a la reunión con la jefa de policía, le suplico a Marsha que me deje conducir, como hago cada vez que nos subimos a su coche. Es un ritual.

—¿Tienes carné? —me pregunta.

—Todavía no, pero te digo que conduzco de muerte. Porfa, Marsh, venga.

Niega con la cabeza.

—No te voy a dejar conducir sin carné.

Cada vez que me dice que no, me pongo a rebuscar en su guantera. Me permite hacerlo durante un par de segundos, antes de empezar a removerse en su sitio, y luego me pide que «deje de toquetear por ahí», y yo, cómo no, no le hago caso. Tiene notas adhesivas repartidas por ahí dentro, con mensajes extraños como «patatas» o «devolver la llamada».

Tras soltar un resoplido, me dice:

—No sé por qué me someto a esto por voluntad propia. —Se hace una coleta mientras intenta seguir conduciendo recto.

—¿Por qué lo haces? —Ahora que lo pienso, no le he preguntado por qué le dedica la mitad de su tiempo a mi caso y a mí, por mucho que tenga toda una fila de personas dispuestas a vaciarse los bolsillos en su dirección.

—Por la justicia, ¿no? —Hace como que se lo toma a cachondeo, aunque su tono de voz me dice que es mentira. Además, no creo que le importe un comino la justicia. Tampoco es que le dé igual, pero vive más a corto plazo. Y a la mujer le gusta el dinero y comprarse cosas.

—Y una mierda.

Marsha me mira de reojo, ve algo en la guantera y lo saca. Son gafas de sol de marca. Usa la mano libre para ponérselas antes de seguir hablando.

—Ya te lo dije cuando nos conocimos. Es un caso mediático, así que mi nombre saldrá por todas partes, y así tendré más clientes. —No me convence.

—¿Y qué más?

—Y que la mayoría de los clientes que tengo solo están dispuestos a pagarme tanto porque quieren una mujer que los defienda en un caso de violencia doméstica.

—Ajá. Te has hartado de representar a capullos.

Alza una mano.

—¿Y quién dice que tú no lo seas?

—Que te den —le digo, con un codazo juguetón. Y, por primera vez desde que nos conocimos, no me corrige ni me dice que no suelte tantas palabrotas. En su lugar, sonríe y estira la mano por delante de mí otra vez para rebuscar en la guantera y sacar otro par de gafas de sol. Me las da, y me las pongo. El mundo adquiere un color castaño que hace que todo quede amortiguado.

Aparcamos en la comisaría de Oakland, y esta vez el metal no me parece tan aterrador, sino que casi nos recibe con los brazos abiertos. Debe ser el color castaño, el modo en el que lo tiñe todo de un tono marrón que conozco muy bien. O también puede que sea por Marsha. Ya he aprendido a seguirle el ritmo a sus zancadas, de modo que caminamos una al lado de la otra, con el tintineo de sus tacones y los chirridos de mis deportivas al pisar un linóleo que no está pensado para mujeres como nosotras.

Marsha no se detiene en el mostrador de recepción como esperaba que hiciera, sino que va directa al ascensor de personal. Nadie piensa en pararle los pies a una mujer con pinta de ser la jefa del lugar. Da igual que no tenga placa, que acompañe a una chica negra con tejanos llenos de agujeros. La mayoría de las mujeres blancas, por defecto, creen que son dueñas de cada sala en la que entran, y Marsha no es ninguna excepción.

Dudo antes de seguir a Marsha al ascensor, el cual está vacío salvo por nosotras. Nos deja en el último piso, y es como recorrer el baúl de los recuerdos hasta llegar a la primera vez que entré en este edificio. Ya han reemplazado el nombre en la puerta del jefe con una cinta con «Talbot» escrito en rotulador. La puerta está entreabierta.

Marsha anuncia nuestra presencia al llamar a la puerta, y una voz nos indica que pasemos y que nos sentemos. El despacho está cubierto de gris, acentuado por el cojín amarillo y desgastado que hay en una silla vacía.

Talbot se pone de pie cuando entramos y completamos todos los cruces de apretones de mano. Es bajita y de raza ambigua, de un modo que me asegura que, cuando era pequeña, los demás le preguntaban qué era, a lo que ella seguramente respondía «humana», porque, cuando se emborronan todos los límites, es más fácil acabar siendo alguien rígido y sincero como Talbot. Extiende una mano en mi dirección y se la estrecho, después de luchar contra todas las nociones que mi piel tiene sobre lo que es correcto y lo que no. Marsha dice que la apariencia lo es todo, por lo que se espera que las mantengamos.

Marsha saca una silla plegable de un rincón de la sala para colocarla junto al escritorio, detrás del cual Talbot se ha vuelto a sentar. Yo me siento en la silla amarilla y miro por la ventana. Estamos a principios de mayo, en plena primavera, con el cielo más azul que nunca y ni un atisbo de niebla en el puente. Una bandada de gaviotas sobrevuela la bahía en línea recta, cerca del agua, y produce una sombra reflejada.

Trago en seco y me siento como Marsha, con la espalda recta y las piernas cruzadas. Tengo un agujero en los tejanos, a la altura de la rodilla, y me pongo a juguetear con él por instinto. Cada vez que hago algo que no debo, Marsha rechista, como el sonido que viene antes de un sermón, y no dice nada más, sino que espera a que me dé cuenta yo sola. Llevo las manos debajo de las piernas y pongo los ojos en blanco en dirección a Marsha, un gesto que detesta.

Sin mayor preámbulo, Talbot empieza a ofrecerme formas de pagarme para que me quede calladita, y dice algo sobre cómo «hacer que todo sea más llevadero para todos». Marsha intercede y dice que, si se llega a algún acuerdo, se hará legalmente.

Talbot se pone a hablar de Marcus. Nunca había oído unas palabras tan horribles salir de la boca de alguien que las suelta sin una sola emoción. Su voz es monótona, como si estuviera hablando de sus planes para cenar en lugar de insultando a mi familia y decir que conoce a algunos jueces a los que les gusta aplicar sentencias larguísimas a los drogatas. Dice que también conoce a varios agentes de libertad condicional, por si a mi madre le apetece volver a su celda. La forma de hablar de Talbot me hace removerme como Marsha en el coche, con sus dientes castañeando entre palabra y palabra, con su barbilla huesuda hacia fuera y esa sonrisa que no se le va de la cara.

Marsha se endereza aún más, y está claro que ya no quiere estar aquí.

—Aunque creo que no nos habíamos visto antes, yo también conozco a varias personas que están por encima de usted en el departamento. Si quiere que hable con ellos sobre prácticas poco éticas de chantaje y de intervenciones en una investigación, yo encantada. —Marsha imita la sonrisa de Talbot y muestra su dentadura más aún. Talbot suelta una tosecita antes de contestar.

—No será necesario.

—Me alegro. —Marsha recoge su bolso del suelo—. Si eso es todo, nos iremos ya. —Se pone de pie y me hace un gesto para que haga lo mismo.

Talbot se levanta también, con la mirada clavada en mí.

—Ahora que lo dice, también quería notificar a la señorita Johnson de cuál es el protocolo que seguimos en cuanto a los menores desatendidos y el tenerlos escondidos: la ley nos obliga a avisar a Servicios Sociales. —Talbot cierra la boca, y oigo cómo los dientes se encuentran detrás de sus labios—. Quería que lo supiera antes de testificar.

Otra vez esa sonrisa enfermiza, del mismo color que el cojín amarillo.

Marsha me pone una mano en la baja espalda para darme un empujoncito y que salga por la puerta, la cual cierra con fuerza detrás de ella. Antes de emprender el camino de vuelta al ascensor, Marsha estira una mano hacia la puerta y arranca la cinta con el nombre de Talbot escrito.

De vuelta en el coche, me percato de que no dejo de temblar, de forma constante por mucho que solo sea un poco, y sé que me estoy enfrentando a mi peor miedo. Trevor es la razón de ser de mucho de lo que ha pasado estos meses, y ahora está en riesgo: otra persona más afectada por una decisión que no sabía que estaba tomando al subirme al coche de Davon aquella primera noche. Pese a que se supone que es Marsha quien debe arreglarlo todo, cuando arranca el coche suelta todo el aliento que lleva dentro y se pone a maldecir. No la he visto soltar tantos tacos desde que se le rompió el tacón la semana pasada, mientras caminábamos por el vestíbulo de su oficina.

Sigue despotricando, dándole puñetazos al volante de ese coche elegante que tiene, cuando aparca frente al Regal-Hi, sin cámaras a la vista. Empezamos a retrasar la hora a la que me dejaba en casa para que los periodistas no pudieran anticipar cuándo íbamos a llegar, por lo que la mayoría de ellos ya se han ido. Hay dos sentados en la acera, con la mirada perdida en el móvil.

Antes de que pueda preguntarle qué vamos a hacer, Marsha me dice que me llamará más tarde y espera a que cierre la puerta ante el sonido repetido de su voz aguda soltando «joder» sin parar.

CAPÍTULO VEINTIDÓS

—¿Qué coño te ha pasado? —En cuanto abro la puerta, veo un reguero de gotas de sangre seca que van hasta el colchón, hasta Trevor, doblado sobre sí mismo y escupiendo saliva con sangre en la sábana en la que sus cartas siguen desplegadas. Ni siquiera le veo los dientes con la boca abierta, con el color rojo que cubre el blanco.

Me arrodillo delante de él y le pongo una mano debajo de la cabeza para alzarla, para que no tenga que soportar el peso de su propio cráneo. Se queja y ladea la cabeza un poco más, hasta que me vomita en la mano, me vomita de verdad: sus cereales favoritos, teñidos de color burdeos oscuro.

—Ay, cielo. —Uso la otra mano para recoger una camiseta sucia del suelo y limpiar el estropicio. Se junta todo en una mezcla de tonos rojos y anaranjados, líquida y sólida al mismo tiempo. Cargo con Trevor, límpido e inmóvil, para tenderlo en la cama del todo y apoyarle la cabeza en una almohada—. ¿Ya está? ¿Tienes más ganas de vomitar? —le pregunto. No me responde, pero sí niega con la cabeza lo suficiente como para que me quede tranquila dejándolo tumbado mientras voy a por un paño y lo humedezco en el fregadero antes de llevárselo de nuevo.

Trevor tiene tanta sangre en la cara y está tan hinchada que se le mezclan las facciones, que no se ve que tiene los ojazos más preciosos del mundo, que nadie diría que puede ir de la tierra al agua y seguir siendo un chico larguirucho y grácil.

Incluso con lo alto que es y sus nuevos músculos, Trevor es delgaducho. Le quito la camiseta, y su costado izquierdo se está poniendo azul. Lo veo cambiar de color de verdad, cada vez más oscuro en dirección a su cadera.

—Ay, cielo —repito, y él se queja de nuevo. Le digo que lo voy a tocar y que le va a doler.

Empiezo a limpiarle la cara con el paño, aunque no consigo quitarle la sangre que ya se ha secado. Cuando me pongo a ello, Trevor abre la boca tanto como puede y suelta un rugido que es mitad grito y mitad gorgoteo. A pesar de que nunca he visto a un cachorro de león en persona, me imagino que el sonido debe ser el mismo, cuando todavía son jóvenes y tienen miedo.

No logro limpiarle la sangre de la cara, sino que más bien solo la hago migrar de los ojos a la boca.

—Tengo que meterte en la ducha, Trev. Estará fría, pero eso ayudará a que no se te hinche tanto la cara, antes de que se te cierren los ojos.

Niega con la cabeza con unos movimientos leves al principio que aumentan de intensidad cuando lo muevo.

—Tengo que limpiarte, cariño, lo siento. —Lo alzo en brazos, y, si bien es más alto ahora, su cuerpo huesudo es lo bastante ligero como para que pueda llevármelo cerca del pecho y acunarlo, con las piernas colgándole según me incorporo y arrastro los pies en dirección al baño.

Lo dejo en la ducha, de modo que tenga la cabeza inclinada hacia un rincón. Se desploma en cuanto lo suelto para abrir el grifo. El agua sale rosa.

Le digo a Trevor que mataré a quien sea que le haya hecho eso, que más le vale contarme lo que ha pasado en cuanto su boca aprenda a hablar otra vez. No sé qué más decirle, pero vuelve a quejarse, a gorgotear y a vomitar.

Me meto en la ducha con él para asegurarme de que no se trague nada de vómito ni agua y le limpio los ojos. Sus ruiditos aumentan de volumen, y lo único que se me ocurre es cantarle. Le pregunto si quiere que le cante algo, y, si bien no me responde, tampoco niega con la cabeza, sino que deja de quejarse durante unos momentos.

Todas las canciones que he oído en la vida me pasan por la cabeza, aunque más que nada solo son canciones instrumentales, o solo oigo la trompeta o el bajo. La única con letra que recuerdo es una que papá solía cantarme, la única que me cantó alguna vez. Creo que es de algún tipo de los años cincuenta y que habla de que quiere pegarle a su chica, pero la forma que tenía papá de cantarla te hacía pensar que era una canción de amor.

En serio,
estoy listo para la cacería,
llevo buscando a mi Trevor todo el día.

Cambio la letra para incluirlo a él, y, cuando digo su nombre, mueve el rostro un poco, y no sé si sonríe o si frunce el ceño, pero ha dejado de rugir, y ya casi no tiene sangre en la cara. Cierro el grifo y le quito la ropa antes de volver a cargarlo en brazos, ya desnudo. Lo siento en el retrete y me pongo de pie para quitarme la ropa, que se ha empapado, y me quedo con un sujetador deportivo y unos de los bóxers viejos de Marcus. Abro el armario del baño y saco el tubo de manteca de karité. Me siento en el suelo, delante del retrete, y me pongo a Trevor en el regazo para volver a acunarlo.

—Vale, ya hemos acabado con lo peor —canturreo—. Esto también te ayudará a ponerte mejor.

Tomo un puñado de manteca y se la froto por el torso; delineo cada costilla hasta que su piel marrón reluce. Paso a su clavícula, y el lado izquierdo está hinchado. Se estremece, aunque sin llegar a gruñir del todo. Cuando llego al cuello y a la cara, muevo las manos en círculos. Ahí sí que empieza a quejarse de nuevo, esta vez con el tipo de gemido que sueltas cuando puedes rascarte por fin algo que llevaba tiempo picándote. Le trazo las letras de su nombre en la frente para intentar hacer unos movimientos delicados pero lograr que la sangre fluya al mismo tiempo.

Cuando ya está todo suave y reluciente, cargo con él de vuelta a la cama y lo dejo en el suelo, saco una muda limpia del cajón y lo ayudo a vestirse. Hago una cama con las almohadas que hay al lado del colchón para poder lavar las sábanas y le pongo una mano en la mejilla. Incluso después de la ducha, tiene los ojos cerrados por la hinchazón.

—Ya puedes dormir, cariño. Descansa un poco.

Se pone a roncar como de costumbre en cuestión de minutos, y yo hago una bola con las sábanas para meterlas en el cesto de la colada. Cada vez que me doy la vuelta, me pierdo tanto en el ritmo de sus ronquidos que espero volver a mirarlo y verle la cara, con esos labios perfectos, tranquilo e infantil. Solo que la imagen real no es para nada así. Está golpeado e hinchado, y sus labios son una mezcla de colores que ojalá no existieran en su mundo, y parece que podría ser un hombre metido en el cuerpo de un niño pequeño.

Me pongo a cantar otra vez. No porque crea que puede oírme, sino porque me estoy mareando, y lo único que quiero es que papá vuelva desde el más allá en forma de fantasma, en forma de luna, y me cante.

Me despierto cuando alguien llama a la puerta y me tambaleo camino a la lámpara. Primero echo un vistazo por la mirilla; fuera hace mucho sol, y no sé si es que todavía no se ha hecho de noche o si ya es sábado por la mañana. Tony está justo donde debe estar el sol, de modo que el rostro le queda ensombrecido, pero su silueta está rodeada de luz.

Abro la puerta y salgo al rellano antes de cerrarla con suavidad a mis espaldas. Ahora sí que veo el sol, y debe ser por la mañana, porque se ha alzado por el este, justo por encima de la piscina de mierda.

—Hola. —Alzo una mano por arriba de los ojos para resguardarme del sol que no tapa Tony con el cuerpo.

Tiene las manos metidas en los bolsillos de su vieja chaqueta tejana y me sonríe como si le hubiera iluminado el mundo entero con una sola palabra.

El problema que tiene Tony es que cree que me va a solucionar la vida, que se la va a solucionar a todo el mundo. No hace nada para sí mismo, sino que prefiere seguirme a todas partes con la esperanza de que pueda cambiarme la vida con su amor. Hay días en los que lo miro y solo tengo ganas de ponerle una mano en la mejilla para cerciorarme de que sigue estando cálido, de que se guarda algo de calor para sí mismo. Y también hay días en los que la masa corporal de Tony me arrebata mi propia sombra. ¿Cómo voy a hacer algo cuando se pasa el día mirándome, listo para saltar y salvarme?

Tony me dio un respiro luego de que arrestaran a Marcus; me contestaba cuando lo llamaba, pero no se pasaba por aquí a menos que se lo pidiera. Y luego, un par de días posteriores a lo de la citación, lo llamé entre sollozos después de que uno de los polis me agarrara fuera de la licorería, me metiera los dedos por los pantalones, dentro de mí, y tirara hasta rascarme con las uñas por dentro, hasta que su puño salió goteando sangre. Me metió esos mismos dedos en la boca y me dijo que recordara ese sabor. Que eso sería lo que me pasaría si decía su nombre. La cosa es que no sé cómo se llama, ni siquiera recuerdo su número de placa. Reconocí su bigote más o menos, la voz que ya había oído en no sé qué fiesta. Y ahora no me lo quito de la lengua.

Tras llamar a Tony ese día, vino a buscarme adonde estaba, hecha un ovillo junto a la piscina, para evitar entrar en el piso, donde Trevor me iba a estar esperando para que le hiciera la cena. Se arrodilló a mi lado y no me preguntó lo que había pasado, aunque estoy segura de que pudo olerlo. Lo dejé que me abrazara porque no sabía lo que quería, y la opción por defecto siempre es un roce, la piel, y Tony estaba encantado de proporcionármelo.

Desde entonces, Tony ha estado a mi lado. Se pasa por el Regal-Hi para cuando estoy preparando a Trevor para ir al cole, solo para acompañarnos al coche de Marsha o al bus. A veces también viene a cenar. Algunos días vuelvo a casa y lo veo fuera, esperando. No tengo ni idea de por qué insiste en meterse en mis líos cuando no tiene por qué hacerlo. Anoche lo llamé mientras Trevor dormía y le pedí que trajera un kit de primeros auxilios.

—Me dijiste que me llamarías cuando quisieras que me pasara por aquí. He traído lo que me pediste —dice, y alza la cajita metálica.

Señalo hacia la puerta del piso con la barbilla.

—Me quedé dormida. —Acepto la caja—. Gracias. Trevor no me ha contado nada aún, pero me imagino que alguien le dio una paliza.

—Joder.

Creí que ver a Tony aquí, que hacer que viniera para ayudarme a cargar con el cuerpo de Trev y a darle de comer con una cuchara lo mejoraría todo. Sin embargo, tenerlo aquí delante, dispuesto a coser lo que yo le diga que se ha desgarrado, solo hace que todo sea peor.

Lo quiero, de verdad que sí, pero no lo conozco. No lo conozco más que a Cole o a Camila: han estado ahí, aunque nunca lo bastante cerca como para que aprendiera el nombre de su madre o supiera cuántos años tenían cuando empezaron a ir en bus solos.

—¿Puedo hacer algo? —Su expresión es una mezcla de nervios y tristeza llena de esperanza. No pasan de las 09 a.m., y está aquí, cuando bien podría haber salido a buscarse la vida. Está aquí, seguro que cociéndose la nuca llena de ampollas por el sol para mirarme, con la esperanza de tener algo distinto a lo que le he dado siempre. No se merece nada fraccionado, y eso es lo único que tengo, lo único que estoy dispuesta a dar.

—Tony. —Lo digo poco a poco, lo suficiente como para creer que puede entenderme. Baja la mirada hacia sus pies grandes y vuelve a mirarme. Pese a que no se pondría a llorar delante de mí, esto es lo más que se ha acercado nunca—. Ya no tienes por qué hacer esto. —Tengo las manos manchadas de la sangre de Trevor, lo único en lo que pienso es en las ganas que tengo de salir del sol, y apostaría algo a que lo único en lo que puede pensar Tony es en mí.

Abre la boca lo suficiente como para que salga el sonido.

—Sabes que no me molesta.

Y eso es lo peor, que se pasaría décadas así, que seguiría igual hasta que el día de funeral me llamara a la puerta y lo dejara llorando en la tumba de alguien que nunca le dio nada más que cenizas. Pienso que, en el otro mundo que la medianoche deja ver, ese lugar en el que todo el mundo camina un poco distinto, hay una versión de nosotros en la que acepto que Tony lo sea todo y lo tenga todo. No es un mundo mejor, pero sí es uno en el que nos conformamos con lo que tenemos, donde nadie persigue a nadie y donde lo dejo llorar por mí después de tantos años de haberle dado la espalda y haberme alejado de él con la esperanza de que no me siguiera.

Siempre he esperado que acabara así, conmigo siendo lo bastante valiente como para suplicarle y convencerlo para que me dejase ir.

—Sal de aquí. No me necesitas. —He estado evitando esa expresión de tristeza en su cara desde que Marcus me lo presentó.

Tony nunca me discutirá nada. Creo que eso es parte del problema. Cada vez que lo vuelva a llamar, me contestará y correrá hacia mí del modo en que quiero que lo haga Alé ahora mismo, cuando todo parece estar desapareciendo. No puedo quedarme sentada junto a la piscina y dejar que Tony me abrace solo porque no me gusta la brisa, porque no me gusta la noche sin que él me vigile desde las sombras.

Me da una mano, se la lleva a los labios, me abre la palma y me da un beso.

Lo observo según sale del Regal-Hi, seguramente hacia un enjambre de cámaras, y sé que pronto voy a tener que decidir cómo voy a apoderarme de mi vida. Cómo voy a llegar al momento en que Trevor y yo volvamos a hacer que la ciudad sea nuestra, en que ganemos todas las apuestas y tengamos un imperio, con el cuerpo restaurado. Quizá todo empiece en el juzgado en dos semanas. O en estas calles. O metiendo los dedos en la piscina. En cualquier caso, sé que ya no me queda mucho tiempo para decidirme, para encontrar cómo salir de esta trampa.

CAPÍTULO VEINTITRÉS

No puedo dejar de mirar por la mirilla. Ni siquiera sé a quién espero ver en el rellano, con los ojos hinchados. Quizás a los polis, o a una mujer trajeada que haya venido a buscar a Trevor, o a lo mejor a mamá. A mamá, seguramente. Me llamó menos de una hora después de que Tony se marchara, desde un teléfono nuevo, y me dijo que la habían soltado de La Flor de la Esperanza hacía un par de días, que al agente de la condicional le gustó mucho mi carta. Casi se me había olvidado que la había enviado, después de haber ido a ver a mamá en febrero.

Cuando me llamó, me dijo que estaba en casa de una amiga en el este de Oakland y me dio la dirección. Colgué antes de que pudiera decirme nada más.

Si bien no me dijo que fuera a pasarse por el Regal-Hi, no logro quitarme la idea de la cabeza de que la voy a ver por la ventana, de que va a llamar a la puerta. Que me asomaré y veré su rostro reflejado en la piscina.

El sol ya se ha puesto, y Trevor se ha quedado dormido de nuevo.

Nos hemos pasado los últimos tres días con las persianas bajadas, porque dice que cree que tiene un tambor en la cabeza en vez de cerebro, y los días en los que Marcus jugaba fútbol americano me enseñaron que las conmociones cerebrales necesitan dos remedios: oscuridad y silencio.

El problema es que un niño de nueve años no tarda nada en aburrirse y que no le gusta el sonido del silencio cuando no está durmiendo, de modo que le he leído el segundo libro de Harry

Potter enterito y le he estado tarareando la base rítmica de cada canción que conozco. Cuando me canso, pongo uno de los discos antiguos de papá con la esperanza de que Trevor se quede dormido con la música. Y, normalmente, así es.

Espero que se haya recuperado del todo para la semana que viene o así, porque tenemos a un montón de niñatos de doce años a los que darles una paliza. El domingo empezó a soltar frases completas de nuevo, dos días después del incidente, y me explicó lo que había pasado. Al parecer, Trevor decidió salir a escondidas mientras yo estaba con Marsha y se fue a la cancha a apostarle al mejor jugador de baloncesto de primero de secundaria que podía ganarle en un uno contra uno. El crío dijo que sí, y todo un grupo de ellos se reunió en la cancha para ver el espectáculo.

Cuando empezaba a parecer que Trevor llevaba las de ganar, el otro chico se puso nervioso y le dio un empujón para quitarle el balón. Trevor gritó falta y el chico se enfadó y llamó a sus amigos. Trevor me dijo que todo eso fue una excusa para acabar la partida antes de que perdiera, pero los chicos eran más grandes que él y también lo superaban en número, y, durante un día tranquilo de primavera, con todos aburridos, a los críos les gustan las peleas. Solo que no fue una pelea de verdad, porque Trevor se quedó en el suelo, recibiendo patadas, sin haber propinado ni un solo puñetazo. Dejaron a Trevor tirado en el suelo cuando unos chicos mayores se pasaron por ahí y les dijeron que sería mejor que se fueran a casa. Y ellos fueron los que lo ayudaron a ponerse de pie y lo llevaron de vuelta al piso.

Mientras Trevor me contaba la historia, los ojos se me llenaron de unos destellos de luz brillante, como lo que papá solía decir que eran las cataratas, solo que estas eran dolorosas y ardientes, llenas de ira. Le dije que íbamos a salir a buscar a esos malcriados, que me daba igual si yo tenía seis años más que ellos, y que les íbamos a dar una paliza en cuanto acabara lo del gran jurado y él se hubiera recuperado.

Trevor me ha estado preguntando qué es un gran jurado y por qué tenemos periodistas fuera todo el día, y yo le he contado que es por Marcus, por sacarlo de la cárcel, lo cual no es mentira pero tampoco verdad. Sé que no tengo nada de lo que avergonzarme, que no es como si Trevor no supiera que había estado en la calle haciendo algo que no debería, igual que sabía que su madre se pasaba el día colocada, por mucho que no supiera qué se metía. Aun así, no necesita ninguna otra razón por la que pasar miedo, por la que no confiar en nadie. Ya tiene suficientes.

Me ha dicho que quería salir esta mañana y ha intentado ponerse de pie, pero, como caminaba torcido, he puesto mi voz de madre y le he dicho que se quedase tumbado. Le he estado diciendo que he puesto cámaras por todo el piso, por lo que sabré si intenta moverse o ver una peli o algo cuando no estoy. Aunque no sé si me cree, será mejor que se acostumbre a que lo tengan vigilado, con la cantidad de gente que nos sigue para entrevistarnos. No puedo permitir que los periodistas lo vean con estas pintas, tan hinchado que nos mandarían a los Servicios Sociales antes de la hora de la cena.

El piso está más oscuro que nunca, y la imagen de Trevor envuelto en su propia sangre me vuelve a pasar por la cabeza, junto a la de la jefa Talbot y su sonrisa. Solo que tiene razón. Quizá lo esté empeorando todo para él, le esté quitando la única oportunidad de ser feliz. Este piso no sabe cómo acunar a un niño como Trevor, y yo tampoco.

Marsha no deja de llamarme, y hace días que no le contesto, porque ¿qué le voy a decir? ¿Que estoy lista para testificar y decir la verdad, para entregarme a una celda, a permitir que monten una redada en el piso para llevarse a Trevor y meterlo en una casa en la que a nadie le importe una mierda lo rápido que se mueve con la pelota de baloncesto ni qué canciones lo hacen menearse como si nunca hubiera tenido miedo de nada? Sin embargo, si no digo la verdad la semana que viene, Marcus no saldrá de Santa Rita. Lo más seguro es que lo manden derechito a San Quintín, y, para cuando pueda volver a tocarlo, mi huella estará arrugada y le colgará de un pliegue del cuello.

Estoy sentada en el suelo junto al colchón cuando oigo el ruido, lejano pero persistente. Solo puede ser Dee. Las carcajadas, ese ritmo en que parecen desvanecerse antes de fusionarse con la siguiente oleada, con la siguiente bocanada de aire que es tan ella. Me pongo de pie y salgo por la puerta con tanto sigilo como puedo para pasar por la fila de pisos.

La puerta del piso de Dee está abierta de par en par, y ella está sentada en el centro de la sala, con los pies juntos en la postura de la mariposa, con la cabeza más cerca de los pies que del techo. Deja la cabeza donde está cuando entro, pero mueve los ojos para mirarme, con el cabello apelmazado y los hombros que le sobresalen hacia arriba, como si estuviera intentando salir de su propio cuerpo, como si su esqueleto quisiera escapar.

—¿Tienes a mi hijo? —me pregunta entre los borbotones, entre las risitas involuntarias que se le escapan.

—Está a salvo —le digo—. Mira, Vern te ha estado buscando, así que ¿vas a volver y a pagar el alquiler o qué? Este mes no he pagado, y está a punto de desahuciarte.

Rehúye la mirada de nuevo, y sus risitas vuelven a ser un tarareo sin ritmo. Baja la cabeza más aún, cerca de los pies, y la oigo decir algo ininteligible desde donde su boca se encuentra con su cuerpo.

—¿Qué?

Alza la mirada de golpe.

—¿A mí qué me cuentas? No te debo una mierda.

Casi se me había olvidado que Dee puede hacer eso, oscilar muy deprisa entre la locura llena de risitas y las palabras punzantes.

Me acerco más a ella y me agacho hasta tener la cabeza justo por encima de la suya y mirarla a los ojos, a su interior. Es feroz.

—Me lo debes todo —le digo, con la saliva que sale disparada y los labios lo bastante separados como para que vea el filo de mis dientes—. Me debes una vida entera. —Separo los brazos, y mira en derredor, como si estuviera contemplando el lugar por primera vez: vacío, con la cama hecha, las sábanas dobladas, sin ningún rastro de vida.

Dee no me vuelve a mirar, sino que sigue con la vista fija en los pies, pero algo en ella cambia. Un atisbo de la mujer que se tumbó en aquel colchón a medio parto vuelve.

—Quiero verlo —me dice.

Niego con la cabeza, y, por mucho que no me vea, sé que lo nota.

—No tienes derecho a volver y verlo cuando te dé la real gana. ¿Qué clase de madre deja solo a su hijo durante semanas enteras? Estaría muerto si no fuera por mí; ¿es que no lo entiendes?

Ladea la cabeza para mirarme con una mueca en mitad de un rugido, el cual se acaba relajando hasta ser una especie de puchero extraño.

—Lo he intentado. —Lo dice en voz baja, como alguien podría decir «te quiero».

—¿Así es como lo intentas?

—Quiero mucho a mi hijo, pero el amor no arregla todo lo demás, no hace que se vaya. Tu madre lo sabía, y seguro que tu padre también. Ese chico me quiere. —No parpadea—. Me quiere tal como soy, aunque pronto decidirá que debería haber sido mejor para él. No sabes lo que se siente cuando tu hijo sabe que la has cagado y no puedes hacer nada por arreglarlo.

Se pone de pie y la veo por completo, incluso más delgada que Trevor. Pasa por mi lado, en dirección a la puerta. Cuando estamos fuera, escupe por encima de la barandilla, y oigo el esputo caer abajo, junto a la piscina. Se da media vuelta para mirarme.

—Me voy, así que puedes quedártelo para ti solita, ¿vale? Solo no te olvides de que ni siquiera él te va a perdonar por todo y que no vas a poder hacer nada por cambiarlo. —Escupe por encima de la barandilla una vez más y me da un empujón para meterse en su piso y cerrar de un portazo, de modo que me quedo sola en la oscuridad de la noche, sin saber lo que es real, sin saber qué clase de madre puede criar a un niño como Trevor y conseguirlo.

Vuelvo a mi piso y le dejo una nota a Trevor para decirle que voy a salir incluso antes de saber lo que voy a hacer, y la firmo con una «K» porque ya no sé ni qué nombre tengo. Me pongo los zapatos y el *blazer* negro del día del funeral y echo un último vistazo por la mirilla para asegurarme de que no haya nadie al otro lado. Solo farolas y la piscina.

Es la primera vez que salgo de casa desde que le dieron la paliza a Trevor. Salgo por la puerta de atrás y doy la vuelta a la manzana para ir a la calle High sin pasar por delante de las cámaras. La calle High sigue como siempre, incluso cuando lo único que parece ser constante en mi vida es el cambio, y oír los mismos silbidos de los mismos pervertidos de la misma esquina que cuando tenía doce años es tan reconfortante como escalofriante. El bus de la línea 80 para en la esquina, me subo y uso todas las monedas sueltas que llevo en el bolsillo para pagar el viaje antes de sentarme al lado de una anciana que murmura no sé qué de que se va a comprar un bocadillo.

Los fines de semana, papá solía llevarnos a Marcus y a mí al bus solo para pasar el rato hasta que mamá saliera del trabajo. Subíamos y se ponía a hablar con el conductor para intentar conseguir que Marcus y yo pudiéramos ir gratis. Nosotros éramos lo bastante monos, y papá sabía camelarse a los demás, de modo que solían decir que sí, y papá me sentaba en su regazo y me decía «así es como consigues lo que quieres, cariño. Cualquiera que diga que las palabras no valen nada miente». Entonces empezaba a sacudir las piernas, lo cual se sumaba al traqueteo normal del bus, y yo acababa bamboleándome en todas las direcciones, con unas carcajadas tan descontroladas que Marcus se contagiaba, como si de un resfriado se tratase.

Lo mejor y lo peor del bus es la gente. La mujer que tengo al lado se ha puesto a listar todo lo que quiere en su bocadillo. Como voy a estar un buen rato en el bus, me acomodo y miro más allá de la mujer, por la ventana. Pasamos por delante de un montón de taquerías, ninguna de las cuales le llega a la suela de los zapatos a La Casa, y nos metemos en la calle llena de iglesias, licorerías y funerarias, con un par de bloques de pisos y casas espolvoreadas por medio. El bulevar International es un paseo a través de todos los tipos de vida de East Oakland. Cada vez nos adentramos más en dicha zona, y confío en que la memoria me ayude lo suficiente como para saber cuándo bajarme.

He pasado la vida esperando dar con algo que fuera a hacer que mi cuerpo quisiera transformarse en un instrumento, solo para poder formar parte de cada canción que da pie a un baile improvisado, que hace que todo el mundo mueva el esqueleto. Como cuando papá se apuntó a los Panteras Negras y ocultó su alegría bajo la boina, ladeada a la perfección. Como cuando mamá se dio de bruces con la sonrisa de papá y supo que lo único que tenía que hacer era sujetarla con fuerza en el puño. Como Marcus con su micrófono. A veces, creo que pintar me da esa sensación, solo que no es suficiente, nunca me borra todos los demás momentos en los que la paz me parece algo imposible de alcanzar.

La ventana del bus me permite ver a muchísimas personas que viven dentro de su música. Un grupo de chicos que dan vueltas en círculo, montados en bicis, con una minicadena al hombro y moviendo la cabeza. En un semáforo cerca de la biblioteca, una chica y un chico, tal vez de doce o trece años, caminan juntos. El chico le pasa el brazo por los hombros a la chica, y las caderas de ella son demasiado anchas como para que puedan estar cómodos moviéndose tan cerca. La chica se apoya en él, y él le da un beso en la frente, y parece un gesto a medio camino de una llave de artes marciales, pero son jóvenes y felices, asombrados por la calle, con una bolsa llena de libros bajo el brazo de ella.

Creo que debe habérseme pasado ese momento en el que te tropiezas y acabas entrando en un tira y afloja con tu propia felicidad. Un par de semanas antes de la fiesta de Demond, me volví a encontrar con Camila antes de que se hiciera de noche, y me compró algo de cenar en el puesto callejero de tacos que hay en la calle High, tras lo cual nos sentamos en la acera a comer. Le pregunté cómo se las ingeniaba para estar tan contenta siempre, con la vida que llevábamos; cómo era que había empezado a hacer la calle.

La cara de Camila se retorció en una expresión tensa antes de volver a llenarse de calma.

—¿De qué me sirve pelearme con una vida de la que no puedo escapar? —En ese momento vi un retazo de la verdad que no había querido ver: Camila no es una mujer que brilla y camina con libertad, como una diosa que ha bajado de los cielos, sino que es una mujer que sobrevive, incluso si esa supervivencia implica tener que engañarse a sí misma para creer que el mundo es algo distinto, que su vida está llena de gloria.

No sé por qué, pero esa noche, junto al puesto de tacos, Camila no dejó de hablar y me contó partes de su vida que no sé si habrá puesto en palabras desde que las había vivido. Ahí empecé a entenderla mucho mejor. Lo único que había querido era vivir en su propio cuerpo como le diera la real gana, menear las caderas y contonearse con su ropa de color neón.

Camila había empezado a responder a anuncios de Craigslist cuando la página web todavía iba en pañales e internet era un lugar bastante vacío.

—Mi especialidad era responder a anuncios como «Hombre busca dominar a travesti joven». Eran bien puercos todos, pero yo era joven y me gustaba que alguien quisiera follar conmigo y pagarme el alquiler al mismo tiempo. Acabé pagando todo lo que quise con ese dinero: me operé la cara y pagué por las hormonas. Al final me acabaron contratando como *escort* en una agencia de verdad, aunque se llevaban una buena tajada de lo que ganaba, y ni siquiera me daban buenos clientes. Ahí fue cuando me encontró Demond.

»Cuando tenía tu edad, no podría haberme imaginado todo lo que tengo ahora. —Dio unos golpecitos en la acera con sus uñas postizas verdes—. No es una vida perfecta, pero es mejor que la que tenía.

Algo de cómo hablaba de ello aquella noche me pareció diferente, como si estuviera celosa de mí, como si quisiera poder volver atrás en el tiempo. Me contó que antes solían darle más palizas, que algunos hombres llevaban navajas a sus encuentros y que habían intentado mutilarla.

—Demond se asegura de que nadie me haga daño, siempre que le vaya llevando chicas nuevas. Ahora solo tengo clientes que no me maltratan, y Demond se asegura de que la mayoría ni siquiera sepa que existo.

Después de eso, Camila se acabó su taco y se puso de pie, me acarició la mejilla con un dedo y volvió al siguiente coche listo para recogerla.

Camila encontró un modo de sobrevivir, y Marcus encontró algo por lo que vivir, incluso si no ha llegado a dar fruto; por Dios, si hasta Trevor ha encontrado lo suyo, siempre galopando hacia la canasta más cercana. Y yo sigo esperando que un amor capaz de parar el universo me llegue de sopetón para darme la vuelta y extirparme todo lo podrido que llevo dentro. O al menos que me llegue algo que pueda hacerme la vida más llevadera, algo que no sea otra persona que se acabe marchando.

El bus se está acercando a Eastmont, y tiro del cable para indicar que quiero bajarme en la próxima parada. Pese a que las calles son planas en esta zona, los agujeros de la carretera son más hondos aún. La mujer del bocadillo sigue sentada a mi lado, murmurando para sí misma, y me pregunto si el bocadillo será de verdad, porque ya no hay ningún restaurante hacia donde se dirige el bus, y no tiene pinta de que se vaya a bajar pronto, con la cabeza tan encorvada que casi le llega al regazo.

Me pongo de pie y casi me despido de ella, pero no creo que se haya dado cuenta de que estábamos sentadas la una al lado de la otra, así que salgo sin mirar atrás, sin llegar a descubrir si se come el bocadillo o no.

Que sepa a dónde voy no quiere decir que quiera dirigirme hacia allí, hacia ella. En mi vida anterior a la calle, habría dicho que jamás pisaría una casa en la que vendieran droga. Hoy, sin embargo, ni siquiera me molesto en llamar a la puerta principal, sino que voy directa a la puerta lateral y la abro como si fuera mi propia casa. Lo que más miedo da de los lugares como este es lo silenciosos que están. Oigo golpes que provienen del bajo de una melodía, pero suenan distantes y amortiguados. Todo está a oscuras, y unos susurros flotan por la sala, seguidos de quejidos y de dientes que castañean.

La regla de oro para entrar en un lugar en el que se supone que no debes entrar es que no tienes que hacerte ninguna pregunta. No preguntes nada y no actúes como si no supieras lo que haces, porque eso te mandará adonde no quieres estar. Todo está hecho de madera, y los tablones del suelo están astillados. Cuando mamá me dio la dirección, sabía de qué lugar me estaba hablando: donde vivía una de sus amigas de cuando mamá no estaba segura de en qué bando del duelo debía estar. Subo por las escaleras y llamo a la puerta del piso que tiene una «C» enorme.

Mamá la abre.

Hace años que no pienso en lo que sería volver a tener a mamá fuera, en la misma ciudad en la que ocurrió todo. Cuando cumplí los dieciséis, estaba bastante segura de que no iba a volver a verla nunca y organicé mi propio día del funeral solo para ella.

Y, aun así, ahí está, metiendo las manos en las mangas de su vieja sudadera de *Purple Rain*.

—Creía que no ibas a venir.

Asiento. Si mamá me dijera que tenía superpoderes y que podía cambiar de forma, me lo creería. La mujer plantada delante de mí no se parece en nada a la que vi hace unos meses: se ha tragado a la que conocía hace unos años y ha masticado a la de la década pasada.

—¿Qué haces aquí? —Si no supiera que no es así, creería que mamá no tenía ganas de verme, con sus mejillas moviéndose de un lado a otro, como si tuviera la boca llena.

—No sé, estaba hablando con Dee y... Quería saber si me dirías por qué lo hiciste. —Necesito una respuesta, necesito que mamá cosa los retales de la vida que nos hemos labrado, que me dé un motivo que haga que me parezca mía otra vez, como si fuera alguien que conozco. Necesito que me diga que las madres son capaces de cambiar, que Trevor no tiene que perder la esperanza, ni Marcus, ni yo.

—Vale, hija. Vamos a dar una vuelta. Tengo que enseñarte algo igualmente. —Extiende una mano, todavía metida en una manga, como si me estuviera ofreciendo la nada. La acepto, y sale al pasillo, cierra la puerta tras ella y me lleva de nuevo al crujido de las escaleras, fuera de este ataúd con forma de almacén.

El frío del exterior me cala en el cuerpo.

—¿Seguro que quieres salir? Es tarde, mamá.

—No tardaremos nada. De verdad. —Señala hacia la calle con la barbilla.

No sé si es tan buena idea, pero a lo hecho, pecho: ya estoy aquí, dándole la mano a mamá como si fuera a disolverse en la palma de la mía. La sigo y le concedo su último deseo. Caminamos hasta que me llega el aroma del océano, el cual debe estar lo bastante cerca como para dejar su rastro en el ambiente, aunque demasiado lejos como para verlo.

—Antes de que te conteste, cariño, ¿puedes decirme tú algo?

Me encojo de hombros.

—¿Por qué te metiste con los policías, y más después de lo que le pasó a tu padre? Lo he visto en las noticias, y no estoy enfadada, solo quiero saber por qué.

No puedo mirarla a la cara.

—No sé. No tuve otra opción. Acabé metida en eso, y ya no pude salir, ¿sabes?

Mamá se detiene frente a un paso de peatones y espera a que pase un coche.

—Pues esa es la razón, cariño. Por eso hice lo que hice. Después de que muriera tu padre, me sentía como si se me hubiera ido la cabeza, como si me hubiera quedado sin cuerpo, y eso se transformó en algo de lo que no podía salir. Aunque una parte de mí debió recordar que la puerta no se cerraba, no soportaba seguir respirando ni un solo segundo más en el vacío que dejó tu padre, así que intenté acabar con todo sin pensar en la cerradura ni en ti ni en Soraya, solo que los cortes que me hice no fueron lo bastante hondos, y entonces me dijeron que Soraya había salido y se había ahogado en la piscina, y ya no soportaba nada. Fue como si algo se hubiera apagado dentro de mí, algo que nunca más iba a volver a la vida, y todavía me siento como si no hubiera pasado de ese día, como si no hubiera vivido desde entonces.

Noto la mano de mamá cálida dentro de la mía. Por primera vez, veo algo en ella que no me resulta conocido, pero sí me parece suave. Es la mayor cantidad de palabras sinceras que han salido de su boca desde hace mucho tiempo.

Empieza a hablar de nuevo, esta vez en un hilo de voz.

—Soraya dio sus primeros pasos al lado de la piscina, ¿te acuerdas? —Ya estamos, mamá siempre acaba volviendo a su espiral. Le suelto la mano y meto la mía en el bolsillo—. Estábamos ahí fuera, escuchando la radio porque estaban dando el partido y hacía buen tiempo. Marcus estaba con sus colegas y tú te quejabas de que todas las chicas de tu clase iban a ir a no sé qué fiesta y yo no pensaba dejarte ir en miércoles. Y sabía que ibas a montar una buena pataleta y estaba a punto de darte una buena tunda, pero me di media vuelta y la vi de pie, con burbujitas en la boca, antes de levantar un piececito y ponerlo delante del otro. Entonces movió el otro y luego otra vez, y quise quedarme mirándola toda la vida, solo que iba derecha al agua, como si quisiera lanzarse de cabeza. Le vi en los ojos que tenía ganas de probarla.

—Y la alzaste y la dejaste más lejos de la piscina, pero se puso a gatas y no caminó más —añado, pues la imagen me llega a la mente tan despejada como el cielo de ese día.

—Nunca volví a verla caminar. —Ha vuelto a echarse a llorar, y pese a que ya hemos llegado al bulevar International, esta noche parece distinto: el rostro de mamá, y mi piel escondida en la ropa, sin saber a dónde voy. Siguiéndola. Camina un poco por delante de mí, sin decir nada. No recuerdo la última vez que la vi tan callada, y, aunque me ha dicho que me va a enseñar algo, andamos tan despacio que parece que solo caminamos por caminar.

En el bulevar Foothill, mamá intenta darme la mano de nuevo, y yo aparto el brazo y dejo que caiga poco a poco hacia mi costado. Lo intenta una vez más, esta vez rodeándome el puño con la mano, de modo que la suya parece el caparazón de la mía. No me molesto en apartarme, sino que dejo que mamá nos haga avanzar arrastrando los pies hacia donde la luz de las farolas se torna más borrosa. No me sorprende nada ver a Camila ahí plantada, tan fácil de ver con su destello plateado, rodeando con el brazo a una chica que sé que tendrá al menos veinte años menos que ella, solo por cómo camina: en zigzag, con un movimiento suave.

La intersección se convierte en un torbellino de coches tan maltrechos que seguro que ni tendrán velocímetro. Camila no me ve, seguramente porque me camuflo con la noche. Le digo a mamá que me espere un momento, y me suelta la mano con cautela, como si tuviera miedo de que fuera a salir corriendo.

Camila hace que su amiga casi tenga que echarse a correr para seguir el ritmo de sus zancadas, con las piernas más largas por unos taconazos con los que yo nunca sabría caminar sin tropezarme. Estira una mano hacia delante y la sacude antes de cerrar el puño alrededor de una mosca invisible o una musaraña que solo ella puede ver.

Cruzo la calle corriendo, con mamá andando deprisa para seguirme el ritmo, y llamo a Camila a gritos. Se da media vuelta, y su sonrisa me dice que ya sabe quién la está llamando. Suelta el brazo de la chica y se dirige hacia mí en cuestión de segundos antes de darme un abrazo fuerte en la cintura.

—Mija. —Tiene el cabello plateado a juego, con un flequillo que se mece hacia sus pestañas, adornadas con purpurina.

Le pregunto qué tal le va todo y no me hace caso.

—Te he visto en las noticias —me dice—. Mi furcia novata no me ha dicho que tenía todo un circo de hombres. —No sé si está orgullosa, impresionada o celosa, pero tampoco creo que importe en su caso. A ella le da igual todo siempre que no le haga daño, te ayuda hasta que no pueda hacerlo más y luego no le importa irse. Nunca he conocido a nadie como ella, capaz de quererte con un amor tan feroz y de dejarte de lado sin pensárselo dos veces.

—No pretendía tenerlo. —Me encojo de hombros.

Me mira de arriba abajo, con mis pantalones de chándal y mis deportivas.

—No vas a encontrar nada esta noche con esas pintas que me traes.

—Ya no me dedico a eso —respondo, y señalo a mamá con la barbilla—. Mi madre y yo hemos salido a dar una vuelta.

—¿Así vestida? Siempre he sabido que estabas mal de la olla.

Miro de reojo a la otra chica, quien juguetea con su collar y dobla las rodillas como una anciana que intenta recobrar la movilidad. Echo un vistazo alrededor en busca de uno de los coches que siempre aparecen junto a Camila, con los cristales tintados. No veo nada ni siquiera similar a eso hoy, así que vuelvo a mirarla a ella y le repito:

—¿Cómo te va todo?

—Todo ha sido más duro desde que se llevaron a Demond. Muchas de las chicas acabaron en hogares de acogida, y hasta nos arrestaron a algunas. Yo misma pasé dos días metida en una celda, pero me soltaron con una multa, seguramente porque soy más vieja que el cagar y no es ningún desperdicio tenerme por aquí. —Se echa a reír y se pasa los dedos por la peluca—. He perdido a la mayoría de mis clientes habituales, así que he vuelto a hacer de *escort*. No me molesta, solo que es difícil hacer que no me manoseen, ¿sabes? —Se tira de la falda—. Ha sido duro.

Ni siquiera me había percatado de los moretones hasta que ha empezado a tirarse de la falda para cubrir el color azul que le marca los muslos, las constelaciones de dedo contra dedo cuando se presionan contra la piel. No pienso ni digo nada más que «ah». Claro que todo ha acabado así. Claro que Camila es plateada y está llena de moretones. Pues claro.

Asiento, y Camila sonríe a través de su dolor. Me inclino hacia ella para darle otro abrazo.

—Pórtate bien, ¿eh?

Me acaricia la mejilla y asiente.

—Nos vemos pronto.

Esta vez soy yo quien le da una palmadita en la espalda y emprende la marcha en la otra dirección. Y las dos sabemos que ese «pronto» no llegará nunca, que no nos encontraremos en plena calle en una semana, en un mes ni en un año. Quizá sí que llegue una mirada de reojo desde la ventana de un bus, un «¿podrá ser ella detrás de las arrugas?», pero no un vistazo de cerca ni ningún otro abrazo. Cuando vuelvo con mamá, le doy la mano por voluntad propia, y ella se ilumina y saca pecho.

Nos lleva más allá de Foothill, más allá de International, y descendemos por la colina que llega hasta debajo del paso a nivel.

—¿Te has perdido? —le pregunto.

Niega con la cabeza una sola vez y nos sigue haciendo avanzar hasta que estamos cubiertas de oscuridad y el único sonido que oímos es el que producen los coches al pasar de vez en cuando por la autopista que tenemos delante. Mamá tira de mí hacia la derecha, y me detengo en seco.

—Eso no es una calle, mamá.

Tira de mí con un poco más de fuerza para que siga caminando.

—Confía en mí —me dice, y no me fío un pelo, no podría hacerlo nunca, pero sí que quiero, más que ninguna otra cosa, así que muevo los pies: talón, punta; talón, punta. La rampa es una ilusión del vacío, un riachuelo de color negro que parece que solo conduce hasta más oscuridad hasta que, de golpe, no lo hace, y nos encontramos en medio del ajetreo de los coches, casi pisando la línea que separa la autopista de los desechos.

Me aferro a mamá con más fuerza, como si el agarre fuera un pacto sagrado que me va a proteger del chirrido de las ruedas, de la velocidad apabullante de los coches cuando somos más humanos que nunca. Si no hubiera creído que a mamá se le había ido la pinza antes, ahora sí que lo haría, después de haberme llevado aquí arriba, a la autopista, como si fuera una acera o un desvío, en lugar de un abismo de velocidad.

A pesar de que no pasan muchos coches a estas horas, cuando sí lo hacen, van a toda velocidad, al menos a 130 o 140 kilómetros por hora. Cuando pasa un camión, lo noto en la espalda, en el viento que se me cuela por el *blazer*.

Creo que esto es lo más parecido que hay a ser un fantasma en vida: desaparecer entre la basura del arcén y los árboles que no sé yo cómo se las ingenian para crecer en la sequía eterna de California. Existir como lo más prominente y lo más invisible de la carretera, hundiéndonos en la oscuridad y mal situadas al mismo tiempo.

—Mamá, ¿qué coño hacemos aquí? —Estoy al borde del hartazgo de tragarme sus locuras. No sé cuánto tiempo más estoy dispuesta a caminar por la autopista sin que me responda ni una sola pregunta.

Mi madre toma aliento y no lo suelta. Espero a que lo haga, a que lo libere como una marea hacia el aire, pero nada. Estoy a punto de pensar que lo que quiere es suicidarse al dejar de respirar cuando abre la boca y lo expulsa todo en un aullido explosivo. Un grito que parece continuar hasta cuando ya ha cerrado la boca, que parece viajar hacia arriba, hacia una nube que lo espera y lo arroja de vuelta hacia nosotras con un eco agudo.

Le suelto la mano en cuanto emite esa explosión de sonido y me aparto de un salto, de modo que acabo pisando una bolsa de plástico que alguien ha tirado y que responde con un crujido. Me dan ganas de salir corriendo por la rampa, camino a los coches que suben hacia aquí, solo para alejarme de mamá y de ese sonido. Gira la cabeza para mirarme hacia donde me he echado atrás, en un arbusto, y me hace un gesto para que vaya con ella otra vez. Me quedo quieta, con las manos arriba para que sepa que no debe acercarse a mí.

Relaja un poco la sonrisa que le invade el rostro.

—No pasa nada, cariño. —Tiene que hablar a gritos para que pueda oírla por encima de los coches que pasan y del eco persistente—. Tienes que gritar.

—Has perdido la chaveta. —Niego con la cabeza, y hablo con un ligero temblor. Quizá me haya oído, o quizá no.

—Tienes que gritar —repite—. Todo saldrá bien, pero tienes que gritar.

—Me piro —le digo, solo que no me muevo.

Se lleva una mano al pecho, casi como si quisiera comprobar sus propios latidos. Esta vez, susurra. Podría ser que le he leído los labios, o bien es algo que se ha inventado mi imaginación, pero estoy casi segura de que ha dicho «suéltalo todo».

Abro la boca y la vuelvo a cerrar.

—¿Por qué?

—Nadie aprende a caminar si tiene pesos en el estómago. Quiero que camines hacia el agua, cariño. Quiero que nades. —Mamá alza la barbilla, de modo que señala con la cabeza hacia el ruido del océano, hacia el ruido de la bahía que está en algún lugar que no alcanzo a ver. Lo que dice no tiene ningún sentido, y, al mismo tiempo, nunca ha dicho nada que mis entrañas hayan entendido tan bien.

Abro la boca poco a poco, y la mandíbula me cruje hasta que se separa el espacio suficiente como para que el sonido me salga de la garganta. Aun así, cuando intento gritar, no hago ningún ruido.

Mamá se me acerca, y yo me aparto. Da otro paso más, y ya está a un brazo de mí; alza la mano que tenía en el pecho y la coloca sobre el mío. No encima del corazón, sino en el lugar en el que las costillas le dejan espacio al esófago, a los vasos sanguíneos. Ahora ya oigo su voz con claridad, la misma voz que le dijo a Soraya que se apartara de la piscina, la misma mano que la paró antes de que llegara al agua. Los coches pasan a toda pastilla a sus espaldas y nos dejan con el recuerdo de su viento, y mamá tiene la mano cálida.

—El silencio nos mata de hambre, hija. Ponte a comer. —El acento de Luisiana de mamá sale cuando arrastra las palabras, con un sonido que parece una melodía, y lo intento de nuevo, pero no hago ningún ruido. Si de verdad soy hija de mis padres, ¿cómo puede ser que no pueda transformar mi cuerpo en una nota musical?

Mamá alza las dos manos para llevarlas hacia mi rostro, me las coloca sobre las mejillas y las baja hacia la mandíbula. Me mete los dedos en la boca para abrírmela como una puerta con bisagras, hasta que formo un óvalo con los labios, me apoya las manos en las mejillas y me dice que grite. El alarido sale a espasmos, un sonido intermitente que se transforma de una erupción de ira a los llantos de una niña pequeña, unos gemidos y quejidos y todo lo que hay entre ser una mujer y una niña.

El cielo se lleva cada ráfaga y la devuelve con tan solo un atisbo de música en el eco, el ritmo de un trombón invisible, la nota más baja de un órgano, estirada. Sonido tras sonido que me sale del cuerpo como el fuego de una zona de guerra durante un día frío, mientras mamá me frota la mandíbula tensa y derrite las lágrimas de vuelta a mi piel, hasta que me quedo sin sonido y jadeo, sin aliento, en carne viva, y mamá me abraza, y los coches no se han parado, no han ralentizado la marcha; todos ellos han seguido pasando a toda velocidad por delante de nosotras, mientras continuamos atrapadas entre el cielo y un asfalto que no sabe cómo nos llamamos, y mamá me llevará de vuelta a la parada de bus y me dejará ahí y no volveremos a hablar de lo que nos hace la autopista cuando es de noche y somos fantasmas. Pero mamá me ha enseñado a nadar y puedo ver debajo del agua. Puedo ver.

CAPÍTULO VEINTICUATRO

No sé a qué hora llegué a casa. Lo único que recuerdo es el momento en que me desperté. Los porrazos contra la puerta. Los puños. Los ojos de Vernon al otro lado de la mirilla. La mujer que tiene al lado. Su portapapeles. El gesto de sus labios, tornados hacia dentro.

Trevor, con el cuerpo todavía sin sanar, sigue hecho un ovillo, dormidito, así que retrocedo hacia el piso, hacia el colchón, como si alejarme del agujero por el que ya me han visto asomarme fuera a borrarnos. Quizá tendría que haberlo visto venir. Todas las advertencias estaban ahí, y, aun así, creía que podríamos librarnos, que podríamos salir de esta juntos. Creía que podría decidirlo.

—Abre la puerta, Kiara. O llamaremos a la policía. —La voz ronca de Vernon que tanto me suena.

Trevor se está despertando, y quiero que se vuelva a dormir para que no tenga que estar consciente para lo que va a pasar a continuación, para cuando nos separen y le arranquen los dedos de alrededor de mi cuello como si de un bebé se tratase. No dejan de llamar a la puerta. Trevor abre sus ojos hinchados tanto como puede, y su color castaño se asoma para mirarme y para buscar, desesperado, algún tipo de coraza contra la herida. Se le arruga el rostro y abre la boca, para intentar preguntarme qué pasa, pero los cortes que tiene en los labios le escuecen y hacen que guarde silencio.

Me inclino sobre él y le toco la cabeza. Aunque lo rapé para poder curarle las heridas, el pelo ya le ha crecido lo suficiente como para poder notar eso en vez de su cuero cabelludo calvo.

—Trevor, cariño —le susurro—, han venido unas personas y quizá te lleven a algún sitio durante un tiempo, ¿vale? Pero no te preocupes. Voy a abrir la puerta, tú quédate aquí descansando. —Modero la voz para que no se me quiebre como sé que quiere hacer para dejar ver todas las heridas que me componen, el miedo que acumulo en las encías.

Me acerco a la puerta poco a poco, y tengo miedo, me da miedo lo que va a salir de aquí, lo que abrió mamá. Quizá llamó a Vern o al gobierno o a quien sea que posea a la mujer del traje. Alguien siempre posee a la mujer y llama a la puerta para que ella solo tenga que quedarse ahí plantada.

Pongo la mano en el pomo, lo giro y tiro, de modo que ya no hay ninguna barrera entre ellos y yo. Vernon está ahí con una expresión enfurecida. La mujer espera.

—¿Puedo ayudaros?

—Esta es la señora Randall, de Servicios Sociales. —Para haberse esforzado tanto para que abriera la puerta, no parece demasiado interesado en el tema. Parece aburrido, incluso—. Las dejaré para que hablen. —Eso último se lo dice a la mujer, a la tal señora Randall, y retrocede hacia las escaleras.

La señora Randall tiene el tipo de cara que un niño dibujaría en el sol: circular y decaída. Tiene unas trenzas que la hacen parecer una poetisa, como si tuviera que llevar un manto y no un traje.

Me extiende una mano, y se la estrecho.

—Encantada de conocerla. ¿Puedo pasar?

Si no supiera que no puedo hacerlo, le contestaría que no, que se aleje de Trevor y de esa cama, que no entre en el único espacio que nos queda.

—Claro —digo, en su lugar, y la mujer entra.

Todo se acaba en cuanto lo ve. Lo noto cuando tensa la cara entera al verle las costras. Y no la culpo. El cuerpo de Trevor es una prueba de cómo lo ha tratado este lugar, de que no he podido hacer nada por evitarlo. Una parte de mí incluso se alivia, porque ¿y si el problema soy yo? ¿Y si soy yo quien le ha hecho eso?

La señora Randall se dirige hacia la cama, y veo que Trevor se pone a temblar, que retuerce el cuerpo entero, y sé que, si no estuviera tan malherido, se habría escondido en un rincón para intentar alejarse de ella. Paso por al lado de la mujer para sentarme en la cama con Trevor y lo envuelvo entre mis brazos. Él me apoya la cabeza en el pecho para no estar mirándola a ella, a mí ni a nada.

La mujer se agacha junto al colchón.

—Hola, Trevor. Me llamo Larissa. Me gustaría hablar contigo.

Trevor pretende que no la oye y no responde.

La señora Randall vuelve a dirigir su atención a mí tras ponerse de pie.

—¿Y si hablamos nosotras antes? Podemos ir fuera.

Asiento y me inclino hacia la oreja de Trevor.

—Me voy a poner de pie, Trev. Vuelvo en un segundín.

Tengo que quitármelo del pecho a la fuerza. Se deja caer en una almohada y entierra el rostro en ella.

Sigo a la señora Randall al exterior y cerramos la puerta detrás de nosotras. Nos apoyamos contra la barandilla, de cara a la piscina, medio giradas para mirarnos. Arquea las cejas.

—Mire, le voy a ser sincera, señorita Johnson. Usted no es la tutora legal del niño, y está claro que está en peligro, lo cual no es bueno para él ni para usted. Servicios Sociales ya ha ido a ver a Trevor y a su madre en tres ocasiones distintas a lo largo de los años, y entiendo que puede que usted solo haya querido ayudar, pero no es responsabilidad suya, y lo mejor habría sido que nos hubiera llamado.

»Aunque en otra situación habría informado del caso a la policía, por un posible secuestro y por poner en peligro a un menor, no creo que sea eso lo que ha pasado. Está claro que Trevor confía en usted, y yo haré lo que esté en mis manos para minimizar el daño que esto les pueda causar a usted o a él. —Hace una pausa, aparta la vista para posarla sobre la piscina y vuelve a mirarme a los ojos—. Aun así, no puedo dejarlo con usted, no después de haber visto tantas pruebas de la situación de peligro y abandono en la que se encuentra. Tendré que llevármelo, y lo situarán en un hogar temporal mientras vemos qué es lo mejor para él. Conseguiré una orden que permitirá que Trevor permanezca en custodia protectora. No podrá contactar con él, al menos por el momento. ¿Lo entiende?

Sé que me está diciendo algo que en cualquier otro momento me habría sacudido entera y me habría partido en dos, pero lo único en lo que puedo centrarme es en que debe hacer lo mismo cada día, que esta mujer se pone delante de otras personas como yo para darnos una noticia que podría hacer que se nos viniera el mundo encima. Debe ser horrible para ella romper tantos corazones.

—¿Se lo puedo decir yo? —Pese a que lo último que quiero es decirle que va a estar más solo de lo que ya cree que está, sé que no sería correcto que no se lo dijera yo. Prefiero ser yo quien le rompa el corazón a dejar que lo haga una desconocida.

—Claro. Tendrá que preparar una mochila con todas las pertenencias que vaya a necesitar. Estaré aquí esperando. —La señora Randall señala hacia la piscina con la barbilla, como si ya hubiera acabado todo. Ya ha cumplido con su trabajo.

Cuando vuelvo a entrar en el piso, Trevor está hecho un ovillo en la misma posición en la que lo he dejado, solo que ahora se ha tapado entero con la manta y veo la bola que ha formado con el cuerpo, tan compacto como puede ser un niño larguirucho como él. El suelo cruje cuando camino en su dirección, y sé que está temblando por los ondeos de la manta.

—Solo soy yo —le digo, y trato de sonar tan tranquila como me es posible, como si no fuera a anunciarle la muerte de nuestra vida juntos, de salir a practicar con el balón y de las fiestas en la cocina—. Tenemos que hablar.

Me he puesto en el borde del colchón, de rodillas en el suelo. Inclino el pecho hacia la cama y agarro el borde de la manta con dos dedos para quitársela poco a poco de la cabeza. La expresión se le está desmoronando, tiene el rostro arrugado y enrojecido mientras las lágrimas intentan salir de sus ojos hinchados y se quedan atrapadas en las arrugas entre sus mejillas. No deja de negar con la cabeza y mover la boca, aunque sin emitir ningún sonido.

Trevor se está quebrando frente a mis narices, derrumbándose. Le pongo una mano en la frente y la noto caliente, ardiendo. Como si su cuerpo se estuviera rechazando a sí mismo, prendiéndose fuego para poder defenderse de lo que se le viene encima. Me destroza, y creo que esto debe ser lo más difícil que he hecho nunca: ser adulta para él, ser la mujer que lo puede mantener todo bajo control mientras él se desespera porque no nos queda otra.

—Ya, cariño —le digo, asintiendo. Quizá pueda darle marcha atrás al dolor, detener la destrucción con una sonrisa—. Escúchame.

Sigue negando con la cabeza, y las pupilas le eclipsan los ojos.

Me pongo a tararear una vez más, con la boca junto a su oreja, lo bastante alto como para asegurarme de que eso sea lo único que oye, que las vibraciones sean lo único que note. Poco a poco, deja de mover la cabeza y se pone a sollozar. Dejo de tararear.

—Necesito que me escuches. ¿Puedes hacerme ese favor?

En esta ocasión asiente una sola vez.

—Esa señora es la mujer que te llevará a una casa nueva durante un tiempo. Es muy buena persona, y sé que, si le pides que ponga la radio de su cochazo, te hará caso. Tu madre no va a volver a casa ahora mismo, y ya no me permiten tenerte aquí más tiempo, así que tendrás que ir a otro sitio hasta que vea qué podemos hacer, ¿vale? No será para siempre.

Por mucho que se lo diga, sé que sí podría serlo, que podría ser la última vez que le viera la cara. Quiero acurrucarme con él, esconderme hasta que esté lista para despedirme, pero sé que nunca lo estaré, y la señora Randall nos está esperando. Los labios, ya hinchados y todavía amoratados, le sobresalen del rostro, y sé que se está esforzando por no ponerse a llorar. Le dedico una sonrisa.

—Quizá hasta te lleve a una casa en la que haya más niños, y entonces podrás darles una paliza echando unas canastas, ¿eh? ¿Les enseñarás que sabes hacer mates? —Pongo la mano bajo la cabeza de Trevor y lo impulso hacia arriba, para que sepa que ha llegado el momento de incorporarse en la cama.

Le acuno las mejillas, igual que hizo mamá conmigo anoche, y me lo quedo mirando como si fuera lo único que existe en el mundo. Y, en cierto modo, sí que es lo único que existe para mí.

—Vas a estar bien, ya verás.

Le doy un beso en la punta de la nariz y lo envuelvo entre mis brazos, tras lo cual entierra la cara en la curva entre mi hombro y el cuello. Si pudiera quedarme así para siempre, lo haría encantada. Abrazándolo, sabiendo que sigue intacto, que se va a volver a animar y se va a marcar un bailecito. Casi noto los tacones de la señora Randall dando golpecitos fuera, cada vez más impaciente.

Le froto la nuca a Trevor, la única parte del cuerpo que no se le ha hinchado por la paliza que le dieron, y llevo una mano a mi espalda, donde él me abraza con fuerza a la altura de la cintura. Tengo que esforzarme por no quedarme quieta, por desatarlo de mi alrededor como un nudo por mucho que sea lo último que quiero hacer, y, para cuando me lo aparto, ya está sollozando. Meto su ropa en la mochila azul y amarilla que le compré cuando cumplió nueve años, porque no me pude permitir la mochila de los Warriors de verdad. Lo vi buscar el logotipo por todas partes hasta que se dio cuenta de que era de imitación, que no encontraría ninguno, y entonces intentó ocultar la pesadumbre al darme las gracias. Puede que Dee no haya sido buena madre en muchos sentidos, pero al menos le inculcó buenos modales.

Cierro la mochila, la pongo en el borde de la cama y regreso con Trevor. Ha vuelto a ponerse en posición fetal, por lo que lo tomo de las manos para tirar de él, y la cabeza le cuelga hacia atrás, pesada. Tengo que levantarlo de la cama a la fuerza para que se incorpore, pero se está haciendo el muerto y no hace fuerza con las rodillas para tenerse en pie. Aunque podría amenazarlo, reñirlo o poner mi voz de madre, no soportaría que ese fuera nuestro último momento juntos. Por tanto, me agacho para ponerle el otro brazo bajo las piernas y lo alzo como haría para llevar a un niño pequeño a la cama después de que se quedara dormido en el bus. Pesa, está lleno de sangre y de lágrimas y de demasiada pena como para saber cómo caminar y respirar. Me cuesta abrir la puerta, y consigo girar el pomo lo suficiente como para que quede entreabierta y la señora Randall nos vea y la abra del todo.

—No quiere caminar. Puedo llevarlo a su coche si entra y recoge su mochila de la cama. —No la miro a los ojos, sino que me tambaleo por su lado en un intento por llegar a las escaleras. Bajo un paso a la vez, con la señora Randall detrás de nosotros, ya con la mochila de Trevor en la mano. Cuando llegamos abajo, ella me adelanta, pero le digo que debemos ir por la puerta de atrás por los periodistas, así que la conduzco por al lado de la piscina y señalo la puerta con la cabeza. La abre para que pasemos Trevor y yo y marcha por la calle por delante de nosotros, camino a un coche negro.

Saca una llave del bolsillo y pulsa un botón. El coche emite un pitido, y la señora Randall sostiene la puerta de atrás. Trevor ha vuelto a ponerse a temblar, y tengo la camiseta mojada por sus lágrimas. Lo levanto en un último esfuerzo y lo dejo tumbado en el asiento de atrás. Todavía tiene los brazos entrelazados en mi cuello, y, antes de quitármelo de encima, me inclino y le doy un beso en la frente.

—Te quiero —le susurro. Por mucho que quiera subirme al asiento delantero y llevármelo a donde sepa que va a estar a salvo, donde no tenga que seguir temblando, sé que no dispongo de ese lujo. La única opción que tenemos es esta: él quebrándose en el asiento trasero de un coche que no conoce, y yo

quitándomelo de encima y cerrando la puerta hasta que lo único que oigo son sus sollozos. La señora Randall se vuelve hacia
mí antes de subirse al coche.

—Gracias, señorita Johnson —me dice, pero ya estoy a medio camino en dirección contraria, hacia el bus, hacia los coches.
No puede decirme nada que vaya a arreglar las cosas, y no soportaría ver cómo se aleja de la acera, mientras que lo único
que me indica que Trevor sigue respirando son sus alaridos.

Llamo a Marsha antes de darme cuenta de que me he aprendido su número de memoria, y, cuando me contesta, lo único
que le digo es «estoy lista». Me dice que se pasará a recogerme
en veinte minutos, y yo le digo que me busque en la cancha.
Estoy delante de ella, vacía, y subo por la colina hasta llegar a un
banco justo detrás de una de las canastas, con vistas a la calle
High. Todo se mueve, rápido e imparable, como si la ciudad no
supiera que debería detenerse, hincar una rodilla en el suelo y
llorar por Trevor. Esta cancha es un monumento, lo único que
se ha parado por él. Lo único de Trevor que queda en este hura-
cán.

CAPÍTULO VEINTICINCO

Ha pasado una semana desde que se llevaron a Trevor y cinco días desde que el gran jurado empezó de forma oficial, y hoy me toca testificar. Cuando salgo por la puerta del Regal-Hi, el enjambre de periodistas se cierne sobre mí y me lanza un aluvión de preguntas que soy incapaz de descifrar. Abro la puerta del asiento del copiloto del coche de Marsha y me meto. Nada más entrar, me coloca una bola de tela en el regazo.

—Póntelo —me dice. Sostengo la tela delante de mí para verla: es el vestido negro más discreto y modesto que he visto en la vida—. He dejado unos zapatos atrás también, así que puedes cambiarte ahí.

Echo un vistazo hacia el asiento de atrás y veo un par de zapatos negros con algo de tacón, aunque prácticamente planos. Marsha debe calzar unos tres números menos que yo, por lo que tiene que haberlos comprado solo para mí. Arranca el coche mientras me paso con dificultad al asiento de atrás, me empiezo a desvestir para ponerme el vestido por encima de la cabeza y me cambio mis Vans por los zapatos negros. Me quedo mirando mis rodillas color ceniza, las cicatrices que tengo repartidas por las espinillas.

Marsha me ha estado preparando cada día para cuando me tocara testificar y me ha dado toda la información de la que dispone sobre cómo van las cosas con lo del gran jurado. Según parece, los policías ya han testificado, y hoy es la última sesión del tribunal antes de que el jurado comience a deliberar. He intentado ponerme en contacto con Alé, pero no me responde el teléfono. Cada vez que me propongo dejarle un mensaje en el buzón de voz, se me cierra la garganta y acabo colgando. Anoche logré soltar una sola frase, «se han llevado a Trevor», antes de colgar y seguir enterrándome en el guion que Marsha me pidió que me aprendiera. Según ella, no se trata de aprenderme las líneas para recitarlas, sino que lo importante es saberme la historia. Como si se me pudiera olvidar.

Me asomo entre los dos asientos delanteros y me quedo mirando a Marsha: la cima que es su barbilla, el chasquido casi invisible de su mandíbula al moverse de un lado a otro.

—¿Recuerdas el plan? —me pregunta, y me doy cuenta de lo nerviosa que está.

Me quito una goma de la muñeca, tiro de mis trenzas recién hechas, unas por las que Marsha pagó exclusivamente para hoy, y me hago una coleta, con el único objetivo de notar el peso en la nuca.

—Tengo que estar tranquila y confiada. Soy la niña buena que ha acabado metida en este lío sin comerlo ni beberlo —repito—. ¿Me van a estar mirando todos?

—Esa es la idea, claro —responde.

Apoyo la mejilla en la mano y me la quedo mirando a la cara, con su expresión pétrea.

—¿De verdad crees que no he hecho nada malo?

Aparta la mirada de la carretera por un instante para mirarme de reojo.

—Si has hecho algo malo, entonces también lo hicieron Harriet Tubman y Gloria Steinem y cualquier otra mujer que haya tenido que hacer lo necesario incluso cuando eso no era respetado. —Suelta una tos—. No digo que no pudieras haber tomado otras decisiones, pero tampoco creo que te merecieras nada de esto.

En momentos como estos, me acuerdo de que Marsha es solo otra mujer blanca que nunca va a entender por lo que he pasado, alguien que solo puede compararme con Harriet Tubman y Gloria Steinem. En su lugar, intento pensar en la cara de papá en aquel cartel. Quizá mis muslos sean como los puños de papá: suaves y encantadores hasta que no lo son, hasta que nos llevan más cerca y más lejos de las otras extremidades que nos conforman y que nos hacen ser sagrados.

El resto del viaje está lleno del leve ronroneo del coche de Marsha, de los golpecitos que da ella con un dedo contra el volante a la espera de que cambie el semáforo. Si bien sabe lo que pasó con Trevor, ambas estamos evitando el tema. Intentó hablarme de ello cuando se enteró —de vete a saber quién—, pero la interrumpí con una mirada de reojo. No tiene ningún derecho a mentar su nombre. Voy a declarar porque no tengo ningún motivo para no hacerlo, porque, si Trevor no está, tengo que hacer todo lo que esté en mis manos para que suelten a Marcus. Si no lo consigo, estaré más sola que aquella noche en el callejón, más sola que nunca. Testificaré con la esperanza de que Marsha tenga razón y acaben liberando a mi hermano y nos paguen lo que sea para que tengamos una oportunidad para empezar de cero, porque, si no, tendré que encontrar algún otro modo de salir adelante, de seguir con vida, para no acabar en la calle. Congelada.

Nos metemos en el aparcamiento del juzgado, y Marsha echa el freno de mano antes de girar el torso para mirarme.

—Los periodistas nos han seguido durante todo el trayecto. Vamos a esperar un par de minutos, y, para entonces, ya se habrán colocado en las puertas delanteras. Quiero que camines sin pararte y que me sigas, ¿vale? —Sus ojos del color del hielo se le salen de las órbitas.

Asiento.

Está a punto de darse la vuelta para abrir la puerta del coche cuando vuelve a mirarme.

—Estarán ahí. Algunos hombres, digo. No los mismos que te... Ya sabes, pero otros como ellos. Puede que se te queden mirando e intenten intimidarte. No los mires.

—¿Cómo no voy a mirarlos si ellos no paran de mirarme a mí?

—No los mires y ya.

Marsha desbloquea las puertas y pisa el suelo con sus tacones. Abro mi puerta para pisar el asfalto y ponerme de pie. Hace semanas que no llevo otros zapatos que no sean deportivas, y es como si a mis pies se les hubiera olvidado cómo caminar con delicadeza, pues noto los zapatos nuevos y resbaladizos. Al principio, lo único que oigo son los coches al pasar por detrás, la sal del lago que recorre el ambiente hacia las escaleras del juzgado del condado con nosotras, un lugar que se ha llenado de personas vestidas con atuendos medio formales y medio informales, con cámaras. Oigo mi nombre como si saliera de un coro de abejas, con unas cuantas palabras más mezcladas.

—Señorita Johnson, ¿nos concede un momento?

—¿Qué espera que dictamine el gran jurado?

Sus voces suenan agudas, como chillidos, y no dejan de decir cosas, aunque nada de eso es por mí; lo quieren para su cámara. Lo quieren para el breve reportaje de las noticias que nunca se extienden más allá de esta ciudad. Centro cada uno de mis músculos en el trayecto por los peldaños, con la vista clavada en la cabeza de Marsha y en el bamboleo de su coleta. Abre la puerta del juzgado, y un escalofrío me recorre el cuerpo por culpa de la brisa antes de colarme al interior y dejar que la puerta se cierre a mis espaldas. Marsha sigue avanzando, pero yo me detengo. Imagino que deja de oír mis zapatos repiquetear contra el suelo de mármol, porque se da media vuelta y camina hacia mí.

—¿Qué pasa? —Me mira, apoyando el peso sobre un pie.

—¿No nos siguen aquí dentro?

—Saben que habrá consecuencias legales si intentan entrar y retransmiten lo que graben. Estás a salvo.

Pongo los ojos en blanco, como si la seguridad hubiera sido una posibilidad suficiente como para cuestionarla. El juzgado es un edificio demasiado grande como para contenernos. Madera y mármol, paneles y grabados en techos a los que no se llega ni con la escalera más alta del mundo.

Marsha me sigue la mirada y suelta un suspiro.

—Necesito que estés lista. ¿Lo estás?

Me froto las uñas por el antebrazo, rotas y desiguales, y me araño.

—Supongo.

Marsha no tiene tiempo para mis tonterías, así que se da media vuelta y continúa caminando a grandes zancadas por el pasillo. El eco y el mármol nos siguen, hacen que me den escalofríos en las piernas, y mis muslos se frotan contra la tela suave de un vestido que nunca podría ser mío. Estamos al menos a metro y medio de distancia la una de la otra, y no veo que piense ralentizar el paso, sino que lo acelera.

Llegamos a una puerta con un guardia de seguridad delante. Sé que tiene que ser esta, la que contiene las paredes que esconden todo lo que me han enseñado a temer, porque Marsha, con su estructura de acero y su brillo, se detiene. Cuando se gira en mi dirección, la miro a los ojos durante un instante y veo que las pupilas muestran los restos más diminutos de Marsha de niña, de una Marsha pequeña como yo.

—Me gustaría poder acompañarte, pero ya sabes que no puedo. Si me necesitas, puedes preguntar por mí y te dejarán salir para recibir asesoría legal.

A pesar de que no me lo esperaba, los ojos se me anegan en lágrimas y no quiero separarme de ella.

—Todo va a salir bien.

Me ha puesto una mano en la espalda para acariciarme y darme un empujoncito hacia la puerta. La vuelvo a mirar, pero no se mueve. Después de tantas horas de práctica, no me imagino estar en esa sala sin verle la cara. Me quedo contemplando los arcos de madera, y el guardia se hace a un lado para que pueda llevar una mano al pomo y abrir la puerta.

Creo que esperaba encontrarme con una especie de coro, un temblor caótico o algo por el estilo. En su lugar, las puertas dan paso a un silencio perturbado por una sola tos. La sala está casi vacía, o al menos lo parece porque no hay nadie en las tres últimas filas. Según recorro el pasillo, empiezo a distinguir los rostros de las dos primeras filas; si bien no sé quiénes son, sí que me suenan. Hombre tras hombre, de mejillas hundidas y nariz con pecas, con una mujer colocada como una pared divisoria entre ellos, con las piernas cruzadas. Todos ellos pálidos, faltos de sol. Seguro que nunca han notado el calor como yo.

Al final de la primera fila hay dos chicas sentadas, encogidas bajo sudaderas que se las tragan enteras y que solo dejan ver sus piernas expuestas. Las chicas son asustadizas como Lexi, tan jóvenes que se sabe la edad que tienen sin que digan nada. Las observo durante un instante y veo que se sientan al lado izquierdo del pasillo, con todos los uniformes y trajes. Siempre estamos donde no nos corresponde. Pese a que no estoy muy segura de dónde sentarme, entonces veo la nuca de Sandra, y el alivio me inunda el cuerpo. Me siento en el lado derecho del pasillo, el cual está vacío salvo por ella y un par de hombres con la cabeza gacha. Hoy no lleva su traje morado, pero la veo colorida y como iluminada por la luz de la luna, con su traje burdeos.

Me siento a su lado y no sé si debería cruzarme de piernas o no. Paso una pierna por encima de la otra, pero no me parece apropiado que la atención señale hacia mis rodillas y me suba por los muslos, donde el vestido deja ver la piel. Dejo de cruzarlas. No hay ningún modo apropiado de sentarme aquí, bajo unas luces más blancas de lo que deberían ser las luces, como si estuvieran compensando en exceso y se hubieran vuelto cegadoras.

Aunque Sandra no me ha mirado, lleva una mano en mi dirección y me da un apretoncito.

—¿Quiénes son? —le susurró, señalando con la barbilla hacia las chicas del otro lado del pasillo.

—Supongo que testigos, como tú —me responde, todavía sin mirarme.

—¿También se lo han hecho a ellas?

—No sé, pero, por como van vestidas, lo más seguro es que estén aquí para desacreditar tu versión de los hechos, para encasillarte con ellas y decir que no sabes lo que dices.

—A lo mejor no tenían otra cosa que ponerse.

—Pero los abogados que las han hecho venir, sí. —Sandra se queda mirando su bloc de notas—. Seguramente los haya contratado Talbot o alguien que trabaje con ella para prepararlas.

—Ni siquiera las conozco. —Me empieza a temblar la rodilla—. ¿Cómo van a ponerse a hablar mal de mí?

—La ciudad no es famosa por ser la más ética del mundo.

—Entonces, ¿les dan dinero para que hablen mal de mí?

Sandra, quien ha seguido mirando abajo en todo momento, ladea la cabeza lo justo como para mirarme a los ojos, y, con una voz baja y comedida, me dice:

—Preocúpate por ti misma y ya está. Todo esto es por ti, por tu hermano y por las chicas que necesitan ese dinero porque no conocen otra forma de sobrevivir. ¿Entendido?

Endereza la cabeza de nuevo, y yo asiento, aunque lo más seguro es que no me haya visto. Por un instante, de verdad he llegado a creer que Sandra era una encarnación de la madre que solía tener, un fragmento de mamá que ha vuelto a la vida.

Hay un reloj enorme en la pared, justo encima de donde está sentada la jueza, y, en cuanto dan las nueve, la sala entera guarda silencio. Me da la sensación de haber entrado en una escena de los juicios que echan por la tele, cuando la jueza da tres golpes con su mazo. Casi espero que pida «orden en la sala», pero no lo hace, sino que se pone a hablar con vocabulario jurídico y un hombre se pone de pie y contesta. La conversación entera me parece un idioma alienígena, y no sé qué pasa hasta que Sandra se inclina hacia mí y me lo explica en un susurro.

—Uno de los testigos no se ha presentado.

—¿Quién?

—Un policía.

—Mejor —suelto, con un resoplido. Sandra niega con la cabeza.

—Yo diría que no. Parece que era el único que corroboraba tu versión de los hechos.

—¿Por qué iba a hacer eso un policía?

—Por decencia, supongo. —Sandra empieza a esbozar una sonrisa que nunca le llega a la boca, sino que solo le deja un pequeño hoyuelo en la mejilla izquierda.

Aun así, no creo que sea eso. No es que ninguno de ellos sea decente, sino que la decencia nunca ha sido suficiente para hacer que desentierren el ego. Creo que es como funciona el tiempo. La luna creciente de un hombre siempre lo acaba alcanzando. He visto la del pecho de Marcus retroceder tanto que creía que se había quedado a oscuras, pero ahora la veo salir otra vez poco a poco y sé que estará nuevamente llena. Ese es el único motivo por el que alguno de los policías haya podido intentar salvarme: ha vuelto a tener su luna.

Un hombre calvo sentado a una de las mesas frente a la jueza se pone de pie, se da media vuelta y camina directo a nuestra fila. Sandra se pone de pie también y susurran algo entre ellos. Tras unos instantes, Sandra se gira, me dedica una sonrisa y sale de la sala, con lo cual el calvo vuelve a su escritorio. La sala, que había estado en silencio, se llena de murmullos y de conversaciones susurradas que van subiendo de volumen. Me pica la parte de atrás de las rodillas por el sudor que se me acumula ahí, y solo pienso en que me gustaría tener a Trevor sentado al lado, dándome la mano como solo un niño pequeño es capaz de hacer.

Sin nada más que un ligero movimiento del cuello de la jueza, la sala guarda silencio de nuevo.

—Debido a unas alteraciones imprevistas al horario, comenzaremos ahora. Se ha escogido al jurado, y empezaremos con la señorita Kiara Johnson. Todos quienes no sean el fiscal del distrito, el secretario judicial, la señorita Johnson o los miembros del jurado abandonarán la sala, yo incluida.

Varias personas salen de la sala arrastrando los pies, con la jueza por detrás. Solo quedamos el hombre calvo, el jurado, el secretario judicial y yo.

Me quedo mirándome los pies, tras haberme mirado los pechos, apretujados en el vestido negro, el vientre un poco hinchado y las rodillas grises hasta llegar a mis pies, que se mueven uno delante del otro hacia el estrado. A medio camino, oigo al hombre toser detrás de mí. Recuerdo lo que me diría Marsha, que vaya con la cabeza alta y que cuadre los hombros para tener la espalda recta, así que alzo la vista para mirar al hombre calvo, el fiscal del distrito, de pie junto a su escritorio, con las manos entrelazadas por delante. Le dedico una pequeña sonrisa, pero no me mira a los ojos, sino que se centra en los documentos que tiene delante. Todos intentan no mirarme.

Subo al estrado y me siento en una silla de roble redonda. Es una situación muy distinta a cuando testifiqué en el juicio de mamá, cuando me sentía como la víctima y no como la acusada, por mucho que sepa que no lo soy en realidad, al menos no en términos jurídicos. El estrado está dispuesto como un atril, solo que no tengo de dónde leer y nunca me subiría a un escenario de forma voluntaria, no delante de estas personas. No soy Marcus. Aunque clavo la vista en el jurado, no se me centra la visión lo suficiente como para verles la cara. Solo lo veo a él. El fiscal del distrito está de pie con una elegancia que me hace pensar que ha hecho lo mismo tantas veces que solo soy una cara más para él. Otra chica perdida metida en el vestido de otra persona para pronunciar las palabras de otra persona.

Ahora me da la sensación de que soy lo único en lo que puede concentrarse, con el entrecejo fruncido hacia abajo en el centro, como si me estuviera estudiando para valorar lo que va a suceder, como si no estuviera todo en sus manos. Me muerdo el interior de las mejillas lo suficiente como para poner una expresión más suave y que no parezca que lo estoy fulminando con la mirada. Marsha me dijo que tengo que quedarme tranquila y sofisticada, pero como una niña. Saco los labios lo justo como para que parezca una imitación de una sonrisa y espero mientras recita una lista de procesos judiciales que Marsha ya me ha explicado un sinfín de veces.

Y, justo después de eso, sin perder tiempo, el fiscal inicia su cuestionario:

—Señorita Johnson, ¿es cierto que utiliza un alias?

—No es un alias, sino un apodo. Algunas de las personas con las que me crie me llaman Kia.

—¿Y el apellido? Holt, ¿verdad?

Parpadeo, perpleja.

—No quería darles mi nombre de verdad a unos desconocidos.

—¿Por qué no? —Su frente es un mapa de líneas.

—¿Porque es peligroso?

Asiente y da varios pasos con la cabeza gacha, como si estuviera reflexionando sobre algo, por mucho que todos sepamos que solo lo hace para causar un efecto dramático.

Me clavo las uñas en las muñecas hasta ver las marcas de las medialunas, cualquier cosa que no sea su cara.

—¿A qué se dedica, señorita Johnson? —Se me acerca y me mira desde abajo. Sé que Marsha me ha hecho practicar todo esto hasta la saciedad, pero su rostro, el modo en que abre la boca solo un poco, se lo lleva todo de mis recuerdos.

—No tengo trabajo.

—Aun así, ¿tiene ingresos constantes?

La rodilla me empieza a temblar de forma involuntaria.

—No. Solía ganar algo, aunque no era ningún sueldo.

—¿Y de dónde procedía ese dinero?

—De hombres. —En cuanto lo digo, sé que he metido la pata. Una de las reglas de Marsha es que las respuestas escuetas son perfectas cuando lo que quiero decir es «sí», «no» o «quizá», no cuando dicha respuesta me pueda pintar una diana en la cabeza.

Parece sorprendido por lo directa que he sido, así que tose una vez y se da un respiro. Cambia de expresión, de una mueca interrogativa a una mirada demasiado íntima para lo cerca que estamos, para estas paredes de madera. Se aproxima más.

—¿Podría explicarme por qué esos hombres le pagaban?

Me imagino que contesto, aunque no me sale ninguna palabra. Entonces me acuerdo de mamá, de cuando gritamos juntas, acunadas por el cielo. De Trevor temblando. De Marcus sollozando en una celda. ¿Todo eso para acabar aquí sentada sin una lengua que me defienda? Sigo dejándome marcas con las uñas hasta que encuentro las palabras.

—Me pagaban porque no tenía ni un duro y lo necesitaba para sobrevivir, así que hice lo que tenía que hacer.

—¿Y qué es lo que tenía que hacer, si no le molesta la pregunta? —Por mucho que sea obvio que le da igual si me molesta o no, al menos está intentando ser amable, al menos no es un ataque tan claro como me esperaba.

—Les hacía compañía.

—Cuando dice «compañía», ¿se refiere a mantener relaciones sexuales con ellos?

—No siempre. —Me acuerdo del agente 190 y de como se pasaba horas y horas hablando, de que a veces se transformaba en un charco de tanto llorar—. No siempre era así.

—¿Y con el agente Jeremy Carlisle? ¿Cómo fue con él?

Me lo pienso durante un instante y cierro los ojos para poder imaginármelo otra vez, con las manchas de las mejillas y aquella casa grande y gris.

—No lo conocía por nombre, sino por el número de su placa. Lo vi un par de veces, casi siempre en grupo. Una noche fue a buscarme y me llevó a su casa. —Miro al jurado de reojo. Ninguno de ellos muestra ninguna expresión, como si estuvieran esperando a que terminara para poderse ir a mear. Me espero, como Marsha me dijo que hiciera. Dice que, si dejo bastantes silencios, al fiscal del distrito se le puede olvidar algo de lo que quería preguntarme.

—¿Qué hicieron en su casa?

Una de las integrantes del jurado, una mujer negra con las trenzas recogidas en un moño, me mira a los ojos.

—Tuvimos relaciones.

—¿Y cuánto le pagó él?

—Nada.

El fiscal se detiene y me mira a los ojos, como si se acabara de encontrar conmigo por primera vez. Arruga la nariz.

—¿Dice que el agente Carlisle nunca le pagó por el tiempo que pasaron juntos?

—Dijo que me iba a pagar, pero, cuando me desperté, se negó. Me dijo que ya me había pagado.

—¿Y lo había hecho?

—Me dijo que haberme hablado de una operación encubierta ya era remuneración suficiente.

Asiente, con la cabeza de arriba abajo, y se da media vuelta para acercarse más al jurado, antes de pedirme que explique a qué me refiero con lo de operación encubierta. Me vuelve a mirar. Le cuento lo de la fiesta, que Carlisle me recogió en aquel Prius para llevarme a su casa, que yo no quería quedarme en su casa y que todo se salió de control. Sigue haciéndome preguntas sobre Carlisle para las que no tengo respuesta hasta que hace otra pausa.

—Durante su entrevista con los detectives, usted dijo «no debería haber ido». ¿Es eso cierto?

—Supongo.

—¿Y diría que, después de la entrevista, entendía lo serias que eran las acusaciones?

No sé a dónde quiere ir a parar, así que repito:

—Supongo.

—Y, aun así, a la semana siguiente asistió a una fiesta en la que mantuvo relaciones sexuales con varios miembros del Departamento de Policía de Oakland. ¿No le pareció que eso fuera moralmente cuestionable?

—Nunca he dicho que…

—No se lo contó a nadie ni se negó a asistir a dicha fiesta. ¿Es eso cierto?

Clavo la vista en sus ojos quietos que no dejan de fulminarme con la mirada. Intento pensar, pero, por cómo lo ha dicho, no sé cuál es la respuesta, cómo contestar.

—No, no dije nada. Pero me amenazaron, así que no me quedó más remedio. —Subo las uñas por el brazo y me las clavo más. El fiscal asiente.

—¿Con quién vive, señorita Johnson?

—No vivo con nadie.

—Permítame que lo pregunte de otro modo: ¿quién es el arrendatario del piso en el que vive?

—Mi hermano —digo, encogiéndome de hombros.

Asiente como si hubiera estado esperando esa respuesta.

—¿Y dónde está su hermano ahora mismo?

Miro en derredor, con la esperanza de que Marsha aparezca de la nada, pero las filas de asientos siguen vacías.

—En Santa Rita.

—¿La cárcel?

—Sí.

—¿Por qué está ahí?

Cierro los ojos con mucha fuerza, como si eso fuera a llevarme al exterior, donde el cielo es bien amplio y nadie se me queda mirando.

—Por drogas.

—¿Es por eso que usted se involucró en la prostitución?

—¿Qué dice?

—Por las drogas. —Hace un gesto al aire—. ¿Empezó a dedicarse a la prostitución para poder comprar drogas?

Casi me levanto de un salto, pero me repito el mantra que he tenido que aprenderme: «Tranquila, tranquila».

—No, no consumo drogas.

Aun así, el fiscal ha tenido una idea, así que sigue por el camino de preguntas sobre Marcus, mamá y papá. Habla de no sé qué historial familiar de comportamiento errático, y, aunque Marsha ya me había advertido sobre todo esto, quiero salir de mi propia piel, mudarla y volver a ser solo huesos.

Se da un momento para ir a su mesa y beber un sorbo de agua. Vuelvo a mirar al jurado, con la esperanza de que alguna expresión me dé esperanzas, pero siguen siendo una mezcla de miradas inexpresivas.

—Señorita Johnson. —Vuelvo al presente, al traqueteo del teclado del secretario judicial—. ¿Le pareció bien mantener relaciones sexuales con miembros del Departamento de Policía?

—La pregunta es lo bastante inocente, no vale la pena ni que la haga.

—Claro que no está bien. —Sigo pensando en Marcus, en sacarlo de la cárcel en cuanto yo misma salga de esta trampa de madera.

—Entonces, ¿por qué participó en ello?

—Ya se lo he dicho; no tuve otra opción.

—¿No pudo haber salido de la fiesta? ¿No podría haberse negado a que el agente Carlisle la llevara en su vehículo?

Los temblores me empiezan en la punta de los dedos, justo debajo de las uñas, y se esparcen hacia dentro. No arriba ni abajo, sino hacia dentro, unas vibraciones que me llegan hasta las costillas. Me pregunto si Trevor se habrá sentido así cuando se lo llevaron.

—Bueno, claro, pero no me dieron otra opción que…

—Entonces, ¿la obligaron a quedarse a la fuerza? ¿El agente Carlisle empleó esposas o la encerró en la parte trasera del vehículo?

—No. —Me pongo a dar golpes en el atril con las manos, y luego a rascarlo, como si la madera pudiera quitarme todos los temblores y dejarme vacía.

—¿Se enfadó por no haber recibido ninguna remuneración económica por esos actos?

Me lo quedo mirando y veo que se le resbalan las gafas por el puente de la nariz debido al sudor.

—Supongo.

—¿Creía que acusar a esos hombres de haber cometido actos de violencia le otorgaría algún tipo de recompensa económica?

—¿Cómo?

—¿Creía que acusarlos le haría ganar dinero?

La sala entera se queda en silencio; nadie se atreve a mover un pie ni a apartarse el cabello detrás de la oreja, por miedo a perturbar la fragilidad del momento en que esperan que me desmorone.

—No. —Respuestas escuetas, respuestas escuetas, respuestas escuetas.

Se toma un instante para dar media vuelta y echar un vistazo al resto de la sala antes de mirarme de nuevo, lo cual es un truco que Marsha me ha dicho que usan todos. Me pregunto si se incluye a sí misma en ello.

—Usted era menor de edad cuando sucedió todo eso, ¿cierto?

—Tenía diecisiete años, sí.

—Y entiende que eso se consideraría un delito de estupro, ¿verdad?

Marsha me ha explicado lo suficiente como para saber lo que es eso.

—Sí.

—¿Notificó a esos hombres su edad antes de mantener relaciones sexuales con ellos?

Esa es la pregunta que Marsha y yo esperábamos que no formulara, la que esperábamos que pasara por alto.

—Lo sabían.

—Entonces, ¿se lo dijo?

—No exactamente, pero lo sabían. Le digo que lo sabían.

Esboza una sonrisa, esa sonrisa suave que me recuerda a todas las entrevistas que vi con Marsha cuando me estaba preparando, en las que hablaba sobre el maltrato de mujeres, sobre cómo quiere mantenernos a salvo. Aun así, me mira no como si fuera una mujer maltratada, sino como si fuera una niña pequeña que lo ha presenciado todo. Como si estuviera confundida.

—¿Cómo iban a saberlo, señorita Johnson?

Las vibraciones ya han llegado hacia fuera, y me tiemblan todas las extremidades. Me mezo en la silla, y sus patas rechinan sobre el estrado.

—Porque me vieron. Estaba ahí tumbada y me miraban a los ojos y lo sabían. Lo sabían y tenían los ojos abiertos todo el rato, para mirarme mientras lo hacían conmigo, como si así les gustara más. Porque me miraban y sabían lo pequeña que era. Sabían que era una niña.

Un crujido en el suelo, una astilla en la uña con la que no dejo de dar golpecitos en la madera, un temblor rígido, la visión borrosa, el cielo de Oakland más brillante que nunca en mi garganta. Puede que no haya sido Soraya, demasiado pequeña como para hacer pie en la parte poco honda de la piscina, pero seguía siendo pequeña. Me sentía diminuta.

—Pero ¿nunca les comunicó cuántos años tenía? —Sabe que ya lo ha conseguido, que esta es la última pregunta.

Tengo las uñas bien clavadas en la piel, tanto que ya me gotea sangre.

—Era una niña. Era una niña.

Y, a pesar de que Trevor y Marcus y Alé y mamá están por ahí en alguna parte, a pesar de que hay muchas razones por las que debería decirlo todo, por las que debería soltar la erupción del volcán que son mis pulmones, no pienso en ninguno de ellos. Lo único en lo que pienso es en que me sigo clavando las uñas hasta cuando me hago heridas, hasta cuando me hago sangre. Cuando todo se sume en el caos, cuando estoy sentada en una sala llena de rostros que no conozco, cuando el cuerpo deja de parecerme mío, sigo teniendo uñas. Sigo teniendo un recordatorio de que puedo existir, rota, como Trevor bocabajo en su propia sangre seca, todavía capaz de hacer que el oxígeno le llegue a los pulmones. Un recordatorio de que estas uñas son un milagro. No necesito que nadie las ponga bonitas, que las recorte o las lime. Lo único que tienen que ser es lo que ya son: mías.

—Gracias, señorita Johnson.

Dice algo parecido a que ya me puedo bajar del estrado, y un miembro del jurado estornuda en algún lugar que veo con el rabillo del ojo. Todo sigue en movimiento, chocando, una sala de madera en la que me he liberado como el cielo de esa noche en la que las estrellas se dejaron ver por encima de la autopista, antes de regresar al piso que nunca iba a volver a ser mío.

Era una niña.

CAPÍTULO VEINTISÉIS

Cada momento transcurre como el agua por un desagüe atascado, casi sin moverse. Marsha me llevó a casa desde el juzgado y me dejó sin soltar ni una sola palabra en todo el trayecto, aunque tampoco la habría oído si hubiera dicho algo.

Por alguna razón, salí del juzgado con un cuerpo distinto al que tenía antes de meterme debajo de ese techo de madera ornamentada, antes de sentarme en esos bancos en los que tantas personas han sudado antes que yo. Este cuerpo nuevo tiene una serie de agujeros que van desde la garganta hasta el estómago, donde he intentado enterrarme. Este cuerpo nuevo tiene unas cicatrices más permanentes que el mejor de los tatuajes y las considera algo glorioso. Este cuerpo nuevo tiene demasiados recuerdos que contener.

Estoy sentada en el centro de un piso que ya no es de nadie y no dejo de gritar. Como si Dee me hubiera infectado de una vez por todas, como si mamá se me hubiera metido en el cuerpo para masajearme la mandíbula y abrirla. Y el sol se ha puesto, me ha dejado sumida en la oscuridad, solo capaz de ver un destello de la piscina por la ventana, y ha vuelto a salir. Una vez tras otra. Quizá tres veces antes de que alguien llame a la puerta. Sucede justo cuando el cielo se está tornando de un color más pastel. Cuando mi boca ha encontrado el cierre.

No me muevo, pero no espera a que lo haga. Alé abre la puerta como Pedro por su casa y entra con una bolsa enorme que deja sobre la encimera antes de acercarse a mí en el suelo, arrodillada, y me abraza hasta que formamos un solo cuerpo y puedo oler todos los aromas que ha tenido alguna vez, cada especia. Las mantas que su madre teje a mano. El *skatepark*.

Me suelta un poco y le veo la piel, donde capto un atisbo de lo que debe ser el último tatuaje que se ha hecho, en la nuca: un par de zapatos de color lavanda, con una «K» en la suela de uno de los dos.

Me suelta del todo, de modo que por fin puedo mirarla a los ojos, y veo que no dejan de soltar lágrimas. No sé si la he visto llorar así en algún momento, y no puedo evitar inclinarme hacia ella y darle un beso en la mejilla, saborear la sal y dirigirme a la comisura de su ojo con los labios. Es el fondo del océano, donde toda la magia se esconde bajo demasiadas capas de oscuridad, de agua y sal. La calidez se apodera de mi pecho, la sensación contraria a lo que dicen del corazón; cuando no se rompe, puede que tengas la suerte de notarlo lleno, con la sangre recorriéndolo a pulsos.

Me pone las manos en la cintura, y toda una serie de pensamientos le pasa por el rostro, un debate interno que sale a la superficie en forma de un temblor en los labios. Esta vez, cuando Alé me toca, estamos en el suelo, sin ninguna barrera. Tengo la boca muy cerca de ella.

—Kiara. —Ha dejado de llorar, pero yo no me he separado de ella, y pronuncia mi nombre como una pregunta.

Yo pronuncio el suyo como una respuesta, y esta es la primera vez que me parece que quizá todo haya valido la pena, que la única forma de volver a estar con Alé era chapotear en la piscina de mierda. Me besa. La beso. Es más suave de lo que jamás me habría imaginado, y nunca me ha aliviado tanto que alguien me toque, que me pase los dedos por el cabello. Se pone encima de mí y se echa atrás solo para mirarme, como si se me hubieran metido las estrellas bajo los párpados, y me parece que este puede ser el amor capaz de parar el universo que he estado esperando, el que pueda deshacerme y mantenerme de una pieza al mismo tiempo.

Alé vuelve a bajar hacia mí poco a poco y me acaricia el estómago con un dedo como hace siempre, solo que esta vez no se aparta. Esta vez me dice que lo siente, que vino en cuanto recibió el mensaje. Y, aunque está diciendo todo lo que tiene que decir, es la mirada que me dedica, la forma en que abre tanto los ojos, lo que me dice que me está viendo más de lo que nadie me ha visto nunca. Más allá de todo el caos en mi interior. Más allá de mi cuerpo nuevo, del viejo o de cualquier otro en el que haya existido, porque le importa una mierda con cuántas capas de manteca de karité me embadurne. Alé solo quiere abrazarme. Solo quiere ser mía.

Estamos entrelazadas en el suelo del piso, en esta reliquia en vida de todas las vidas que he llevado. Con esta chica que me ha abrazado durante todo lo que ha pasado. Jadeamos y nos reímos y lloramos y no sé si alguna vez le he dicho que la quiero, pero ahora no puedo dejar de hacerlo. Porque esas palabras nunca han significado tanto para mí como ahora mismo. Porque nunca me han llenado la boca más que ahora mismo. Como si fuera la única marea que he querido en toda la vida. Ella me dice lo mismo, sin parar, y nunca he oído una verdad como esa.

Alé me da de comer, y yo le hablo de todas las mujeres que he conocido. Las chicas de Demond de aquella fiesta, Camila, Lexi y las dos que estaban sentadas en el lado equivocado del pasillo, destrozadas. Mamá. Yo. Le cuento que estas calles nos abren y nos arrebatan la parte de nosotras que mejor debemos conservar: la niña pequeña que llevamos dentro. La mandíbula redondeada que ya no puede ni gritar porque también le han quitado eso. Se lo han quitado todo.

Alé asiente, sin apartar la mirada, y me da una cucharada de sopa cuando empiezo a musitar sin sentido. Me da un beso en la nariz. Me habla de cómo se siente al verle la cara a su madre, como si estuviera ida; de los moretones que distorsionaban el cadáver frío de la chica que podría haber sido Clara; de sus miedos; de que quiere algo más que esto para mí, para nosotras. Yo también le digo que quiero algo más para ella, que quiero que sea médica o comadrona o lo que sea que vaya a calmar a esa parte de ella que necesita algo más que una cocina.

Me ha traído todo tipo de comida para sanarme de la mejor forma que sabe, y seguimos sentadas en el suelo, sin ser nada más que carne, con la espalda apoyada en el borde del colchón. La sopa está caliente y noto el camino que recorre desde la lengua hasta el estómago, noto cada sorbo que queda absorbido. Le hablo de Trevor, de sus ojos hinchados, de que tuve que quitármelo de encima y dejarlo en el asiento trasero de un coche porque su madre no sabe quererlo como hay que quererlo y porque yo no soy suficiente.

Alé me para los pies en ese instante.

—Que no seas su madre no quiere decir que no le hayas dado algo que nadie le va a poder quitar nunca. —Y, si no sonara como una mentira, me lo creería. Lo único que tengo como prueba es su cara hinchada en un coche y sus temblores, y eso no demuestra nada sagrado.

No sabría decir cuándo me quedé dormida ni cuándo Alé se despertó y me apartó de donde debía tener los pulmones, pero sí sé en qué momento exacto el jurado llegó a su veredicto, a kilómetros de distancia, aunque me pareció como si hubiera pasado en el mismo piso. Fue el estruendo. El cristal roto a una hora demasiado temprana como para considerarla por la mañana, con Alé inclinada sobre los fragmentos de una lámpara que nunca usaba mucho de todos modos. Y, entonces, el silencio. En ese momento debieron haber asentido todos juntos, antes de firmar el papel para enviárselo a la jueza. Quizá lo hayan hecho con una expresión solemne, sin mirarse entre ellos, como si así pudieran esquivar la culpabilidad.

La llamada llegó una hora después. Alé estaba sentada abrazándome mientras yo jadeaba y le preguntaba si ya había acabado todo. No me ha dicho que no, sino que me ha abrazado hasta que he vuelto a sentir que tenía cuerpo, hasta que me ha sonado el móvil.

Contesto.

Marsha habla deprisa al otro lado de la línea y mezcla las palabras sin llegar a decir mucho, hasta que empieza a hablar más despacio.

—*Lo siento mucho, Kiara, pero no los van a acusar.*

Ya sabía que iba a pasar, lo había notado. Sin embargo, cuando Marsha me lo confirma, me sienta como una patada, como el mismo dolor agudo que noté cuando Hombre Metálico me empujó contra el ladrillo en la noche en la que todo comenzó.

—¿Y Marcus? —Aunque no quiero preguntarlo, no quiero saberlo, tengo que hacerlo.

Marsha hace una pausa. Silencio.

—*Lo he organizado todo para que tenga a un abogado fantástico, uno más apropiado para su caso que yo, pero no puedo hacer nada más que eso. No sin la presión de la acusación.* —Guarda silencio una vez más—. *Lo siento.*

Sé que sus ojos del color del hielo se han llenado de lágrimas, porque entonces se va por las ramas para hablarme de la esperanza y dejo que lo haga. Siempre es mejor dejar que se desaten, hacer que todo parezca un poco menos roto. Aunque creía que me iba a enfadar con ella, que iba a ponerme a despotricar, no es así. Cuando acaba colgando, casi dos horas después de que la lámpara se hiciera añicos, miro a Alé, quien ha vuelto a sentarse conmigo en el suelo para pasarme el brazo por los hombros. No se ha molestado en seguir recogiendo el estropicio en cuanto ha visto la sal que se me deslizaba por las mejillas, y tiene las manos manchadas de sangre, con esquirlas de cristal. Ninguna de las dos decimos nada.

Una tranquilidad que no esperaba me invade el cuerpo, y apoyo la cabeza en el colchón, de modo que me quedo mirando el techo. ¿Qué me esperaba? El cielo intentó decirme que todo sucede en extremos, en extensiones cegadoras de mierda de las que no puedo escapar. Deambulando por la calle hasta las nubes. Oakland lo tiene todo: la desgracia y la añoranza. Se estira para arrebatarnos la juventud. Levanto la cabeza y miro a Alé, le doy la mano y le quito todas las esquirlas de cristal antes de llevármela a la mejilla para que su sangre sea mía. Tinta de hierro. Mueve los labios y murmura algo, pero nada inteligible.

Me acerca a su pecho y me abraza con tanta fuerza que me convierto en un capullo con su apretón. Las dos sabemos que muy pronto tendremos que enfrentarnos a lo que significa haberlo perdido todo y seguir teniéndonos la una a la otra. Haber perdido un techo y encontrado un hogar. Aun así, por el momento, Alé me abraza, y yo le limpio las manos y se las envuelvo en el vestido negro de Marsha, y ella se pone a recoger los fragmentos de la lámpara.

Me estoy poniendo una de las camisetas extragrandes de Marcus cuando lo oigo. A pesar de que al principio creo que ha sido una alucinación, el sonido es tan claro y tan visceral que sé que no puede haberlo conjurado mi mente.

Me dirijo hacia la puerta, caminando al lado de Alé.

—¿Has oído eso?

Se encoge de hombros, encorvada para barrer los cristales.

Abro la puerta y salgo al rellano del patio, me inclino sobre la barandilla, y ahí está. Lo sé desde que miro abajo, porque tiene la misma marca de nacimiento circular en la coronilla. Trevor está sentado con los pies en la piscina, chapoteando.

El cielo es de un color azul claro, y me dirijo hacia la escalera de caracol que desciende hasta el centro de mi mundo, esa piscina de mierda que parece que nunca deja de llamarnos. Pienso en los primeros pasos de Soraya, y una parte de mí que no ha tenido espacio para respirar la echa de menos, quiere verla correr, hablar, decir mi nombre, las tres sílabas, y aprender a lanzar un balón a la canasta como Trevor.

Bajo por las escaleras como si fuera a sumirme en una fantasía, como si fuera al encuentro de un fantasma. Cuando piso el pavimento con los pies descalzos y lo miro a la nuca, sé que no es ningún sueño. Lleva su mochila azul y amarilla, la misma que le di a la señora Randall, la misma que le regalé por su cumpleaños hace tantos meses. Me acerco más, hasta estar justo por encima de él, y entonces, solo con una camiseta extragrande cubriéndome el cuerpo, me siento a su lado y meto los pies en la piscina como él. Las piernas se me hunden hasta la mitad de la pantorrilla.

Me lo quedo mirando, pero él tiene la vista clavada en la piscina, como si no hubiera captado mi presencia. Tiene los ojos abiertos del todo, con el rostro todavía sin color alrededor de las mejillas, aunque las partes de él que conforman su rostro ya han sanado. Forman un círculo perfecto de ojos saltones y labios que sobresalen.

—¿Qué haces aquí, Trev? —Lo rozo con el hombro, de modo que, por mucho que no me mire, me note.

Mantiene la mirada clavada en la piscina, en sus pies conforme salen de debajo de la superficie y salpican al volver a entrar. Y entonces, como si un temporizador hubiera sonado en su cabeza, se gira, me mira a los ojos y me dedica una sonrisa.

—Tenía que venir a por mi balón.

No puedo evitar poner una expresión radiante al oírlo, con el cuerpo entero sonriendo porque los dos sabemos que es más que eso, pero que también, en cierto modo, sí que es así de simple. Los dos hemos crecido con el rebote de una pelota; el principio del fin comenzó con una cancha de baloncesto y una paliza. Aunque ya no podemos volver a eso, quizá nos concedan este momento. Tal vez esa excusa baste para llevarnos a un partido en el que nos echaremos a reír solo porque podemos, hasta que el sol se desintegre y la noche amenace con dejarnos libres solo para capturarnos de nuevo y encerrarnos donde no podemos escapar, donde tengo que volver a mandarlo de regreso al bus en el que sea que se haya colado. Aunque da igual, porque lo mandaré con un beso en la frente y el balón en la mano, con el impulso que nadie podrá arrebatarle.

Parece tan obvio como ridículo que Trevor se ponga de pie, se quite la mochila, la camiseta y los pantalones cortos para quedarse de pie, un par de centímetros más alto que la última vez, pero con los mismos bóxers sueltos que tenía antes de que los zapatos hicieran acto de presencia junto a la piscina.

No me doy cuenta de que hago lo mismo, de que me desnudo y me quito la camiseta, hasta que veo mi piel llena de marcas, de costras de las heridas que me hice con las uñas y que siguen sanando. Como si nada, bajo el brillo de una mañana tan tranquila que engaña, con los dos en ropa interior, Trevor me da la mano con fuerza. Ni siquiera tenemos que contar desde tres, porque, por alguna razón, los dos sabemos cuándo llega el momento de lanzarnos a la piscina. Y de hundirnos otra vez. La piscina de mierda es tan honda que se transforma en un océano. Abro los ojos bajo el agua, dejo que el cloro me los ponga rojos y miro a Trevor. Me está mirando y ha abierto la boca. Abro la mía también, y los dos nos echamos a reír, unidos por los dedos, mientras las burbujas que nos salen de la boca se reúnen en el centro del agua. Trevor y yo encontramos nuestras carcajadas como estará haciendo Dee en algún lugar, gritando por este momento de alegría delirante en el que dejamos que el agua nos trague.

NOTA DE LA AUTORA

En 2015, cuando era una adolescente joven en Oakland, una noticia salió a la luz: varios miembros del Departamento de Policía de Oakland, junto con otros policías de distintas zonas de la bahía, habían participado en el abuso sexual de una joven y habían intentado encubrir lo ocurrido. El caso se desarrolló a lo largo de los meses y los años, e incluso después de que las noticias dejaran de hablar de ello, yo seguía preguntándome qué habría pasado, qué habría sido de la chica y de las demás chicas que no llegaron a los titulares, pero que sin duda experimentaron la crueldad a la que la vigilancia policial puede llegar a someter al cuerpo, la mente y el espíritu de una persona. Por cada caso como este que se difunde en los medios, existen decenas de trabajadoras sexuales y de mujeres jóvenes que sufren violencia a manos de policías y ninguna tiene la posibilidad de contar su historia, no acuden a los tribunales y nunca logran escapar de estas situaciones. Aun así, los casos que conocemos son pocos.

Cuando me puse a escribir *Entre las sombras de la noche,* tenía diecisiete años y reflexionaba sobre lo que significa ser vulnerable e invisible y no tener a nadie que me protegiera. Como muchas otras chicas negras, durante la infancia me inculcaron que cuidara y protegiera a mi hermano, a mi padre, a los hombres negros que me rodeaban: su seguridad, su cuerpo, sus sueños. Con ello, aprendí que mi propia seguridad, mi cuerpo y mis sueños eran algo secundario, que no había nadie ni nada que pudiera cuidarme, que quisiera hacerlo. Pese a que Kiara es un personaje ficticio, lo que le ocurre es un reflejo de los tipos de violencia a los que las mujeres de color se enfrentan cada día de su vida: un estudio de 2010 demostró que la violencia sexual cometida por policías es el segundo delito doloso más común entre los policías y que afecta de forma desproporcionada a las mujeres de color.

Según escribía el libro y me documentaba para él, me inspiré en el caso de Oakland y en otros similares, dado que quería escribir una historia de mi ciudad pero también explorar lo que significaría que eso le pasara a una chica negra, que el caso se encontrara bajo el control narrativo de una superviviente, que hubiera un mundo más allá del titular y que los lectores pudieran ver ese mundo. Las historias de las mujeres negras, así como de las personas del colectivo LGTBIQ+, no suelen representarse con las narrativas de violencia contra las que vemos que se protestan, se amplifican y se relatan en la mayoría de los movimientos, pero eso no significa que no existan. Quería escribir una historia que reflejara el miedo y el peligro que conlleva ser una mujer negra y el hecho de que se tiende a tratar a las chicas negras como si fueran mayores, así como reconocer que Kiara, al igual que muchas otras de nosotras que nos hallamos en circunstancias que parecen imposibles de escapar con vida, sigue siendo capaz de experimentar la alegría y el amor.

AGRADECIMIENTOS

En primer lugar, mil gracias a Lucy Carson, a Molly Friedrich y al resto de los miembros de la Friedrich Agency por ser mis adalides y animarme a lo largo de todo el proceso. Gracias también a Ruth Ozeki, por su sabiduría sin límites y por presentarme a las encantadoras Molly y Lucy. A mi editora, Diana Miller, por sus consejos y comentarios constantes y atentos a través de cada circunstancia inesperada. A todo el equipo de Knopf por defender la historia de Kiara. A Niesha por hablarme de una experiencia auténtica como trabajadora sexual en la que basar *Entre las sombras de la noche*.

Muchas gracias a Samantha Rajaram por ser mi mentora y mi amiga en el programa de mentoría Pitch Wars. Fue una oportunidad increíble que me proporcionó lo que necesitaba para revisar la novela, y que, por encima de todo, me brindó tu amistad y tu apoyo. Gracias en especial a Maria Dong por la ayuda tan generosa como inestimable que me ha dado a la hora de revisar.

Gracias a Jordan Karnes por leer la novela cuando lo necesitaba y por los años que hemos compartido escribiendo y en talleres, los cuales me han preparado para ponerme a escribir *Entre las sombras de la noche*. Mil gracias también a la Facultad de Arte de Oakland, por darme el primer lugar en el que pude existir como escritora, y al programa Oakland Youth Poet Laureate por nutrir a la poetisa que llevo dentro. A todos los niños a los que he querido y he cuidado: gracias por llenar mis días de alegría para que pudiera pasar mis noches con estas palabras.

Papá, gracias por entregarme tu amor por la escritura y por el jazz. Mamá, gracias por darme una casa llena de libros y por inculcarme el valor de la lectura. Logan, gracias por ser la primera persona a la que puedo llamar cuando me atasco y por ser el mejor hermano del mundo, el que más me escucha. Magda, gracias por ser mi mejor amiga y la primera lectora de casi todo lo que escribo. Muchas gracias a Zach Wyner, por tu guía al inicio, por las sesiones de escritura y por ser algo constante en mi vida. A todos mis amigos y familiares: me habéis regalado un mundo lleno de vida que vale la pena plasmar sobre el papel, una comunidad por la que siempre estaré agradecida.

A Oakland, por criarme y darme las cafeterías, las bibliotecas, los pisos y los cielos bajo los que escribir esta novela. Siempre serás mi hogar.

Y, por último, un millón de gracias a Mo, mi amor, por estar a mi lado desde esa primera lectura hasta las horas de revisión y los retoques finales. Eres mi mayor apoyo, mi ancla, mi consuelo tras un largo día de trabajo. Sin ti, este libro no podría haber sido lo que es. Eres la Alé para mi Kiara, y me faltan las palabras para expresar lo afortunada que soy de poder volver a casa y que me recibas con tus brazos abiertos, con tu comida y tus palabras. Lo eres todo para mí.

SOBRE LA AUTORA

Leila Mottley recibió el premio Oakland Youth Poet Laureate en 2018. Sus obras han aparecido en *The New York Times* y en *Oprah Daily*. Nació y se crio en Oakland y sigue viviendo allí. *Entre las sombras de la noche* es su primera novela.